计算机学科硕士研究生
入学统一考试课程参考教材

Computer Networking

计算机网络

黄传河 主编

杜瑞颖 吴黎兵 吕慧 张春林 张沪寅 张健 参编

机械工业出版社
China Machine Press

本书以全国计算机类专业硕士研究生入学考试专业基础课考试大纲为基础，对计算机网络各部分的内容进行了简要介绍，并针对考试题型和方式，讲解了例题，给出了解答的思路和方法，列出了习题。本书的主要内容包括：计算机网络体系结构、物理层、数据链路层、网络层、传输层，应用层。

本书可作为计算机硕士研究生入学考试的辅导教材，也可作为高等院校计算机类、电子类等相关专业的参考书。

本书习题答案可从华章网站 www.hzbook.com 下载。

图书在版编目（CIP）数据

计算机网络 / 黄传河主编. —北京：机械工业出版社，2010.6
（计算机学科硕士研究生入学统一考试课程参考教材）
ISBN 978-7-111-30757-0

Ⅰ. 计…　Ⅱ. 黄…　Ⅲ. 计算机网络－研究生－入学考试－自学参考资料　Ⅳ. TP393

中国版本图书馆 CIP 数据核字（2010）第 093305 号

机械工业出版社（北京市西城区百万庄大街 22 号　邮政编码　100037）
责任编辑：李东震
北京诚信伟业印刷有限公司印刷
2010 年 6 月第 1 版第 1 次印刷
184mm×260mm • 13.5 印张
标准书号：ISBN 978-7-111-30757-0
定价：25.00 元

凡购本书，如有缺页、倒页、脱页，由本社发行部调换
客服热线：（010）88378991；88361066
购书热线：（010）68326294；88379649；68995259
投稿热线：（010）88379604
读者信箱：hzjsj@hzbook.com

PREFACE 前 言

自 2009 年起，计算机类专业的硕士研究生入学考试实行专业基础课全国统一考试制度。这为不同类别学校的学生提供了一次平等竞争的机会。

计算机网络是统考的科目之一，其内容包括计算机网络概述、物理层、数据链路层、网络层、传输层、应用层六部分。

考试大纲中所列出的要求都是最基本的内容，基本上未包括最新的网络理论和技术。为帮助广大考生备考，我们遵循大纲的范围，但又不绝对拘泥于大纲的限制，对少数内容进行了微小的扩展，便于使考生更全面地把握知识体系。

本书由黄传河主编，杜瑞颖、吴黎兵、吕慧、张春林、张沪寅、张健为本书提供了素材。

由于资料来源的广泛性，书中引用的资料没有能够一一注明出处，对此，我们对有关原作者表示歉意，同时对原作者表示感谢。

由于时间仓促，加之作者水平限制，本书可能存在不足之处，诚望读者不吝赐教。若有任何意见或建议，敬请发送电子邮件至 huangch@whu.edu.cn。

黄传河

2009 年 12 月

目 录 CONTENTS

计算机网络体系结构

□1.1 计算机网络的概念、组成与功能

1.1.1 计算机网络的定义

计算机网络是一个将分散的、具有独立功能的计算机系统，通过通信设备与线路连接起来，由功能完善的软件实现资源共享的系统。

对于这一定义，其中仍有一些不确定的地方，例如，完善的标准是什么？资源共享的内容、方式和程度是什么？资源共享是最终目标吗？由于对这些问题的界定不同，对计算机网络的理解主要有三种观点：

一是广义观点。持此观点的人认为，只要是能实现远程信息处理的系统或进一步能达到资源共享的系统都可以认为是计算机网络。

二是资源共享观点。持此观点的人认为，计算机网络必须是由具有独立功能的计算机组成的能够实现资源共享的系统。

三是用户透明观点。持此观点的人认为，计算机网络就是一台超级计算机，资源丰富、功能强大，其使用方式对用户透明，用户使用网络就像使用单一计算机一样，无须了解网络的存在、资源的位置等信息。这是最高标准，目前还未实现，是计算机网络未来发展追求的目标。

1.1.2 计算机网络与其他网络的关系

以语音通信为主要目的的通信系统统称为电话网络或电信网络，其中包括固话网络、移动网络等。

以发送电视信号为目的的通信系统统称为电视网络。

以数据通信为目的的通信系统统称为数据通信网络。

计算机网络是计算机技术、通信技术相结合的产物，可实现数据的传输、收集、分配、处理、存储和消费。数据通信网络是计算机网络的基础或初级形式。

现在所说的网络，广义地泛指上述网络之一或全部，狭义地特指计算机网络。

随着技术的进步和应用的相互渗透，电信网络、电视网络、计算机网络将逐步实现融合，走向统一。

1.1.3 计算机网络的应用

计算机网络的应用越来越广泛，深刻地影响着社会发展的进程。在此我们只简单地说明计算

机网络的几个应用方向。

- 对分散的信息进行集中、实时处理。比如航空订票、工业控制和军事指挥等众多的应用，离开了计算机网络，将无法进行。
- 资源共享。实现对各类资源的共享，包括信息资源、硬件资源和软件资源。网格是计算机网络的高级形态，将使资源共享变得更加方便、透明。
- 电子化办公与服务。借助计算机网络，得以实现电子政务、电子商务、电子银行和电子海关等一系列现代化办公、商务应用。当今社会，即使到商场购物、到餐馆吃饭这样的日常事务也离不开计算机网络。利用计算机网络进行网上购物，更加方便、廉价。
- 通信。电子邮件、即时通信系统等众多的通信功能，极大地方便了人与人之间的信息交往，既快速又廉价。
- 远程教育。利用网络可以提供远程教育平台，借助丰富的知识管理系统，学生可以更加方便地自学，提高学习效率。
- 娱乐。娱乐是人的天性，对于大多数人来说，工作之余都需要娱乐活动来丰富自己的生活。网络可提供各种各样的娱乐内容，既满足了社会的需要，同时也具有巨大的经济效益。

1.1.4　计算机网络的组成

1.1.4.1　计算机网络的物理组成

从物理组成上看，计算机网络包括硬件、软件和协议三大部分。

1. 硬件

硬件主要包括以下部分：

1）两台以上的计算机及终端设备，统称为主机（host），其中部分主机充当服务器，部分主机充当客户机（也称为端系统）。

2）前端处理机（FEP）、通信处理机或通信控制处理机（CCP），负责发送、接收数据，最简单的CCP是网卡。

3）路由器、交换机等连接设备，交换机将计算机连接成网络，路由器将网络互连组成更大的网络。

4）通信线路，负责将信号从一个地方传送到另一个地方，包括有线线路和无线线路。直接连接两个设备的线路称为链路。

2. 软件

软件主要有实现资源共享的软件、方便用户使用的各种工具软件，如网络操作系统、邮件收发程序、FTP程序和聊天程序等。

3. 协议

协议由语法、语义和时序三部分构成。其中语法部分规定传输数据的格式，语义部分规定所要完成的功能，时序部分规定执行各种操作的条件、顺序关系等。协议是计算机网络的核心。一个完整的协议应完成线路管理、寻址、差错控制、流量控制、路由选择、同步控制、数据分段与装配、排序、数据转换、安全管理、计费管理等功能。

1.1.4.2　计算机网络的功能组成

从功能上看，计算机网络由资源子网和通信子网两部分组成。其中资源子网完成数据的处理、存储等功能，相当于计算机系统；通信子网完成数据的传输功能，是为了连网而附加上去的通信设备、通信线路等，如图 1-1 所示。

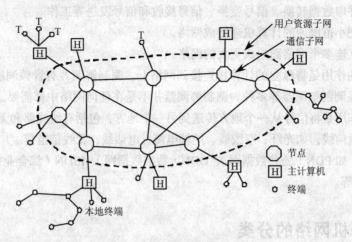

图 1-1　资源子网与通信子网

为了方便，有时将计算机网络中的任一设备（包括主机、交换机和路由器等）统称为一个节点，因此节点的具体含义要依上下文确定。

1.1.4.3　计算机网络的工作方式组成

从工作方式上看，也可以认为计算机网络由边缘部分和核心部分组成。其中边缘部分是用户直接使用的主机，核心部分由大量的网络及路由器组成，为边缘部分提供连通性和交换服务，如图 1-2 所示。

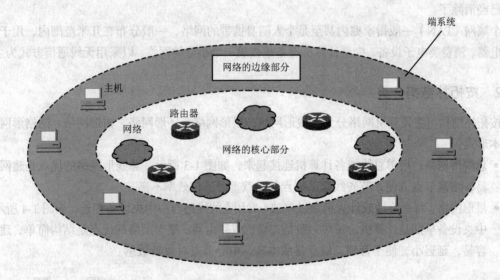

图 1-2　网络的边缘部分与核心部分

1.1.4.4　计算机网络的要素组成

从用户的观点即网络的组成要素看，计算机网络包括计算机、路由器、交换机、网卡、通信线路和调制解调器等基本设施。

计算机包括客户机和服务器，客户机是连接用户和网络的设备，用户借助客户机使用网络。服务器是存储信息并为用户提供信息的计算机。

网卡附在计算机里面（也有外接的，如 USB 接口网卡），负责与通信线路相连，完成从计算机到通信线路的并串数据转换、信号变换、信号接收和信号发送等工作。

交换机用于把小范围内的计算机连接成网络。

路由器用于互连多个网络而组成更大的网络。

调制解调器的作用是将孤立的计算机连接到网络上。调制解调器有音频调制解调器、ADSL 调制解调器、卫星调制解调器等多种。调制解调器并不是在任何网络中都需要。

通信线路的作用是将信号从一个地方传送到另一个地方，包括有线线路和无线线路。狭义的通信线路指一条通信线，如光纤、双绞线、同轴电缆、电话线、无线信道等。广义的通信线路可指一个传输网络，如 PDN（公共数据网）、DDN（数字数据网）、ISDN（综合业务数字网）、SDH（同步数字系列）等。

📖 1.2　计算机网络的分类

1.2.1　按分布范围分类

按分布范围可将计算机网络分为广域网、城域网、局域网和个域网。

广域网（WAN）一般分布在数十千米以上区域。

城域网（MAN）一般分布在一个城区，使用广域网的技术，可以看成是一个较小的广域网。

局域网（LAN）一般分布在几十米到几千米范围。传统上，局域网与广域网使用不同的技术，广域网使用交换技术，局域网使用广播技术，这是二者的根本区别。但从万兆以太网开始，这种区别已经消除了。

个域网（PAN）一般指家庭内甚至是个人随身携带的网络，一般分布在几米范围内，用于将家用电器、消费类电子设备、少量计算机设备连接成一个小型的网络，以采用无线通信方式为主。

1.2.2　按拓扑结构分类

按拓扑结构可将计算机网络分为总线形网络、星形网络、环形网络、树形网络、网格形网络等基本形式。

- 总线形网络：用单总线把各计算机连接起来，如图 1-3 所示。总线形网络的优点是建网容易，增减节点方便，节省线路。缺点是负载重时通信效率不高。
- 星形网络：每个终端或计算机都以单独（专用）的线路与一中央设备相连，如图 1-4 所示。中央设备早期是计算机，现在一般是交换机或路由器。星形网络的优点是结构简单，建网容易，延迟小，便于管理。缺点是成本高，中心节点对故障敏感。

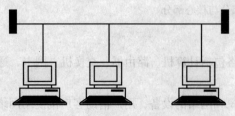

图 1-3　总线形网络

图 1-4　星形网络

- 环形网络：所有计算机接口设备连接成一个环，如图 1-5 所示。环可以是单环，也可以是双环，环中的信号是单向传输的。双环网络中两个环上信号的传输方向相反，具备自愈功能。
- 树形网络：节点组织成树状结构，具有层次性，如图 1-6 所示。
- 网格形网络：一般情况下，每个节点至少有两条路径与其他节点相连，如图 1-7 所示。网格形网络有规则型和非规则型两种。其优点是可靠性高，缺点是控制复杂，线路成本高。

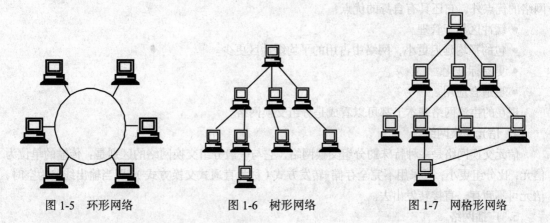

图 1-5　环形网络　　　　　图 1-6　树形网络　　　　　图 1-7　网格形网络

可以将这些基本形网络互连组织成更为复杂的网络。

1.2.3　按交换技术分类

交换技术是指计算机与计算机之间、计算机与终端之间或终端与终端之间为交换信息所用数据格式和交换装置的方式。

按交换技术可以将网络分为电路交换网络、报文交换网络、分组交换网络、信元交换网络、广播网络等类型。

1. 电路交换网络

电路交换网络在源节点和目的节点之间建立一条专用的通路用于数据传送，包括建立连接、传输数据和断开连接三个阶段。最典型的电路交换网络就是电话网络。该类网络的优点是数据直接传送，延迟小；缺点是线路利用率低，不能充分利用线路容量，不便于进行差错控制。

2. 报文交换网络

报文交换网络将用户数据加上源地址、目的地址、长度和校验码等辅助信息封装成报文，发送给下一个节点。下一个节点收到后先暂存报文，待输出线路空闲时再转发给下一个节点，重复这一过程直到到达目的节点。每个报文可单独选择到达目的节点的路径。这类网络也称为存储-转发网络。其优点是：

- 可以充分利用线路容量（可以利用多路复用技术，利用空闲时间）。
- 可以实现不同链路之间不同数据传输速率的转换。
- 可以实现一对多、多对一的访问，这是 Internet 的基础。
- 可以实现差错控制。
- 可以实现格式转换。

缺点是：

- 增加资源开销，例如辅助信息导致时间和存储资源开销。

- 增加缓冲延迟。
- 多个报文的顺序可能发生错误，需要额外的顺序控制机制。
- 缓冲区难于管理，因为报文的大小不确定，接收方在接收到报文之前不能预知报文的大小。

3. 分组交换网络

分组交换网络也称包交换网络，其原理是将数据分成较短的固定长度的数据块，在每个数据块中加上目的地址、源地址等辅助信息组成分组（包），按存储-转发方式传输。除具备报文交换网络的优点外，它还具有自身的优点：

- 缓冲区易于管理。
- 包的平均延迟更小，网络中占用的平均缓冲区更少。
- 更易标准化。
- 更适合应用。

现在的主流网络基本上都可以看成是分组交换网络。

4. 信元交换网络

信元交换网络是一种特殊的分组交换网络，它与一般分组交换网络的区别是：传输的单位为信元，比分组更小；可采用不完全存储-转发方式（称为直通式交换方式），即当输出线路为空时，信元可不暂存，直接转发出去。

5. 广播网络

在广播网络中，节点发送信息时采用广播方式，一个节点发送的信息，其他所有节点都可以收到，但是否接收该信息，取决于信息中的目的地址是否与本节点的地址匹配。广播网络中的传输线路是共享的，一个主要问题是当多个节点都要发送信息时，如何分配发送权。

1.2.4 按协议分类

每层的协议都不同，因此按协议的分类应指明协议的区分方式。比如，按网络层的协议来分类，可以将计算机网络分为 IP 网、IPX 网等，无线网络可以分为 Wi-Fi（可以将终端以无线方式互相连接的技术）网络、蓝牙网络等。

1.2.5 按传输介质分类

按传输介质可以将计算机网络分为有线网络和无线网络两大类。有线网络又可以分为双绞线网络、同轴电缆网络、光纤网络、光纤同轴混合网络等。无线网络又可分为无线电、微波、红外等类型。

按照使用介质的方式，计算机网络经历了三代。

- 第一代：使用电信号。
- 第二代：混用光、电信号。在骨干网上使用光信号，在连接处（如交换机、路由器等）需要进行光电转换。
- 第三代：全光信号。在传输的全过程使用光信号，不需要进行光电转换。这样所有网络设备都需要在光域内处理信号（如交换、转发）。

目前计算机网络处在第二代，正向第三代迈进。

1.2.6 按用途分类

按用途可以将计算机网络分为公共网络和专用网络，也可以分为骨干网、接入网和驻地网。

公共网络也称公用网，是指该网络能为所有用户服务，例如，公用 DDN 网、SDH 网等，就像现在的公用铁路、公用公路一样。专用网络是指专门为特定的对象建造的网络，其他人不能随便使用，例如，军事网络、特定的保密网络等。

骨干网是指一个网络的核心部分，负责将其他部分连接在一起组成完整的网络，其上承载了主要的通信量，要求具有最好的性能和可靠性。接入网是指将用户设备或用户驻地网接入到骨干网的网络。驻地网是指用户端将用户设备连接到接入网或骨干网的小型网络，一般是小型局域网。

1.2.7　按信息的共享方式分类

按信息的共享方式或者按信息传送方式，可以将计算机网络分为 C/S 网络、B/S 网络、P2P 网络。

C/S（Client/Server，客户机/服务器）模式是一种分布式的工作方式。在这种模式中，将需要共享的信息存放在服务器上，客户机向服务器发出命令或请求，如需要什么信息，服务器接收到客户机的命令或请求后，对其进行分析、处理，然后把处理的结果送给客户机，客户机按给定的格式呈现结果。服务器可以同时接收很多客户机的请求，并行地处理客户机的请求并返回结果。客户机、服务器的角色是不对等的。这种工作模式是网络上信息资源共享的基础。C/S 网络要求服务器有很高的性能以便及时响应客户机的请求。

B/S（Browser/Server，浏览器/服务器）模式是一种特殊形式的 C/S 模式。在这种模式中，客户端运行浏览器软件，浏览器以超文本形式向 Web 服务器提出访问信息的要求（通常是文件名或地址），Web 服务器接收到客户端的请求后，将相应的文件发送给客户机，客户机通过浏览器解释所接收到的文件，并按规定的格式显示其内容。Web 服务器所发送的文件可能是事先存储好的文件（称为静态文件），也可能是根据给定的条件到数据库中取出数据临时生成的文件（称为动态文件）。

P2P（Peer to Peer）方式是指在网络中没有特定的服务器，信息分散存放在所有计算机上，计算机需要共享其他计算机上的信息时，就向其他计算机发出请求，其他计算机将存储的信息返回给请求者。这样每台计算机既是客户机又是服务器，它们的地位是对等的。P2P 网络的好处是，当一个用户需要的信息能在附近的计算机上找到时，能够实现就近访问，提高响应速度，特别是对一些几乎所有用户都需要共享的信息，由于在很多计算机上已经存在，响应速度很快。例如，当几乎所有人都同时收看某个热门的网络视频时，响应速度会很快，而如果采用 C/S 方式效果则较差。P2P 网络的缺点是，每个人都要把自己计算机上的一些信息拿出来让别人共享，会带来一些问题，如安全问题。

🗖 1.3　计算机网络与互联网的发展历史

1.3.1　计算机网络的发展

现代计算机技术的发展始于 20 世纪 40 年代。早期的计算机都是以单机的形式存在的，每台计算机具有相应的处理、存储功能，但这些计算机之间不能直接进行信息交换，这样就形成了一个个的信息孤岛。随着社会的发展，需要这些信息孤岛之间能够直接进行信息交换，进而消除信息孤岛。

相对于计算机技术，通信技术的发展要早得多。利用电技术进行通信已有 100 多年的历史，其中具有里程碑意义的事件有：

- 1839 年：美国建立了 13 英里的铁路电报系统，传输速度为 2CPS。
- 1844 年：发明摩尔斯（Morse）电码，建立了从华盛顿到巴尔的摩的电报线路。
- 1874 年：实现将 7 路信号合在一根物理线路上传送。
- 1876 年：贝尔发明电话。
- 1906 年：发明电子管。
- 1913 年：发明电子管中继器，实现长途电话。
- 1918 年：发明载波系统，实现多路复用。
- 1921 年：发明电传。
- 20 世纪 40 年代：使用同轴电缆传输信号。
- 1946 年：开始使用微波无线电通信。
- 20 世纪 60 年代：使用卫星通信。
- 20 世纪 70 年代：使用光纤通信。

计算机技术与通信技术是因不同的应用需求独立发展起来的。计算机技术的迅猛发展和应用的推广，对解决信息孤岛问题的要求开始显现出来。一些先驱者尝试将通信技术与计算机技术结合起来，一方面解决计算机中信息的远程传输问题，另一方面解决通信中的信息处理问题。通信技术与计算机技术的结合，最终导致计算机网络的诞生。

按照通信技术与计算机技术结合方式的不同，计算机网络大致经历了三个阶段，并正向第四个阶段迈进。

1. 面向终端的计算机网络

在 20 世纪五六十年代，计算机的数量还比较少且价格昂贵，都安装在少量的计算中心，用户使用计算机必须到计算中心，并且当时使用计算机的方式也比较落后。于是有人提出了在用户所在地安装终端，通过远程线路将终端接入计算中心的计算机上，使用户不必到计算中心就可使用计算机的方案。这样就诞生了第一代计算机网络，称为面向终端的计算机网络，其结构如图 1-8 所示。按照今天的标准，这种网络只能称为联机系统。

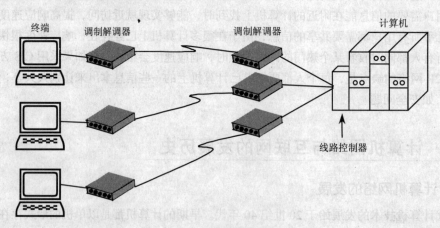

图 1-8　面向终端的联机系统

1952 年，美国按照这种模式构建了第一个计算机网络 SAGE（半自动地面防空系统），该网络将雷达信号通过远程线路传送到一台旋风计算机上进行处理，大大提高了处理和反应速度。在 20 世纪 60 年代初期，美国建造了一个飞机订票系统 SABRE，将全国的 2000 多台终端连接到一台主机上，实现了所有航空公司的所有航班的机票在线销售，大大方便了售票工作和乘客。

但这种联机系统有两个严重的缺点：一是线路利用率低。长途线路成本很高，但每个终端都使用专用的长途线路，利用率低，使用成本高。二是主机负担重。早期的计算机处理能力较弱，其设计目的是完成计算工作，其擅长的工作也是进行计算。现在加上通信，使得计算机把主要的时间花在不擅长的通信过程管理上，没有足够的时间进行计算，降低了计算机的效能。

针对这两个问题，提出了相应的改进措施。对第一个问题，在用户端增加集中器，使得多个用户共享一条通信线路。对第二个问题，在计算机端增加一个通信控制处理机（或称前端处理机），专门负责管理通信过程。按照这种方式建立的系统被称为分时系统，如图 1-9 所示。

按照这种方式，美国构建了一个医用资料系统 TYMNET，TYMNET 被看成是世界上第一个专业网站。

这种方式有一个基本问题需要解决，就是多个终端如何共享一条通信线路与计算机通信。

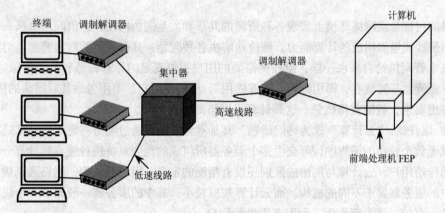

图 1-9　分时系统

2. 计算机通信网络

到了 20 世纪 60 年代，计算机技术发展迅猛，计算机安装量大大增加，人们不再满足于终端与计算机的通信模式，而是要求计算机之间直接进行通信，并且对通信的目的、方式有了更高的要求，主要体现在：

- 以信息传输为主要目的（而不是早期的远程使用计算机）。
- 以计算机为信源和信宿。
- 采用标准的体系结构。
- 采用分组交换技术。

根据这些思想，美国国防部高级研究计划署（ARPA）于 1969 年研制了一个计算机网络 ARPANET，该网络最初连接了 4 所大学的 4 台计算机，3 年后增加到 23 个节点。该网络首次使用分组交换技术。利用该网络可以收发电子邮件、传递文件等，大大方便了科学家们之间的通信，极大地提高了工作效率。ARPANET 就是今天 Internet 的前身。

3. 共享资源的计算机网络

随着计算机特别是微机的普及和计算机网络的广泛使用，对网络内资源共享的要求越来越高，因此推动计算机网络发展到以共享资源为特征的第三阶段。

早期的共享资源网络以共享硬件资源为主，例如共享文件服务器、打印机等，通过硬件资源的共享，相应地实现数据资源和软件资源的共享。

1990 年欧洲原子研究组织 CERN 的英国物理学家蒂姆·伯纳斯·李（Tim Berners-Lee）开发了超文本文件系统和世界上第一个 Web 服务器，1993 年第一个浏览器 Mosaic 诞生，使得计算机网络进入 Web 时代，共享的资源变成以数据和信息为主，浏览器成为主要的网络工具。

4. 计算机网格

随着社会的信息化，计算机网络已经无所不在，人们希望以一种更加高效、更加透明的方式使用计算机网络。

计算机网格（简称为网格）以 Internet 为基础，将所有资源互连互通，可实现大规模、大范围、跨地区、跨管理域的资源一体化和服务一体化，给用户提供透明的共享资源和服务的方式，也就是用户把整个 Internet 当成一台计算能力巨大、存储空间无限、信息资源丰富的单一计算机，在使用网格时无须指定具体设备，查找、使用信息时无须指定信息的位置，网格以智能方式自动完成资源分配和信息定位，完成用户交给的任务，返回最终结果，用户看到的只是面前的单一计算机。

网格的目标是在网络环境上实现各种资源的共享和大范围协同工作，消除信息孤岛和资源孤岛，利用聚沙成塔而构成的计算能力，廉价地解决各种问题，其最终目的就是要像电力网供给电力、自来水管网供给自来水一样，给任何需要的用户提供充足的计算资源和其他资源。"一插就亮，一开就流，一算就有，即用即算，随算随用"，用户使用它，不用考虑其后隐藏的任何细节，只需要提出要求，就能获得结果。这是计算机网络的最高境界。

2008 年开始，"云计算"成为热门话题。其基本含义是：通过网络将庞大的计算处理程序自动分拆成无数个较小的子程序，再交由多个服务器所组成的庞大系统进行搜寻和计算分析，最后将结果回传给用户。云计算与网格的区别还没有精确的定义，但一般认为，网格强调规模的巨大性，其中的服务器属于不同的机构。而云计算规模较小，其中的服务器一般属于一个机构。云计算把软件、存储、平台都作为一种服务提供给用户。

1.3.2　Internet 的发展

Internet 是一个计算机交互网络，又称网间网。它是一个全球性的巨大的计算机网络体系，包含了难以计数的信息资源，向全世界提供信息服务。今天的 Internet 已经远远超过了一个网络的涵义，它是一个信息社会的缩影。一般认为，Internet 是一个基于 TCP/IP 协议簇的国际互联网络；是一个网络用户的团体，用户使用网络资源，同时也为该网络的发展壮大贡献力量；是所有可被访问和利用的信息资源的集合。

Internet 的发展大致经历了三个阶段。

1. 第一阶段：1969～1983 年，起源阶段

Internet 源于美国国防部高级研究计划署（DARPA）的前身 ARPA 建立的 ARPANET。

1968 年，ARPA 为 ARPANET 网络项目立项，这个项目基于这样一种主导思想：网络必须能够经受住故障的考验而维持正常工作，一旦发生战争，当网络的某一部分因遭受攻击而失去工作能力时，网络的其他部分应当能够维持正常通信。最初，ARPANET 主要用于军事研究目的，它有 5 大特点：

- 支持资源共享。
- 采用分布式控制技术。
- 采用分组交换技术。
- 使用通信控制处理机。

- 采用分层的网络通信协议。

ARPANET 于 1969 年建成投入使用，连接了 4 所大学的 4 台计算机，使用 NCP 协议。

1972 年，ARPANET 在首届计算机后台通信国际会议上首次与公众见面，并验证了分组交换技术的可行性，由此，ARPANET 成为现代计算机网络诞生的标志。

1972 年 3 月，连接了 23 个节点，到 1977 年 3 月，总共连接了 111 个节点。

1980 年，ARPA 投资把 TCP/IP 加进 UNIX（BSD 4.1 版本）的内核中，在 BSD 4.2 版本以后，TCP/IP 协议即成为 UNIX 操作系统的标准通信模块。

2. 第二阶段：1983 ~ 1993 年，发展阶段

1983 年，ARPANET 分裂为两部分：ARPANET 和纯军事用的 MILNET。1983 年 1 月，ARPA 把 TCP/IP 协议作为 ARPANET 的标准协议，其后，人们称这个以 ARPANET 为主干网的网际互联网为 Internet，TCP/IP 协议簇便在 Internet 中进行研究、试验、改进，继而成为广泛使用的协议簇。

美国国家科学基金会（National Science Foundation，NSF）建立了六大超级计算机中心，为了使全国的科学家、工程师能够共享这些超级计算机设施，1986 年，NSF 建立了自己的基于 TCP/IP 协议簇的计算机网络 NSFNET。NSF 在全国建立了按地区划分的计算机广域网，并将这些地区的网络和超级计算中心相连，最后将各超级计算中心互连起来。地区网一般是由一批在地理上局限于某一地域，在管理上隶属于某一机构或在经济上有共同利益的用户的计算机互连而成的。连接各地区网上主通信节点计算机的高速数据专线构成了 NSFNET 的主干网。这样，当一个用户的计算机与某一地区网络相连以后，它除了可以使用任一超级计算中心的设施，可以与网上任一用户通信，还可以获得网络提供的大量信息和数据。

1989 年，NSFNET 骨干网升级为 T1 线路，速率达到 1.544Mbit/s。

1990 年 6 月，ARPANET 关闭，NSFNET 彻底取代了 ARPANET 而成为 Internet 的主干网，并向全社会开放，而不像以前那样仅仅供计算机研究人员、政府职员和政府承包商使用。

1990 年 9 月，由 Merit、IBM 和 MCI 公司联合建立了一个非赢利性的组织——先进网络和科学公司 ANS（Advanced Network & Science，Inc）。ANS 的目的是建立一个全美范围的 T3 级主干网，它能以 45Mbit/s 的速率传送数据。

1991 年，Internet 开始向用户收费。

1992 年，联网计算机数量超过 100 万台。

1993 年，NSFNET 骨干网升级到 T3 线路，速率达到 45Mbit/s。

至此，Internet 形成了由国家主干网、地区网、园区网组成的三级结构。

1993 年第一个浏览器 Mosaic 诞生，使得计算机网络进入 Web 时代，为 Internet 的普及奠定了基础。

3. 第三阶段：1994 年至今，飞跃阶段

1995 年 4 月 30 日，NSFNET 正式宣布停止运作，代替它的是由美国政府指定的 Merit、IBM 和 MCI 三家私营企业。至此，Internet 的商业化彻底完成。

1995 年开始流行 PPP（Point-to-Point Protocol），使得 TCP/IP 协议可通过电话线实现，这样，家庭用户访问 Internet 就变得非常简单了。

目前，连接到 Internet 的计算机已达几亿台，使用 Internet 的人数以 10 亿计，Internet 已发展成了网络的网络（Network of Networks），成为社会信息化的标志和网络经济的核心，深刻地影响着经济、社会、文化、科技，成为人们工作和生活的最重要工具之一。

关于 Internet，有两个比较著名的定律。

- 吉尔德定律（Gilder's Law）：主干网带宽的增长速度至少是运算性能增长速度的 3 倍。因为运算性能增长速度主要是由摩尔定律决定的，所以根据每两年运算性能提高一倍计算，主干网的网络带宽的增长速度大概是每 8 个月增长一倍。
- 迈特卡夫定律（Metcalfe's Law）：网络的价值与网络使用者数量的平方成正比。该定律为互联网的社会和经济价值提供了一个估算的模式。

1.3.3 计算机网络的发展趋势

计算机网络的未来发展将集中在三个主要方向：高速、移动和安全。

高速网络需要高速传输介质、高速交换与路由技术、高性能协议、服务质量（QoS）机制以及新的网络实现技术的支持。

移动性是满足未来用户需求的最基本要求，大范围、高速度、稳定的移动性将是计算机网络在相当长时间内最主要的研究课题之一。

网络安全是保证网络可用的前提，将是永无止境的课题。

同时，多网（电信网、电视网、计算机网）融合也是未来重要的研究课题，计算机网络的智能性将是长期追求的目标。

国际上普遍的看法是，不论网络如何发展，在可预见的将来，将必然保留 IP 协议作为网络通信的基础性协议，即 Everything on IP，IP over Everything。也就是说，将来任何信息都将使用 IP 协议来传送，同时要求 IP 可以在任何介质上传送。因此，我们要做的是完善 IP，而不是废弃 IP。

□ 1.4 计算机网络的标准化工作及相关组织

为使各种类型的设备能够连接在一起相互通信、共享资源，必须要有统一的标准才能实现。

从 ARPANET 开始，计算机网络的标准化工作就受到高度重视。为计算机网络制定标准的机构很多，比如国际标准化组织（ISO）、国际电报电话咨询委员会（CCITT，现在更名为国际电信联盟 ITU）、IEEE802 委员会、美国电气工业协会（EIA）等，还有各种专业论坛如 ATM 论坛等。现在，有关网络的最主要标准就是关于 Internet 的各种标准。

1.4.1 Internet 的标准

Internet 的所有标准都以 RFC（Request For Comments）的形式在 Internet 上发布。组织或个人欲建立一个 Internet 标准，都可写成文档（文本格式），并以 RFC 的形式发布到 Internet 上，供其他人评价、修改。RFC 按接收时间的先后从小到大编号，一个 RFC 文档更新后就使用新的编号，并在新文档中说明原来老编号的文档为旧文档。

制定 Internet 的正式标准需经过 4 个阶段。

- 草案（Internet Draft）：在这个阶段还不是 RFC 文档。
- 建议标准（Proposed Standard）：从这个阶段开始就成为 RFC 文档。
- 草案标准（Draft Standard）。
- 正式标准（Internet Standard）。

1.4.2　Internet 的管理机构

自 1992 年起，美国政府不再直接管理 Internet，而是由一个国际性组织 Internet 协会（Internet Society，ISOC）负责管理。Internet 技术方面的工作主要由 ISOC 下设的 Internet 体系结构委员会 IAB（Internet Architecture Board）负责。IAB 下设两个工程部：Internet 工程任务部 IETF 和 Internet 研究部 IERF。IETF 有许多工作组 WG 组成论坛，这些工作组划分为若干领域，每个领域负责集中研究某一特定的工程问题，主要是针对协议的开发和标准化。工作组的具体工作由 Internet 工程指导小组 IESG 管理。IERF 由一些研究组 RG 组成，负责进行理论研究和开发等一些需要长期考虑的问题。研究组的工作由 Internet 研究指导小组 IRSG 管理。

1.5　计算机网络分层结构

网络非常复杂，需要有一个适当的方法来研究、设计和实现。先看一个例子。假定有两个研究计算机网络的专家，他们对所研究的问题有共同的知识，仅就问题本身而言，他们有共同兴趣可以自由讨论。但是，这两个专家一个只会讲中文，另一个只会讲英文，谁都听不懂对方的语言，并且他们处在不同的城市。现在，要让他们能自由讨论，就需要设计一套交谈机制。

可以考虑使用如图 1-10 所示的模式。网络专家 C 用中文说话，翻译 C 将其讲话翻译成英文，通信专家 C 负责将翻译后的声音发送给对方。通信专家 E 接收来自对方的声音，将其交给翻译 E，由翻译 E 转交给网络专家 E。网络专家 E 的讲话通过相反的方向传送给网络专家 C。

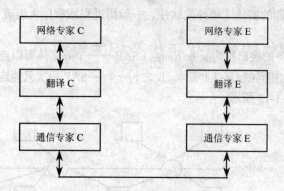

图 1-10　网络专家交流模型

这样就需要网络专家、翻译、通信专家三个层次的共同参与、各司其职，才能实现网络专家之间的自由交谈。而这就是一个层次模型，一个计算机网络涉及很多内容，可以借鉴这种模型。

为便于对网络进行研究和实现，需要按体系结构的方式进行建模。

网络体系结构是指构成计算机网络的各组成部分及计算机网络本身所必须实现的功能的精确定义。更直接地说，网络体系结构是计算机网络中的层次、各层的协议以及层间的接口的集合。

体系结构通常都具有可分层的特性，网络体系结构也不例外。

分层的基本原则是：

- 各层之间接口清晰自然，易于理解，相互交流尽可能少。
- 各层功能的定义独立于具体实现的方法。
- 保持下层对上层的独立性，单向使用下层提供的服务。

分层的优点是：

- 易于理解，易于交流，易于标准化。
- 易于实现，易于调试。
- 易于更新（替换单个模块）。
- 易于抽象。

在分层时应考虑层次的清晰程度与运行效率间的折中、层次数量的折中。层次越多，每层的定义就可能越清晰，其实现就可能越容易，但其总体运行效率可能就越低。

依据一定的原则，通常将网络分成多个层次，从最低层到最高层依次称为第 1 层、第 2 层、……，第 n 层，通常还为每层取一个特定的名称，如第 1 层的名称为物理层，如图 1-11 所示。

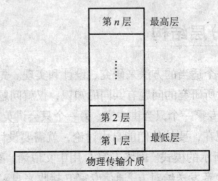

图 1-11　网络的层次模型

每层由完成给定功能的实体（硬件或软件，一般指进程或程序）组成，第 n 层的实体可记为 n 实体。

下层对上层提供服务的接口称为服务访问点（SAP）。一个 n 实体可以连接到多个（n–1）–SAP，这些 SAP 可连接到不同/相同的（n–1）实体。反之，一个 n–SAP 一次只能连接一个 n 实体和（n+1）实体。其对应关系如图 1-12 所示。

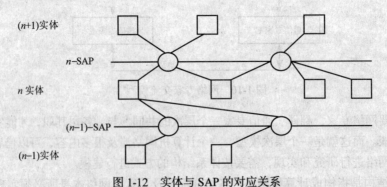

图 1-12　实体与 SAP 的对应关系

□ 1.6　计算机网络协议、接口和服务

1.6.1　协议与接口

接口是指同一系统内部两个相邻层次之间的交往规则。

协议是指通信双方实现相同功能的相应层之间的交往规则。

　　接口是一个系统内部的规定。在传统网络中，每一层只为相邻的层次之间定义接口，不能为跨层之间定义接口。例如，第 n 层、第 $n+1$ 层之间有接口，但第 $n-1$ 层、第 $n+1$ 层之间不能有接口。但近年来，对于跨层的研究，尤其是针对无线网络、光网络的跨层研究，是一个新的研究领域。

　　协议与接口的关系如图 1-13 所示。

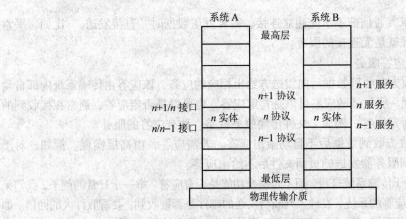

图 1-13　接口与协议

　　一个完整的协议通常应具有如下功能：

- 线路管理：建立、释放连接。
- 寻址：标识主体。
- 差错控制。
- 流量控制。
- 路由选择。
- 同步控制：包括位、字符、帧、状态的同步。
- 数据分段与装配。
- 排序。
- 数据转换。
- 安全管理、计费管理等。

1.6.2　服务与服务质量

1.6.2.1　服务的种类

　　服务是指为相邻的上层提供的功能调用，每层只能调用相邻的下层提供的服务。服务通过服务访问点（SAP）提供，如图 1-14 所示，SAP 就是接口。

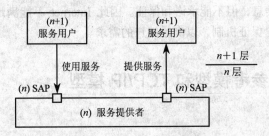

图 1-14　服务及服务访问点

计算机网络提供的服务可分为三类。

1. 面向连接的服务与无连接的服务

面向连接的服务是指在通信之前双方需先建立连接，然后才能开始传送数据，传送完成后需释放连接。建立连接时需要分配相应的资源（如缓冲区），以保证通信能正常进行。比如，打电话就是面向连接的服务。

无连接的服务是指双方通信前不事先建立连接，需要发送数据时，直接发送。比如，平常写信交由邮局投递的过程就是无连接的服务。

2. 有应答服务与无应答服务

有应答服务是指接收方在收到数据后向发送方给出相应的应答，该应答由传输系统内部自动实现，而不是由用户实现。所发送的应答可以是肯定应答，也可以是否定应答，通常在接收到的数据是错误的时候发送否定应答。例如，文件传输服务就是一种有应答的服务。

无应答服务是指接收方收到数据后不自动给出应答。若需应答，由高层实现。例如，对于WWW 服务，客户端收到服务器发送的页面文件后不给出应答。

有无应答的区分取决于传输系统自身，而不是整个功能是否有应答。举一个日常的例子，我们见到的邮递系统就是一个无应答的系统，发件人判断所发送的邮件是否被收到，要看收件人的回信。如果将邮递系统改为有应答的系统，其工作过程就是：发件人将邮件交给邮递机构，邮递机构一步一步地传递直到最后交给收件人，收件人签收后，邮递机构再沿着相反的方向，逐个报告说邮件已经送到，直到最后发件人接到邮递机构的报告，知道邮件是否发送成功，而不需要收件人发送确认邮件。

3. 可靠服务与不可靠服务

可靠服务是指网络具有检错、纠错、应答机制，能保证数据正确、可靠地传送到目的地。

不可靠服务是指网络不能保证数据正确、可靠地传送到目的地，只是尽量正确、可靠，是一种尽力而为的服务。

对用户而言，如果网络是不可靠的，则他是不敢放心使用的，尤其是对一些关键应用（如银行业务）。而网络本身因为各种原因，在传输过程中出错总是难免的，因此对于提供不可靠服务的网络，其可靠性、正确性就要由应用或用户来保障。例如，用户收到信息后要判断信息的正确性，如果不正确，应把出错信息报告给信息的发送者，以便发送者采取纠正措施。通过应用这些措施，把不可靠的服务变成可靠的服务。

1.6.2.2　服务质量

网络服务质量（QoS）是指网络提供优先服务的一种能力。网络服务质量通常用一些参数来衡量，如延迟、延迟抖动、带宽、出错率、丢包率等。不同的应用对服务质量的要求不尽相同。例如，对 IP 电话，要求延迟时间小，延迟抖动（两次传送的延迟时间差）小，而对网络电视，延迟抖动是最关键的参数。

现在的 Internet 基本上不能提供服务质量保证，它所实现的是一种尽力而为的服务，即网络尽量以最好的质量传送信息，但不能承诺和保证。因此 Internet 不能满足很多应用的要求，这就需要提供额外的服务质量保证机制，以满足用户的需求。

1.7　ISO/OSI 参考模型和 TCP/IP 模型

1.7.1　OSI 模型

国际标准化组织（ISO）于 1978 年提出了一个网络体系结构模型，称为开放系统互连（OSI）

参考模型。OSI 有 7 层，从低到高依次称为物理层、数据链路层、网络层、传输层、会话层、表示层、应用层，如图 1-15 所示。

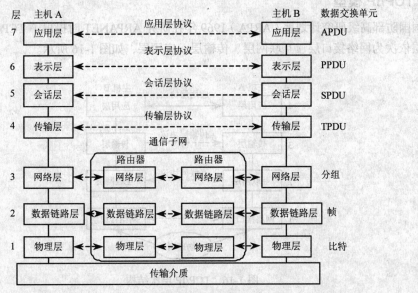

图 1-15　OSI 层次结构

OSI 参考模型中各层的功能如下：

- 物理层：在链路上透明地传输比特。物理层需要完成的工作包括线路配置、确定数据传输模式、确定信号形式、对信号进行编码、连接传输介质，为此定义了建立、维护和拆除物理链路所具备的机械特性、电气特性、功能特性以及规程特性。
- 数据链路层：把不可靠的信道变为可靠的信道。为此将比特组成帧，在链路上提供点到点的帧传输，并进行差错控制、流量控制等。
- 网络层：在源节点-目的节点之间进行路由选择、拥塞控制、顺序控制、传送包，保证报文（分解成多个包）的正确性。网络层控制着通信子网的运行，因而又称之为通信子网层。
- 传输层（也称为传送层、传达层、运输层）：提供端-端间可靠的、透明的数据传输，保证报文顺序的正确性、数据的完整性。
- 会话层（也称为会议层、会晤层）：建立通信进程的逻辑名字与物理名字之间的联系，提供进程之间建立、管理和终止会话的方法，处理同步与恢复问题。
- 表示层（也称为表达层）：实现数据转换（包括格式转换、压缩、加密等），提供标准的应用接口、公用的通信服务、公共数据表示方法。
- 应用层：为应用进程提供的各种服务，如 E-mail 服务。

1～3 层为低层，4～7 层为高层，第 4 层起到承上启下的作用。各层的作用范围是：

- 物理层：物理链路。
- 数据链路层：链路。
- 网络层：源节点-目的节点（这里的节点是指通信子网的节点）。
- 传输层：端-端（主机-主机或进程-进程），全双工。
- 会话层、表示层、应用层：应用-应用。

OSI 模型层次完整，概念清晰，但也非常复杂。除了低 3 层有实现外，其余层次没有实现，现在已基本不用。

1.7.2　TCP/IP 模型

美国国防部高级研究计划署（ARPA）1969 年在研究 ARPANET 时提出了 TCP/IP 模型，从低到高各层依次为网络接口层、互联网层、传输层、应用层，如图 1-16 所示。

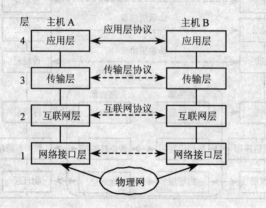

图 1-16　TCP/IP 层次结构

应用层、传输层、互联网层都定义了相应的协议和功能，但网络接口层一直没有明确地定义其功能、协议和实现方式。

- 应用层的主要协议有：DNS，HTTP，SMTP，POP3，FTP，Telnet，SNMP。
- 传输层的主要协议有：TCP，UDP。
- 互联网层的主要协议有：IP，ICMP，ARP，RARP。
- 网络接口层：没有特定的定义。

TCP/IP 模型与 OSI 模型的大致对应关系如表 1-1 所示。

表 1-1　OSI 模型与 TCP/IP 模型对比

OSI 模型	TCP/IP 模型
应用层	应用层
表示层	不存在
会话层	
传输层	传输层
网络层	互联网层
数据链路层	网络接口层
物理层	

由于有大量的协议和应用支持 TCP/IP 模型，现在它已成为事实上的标准。
各层的作用范围是：

- 互联网层：主机-主机。
- 传输层：应用-应用或进程-进程。
- 应用层：用户-用户。

TCP/IP 模型没有定义和区分协议、接口、服务的概念。

1.7.3　虚拟模型

上述两个模型存在差异，为了方便，现在几乎所有网络都采用了一种结合上述两种模型的虚拟模型。这种模型将网络分为 5 个层次，依次为：

- 第 5 层：应用层。
- 第 4 层：传输层。
- 第 3 层：网络层。
- 第 2 层：数据链路层。
- 第 1 层：物理层。

本书也将使用这个虚拟模型。

在网络中，每一层都有自己传送数据的单位，其名称、大小和含义各有不同。为了统一起见，定义了如下几个特定的术语：

- 服务数据单元（SDU）：为完成用户所要求的功能而应传送的数据。第 n 层的服务数据单元记为 n-SDU。
- 协议控制信息（PCI）：控制协议操作的信息。第 n 层的协议控制信息记为 n-PCI。
- 协议数据单元（PDU）：协议交换的数据单位，即实际要传送的数据。第 n 层的协议数据单元记为 n-PDU。

三者之间的关系为：$n\text{-SDU} + n\text{-PCI} = n\text{-PDU} = (n-1)\text{SDU}$。其变换过程如图 1-17 所示。

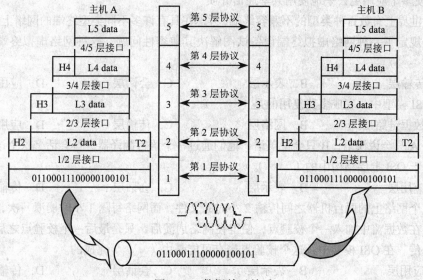

图 1-17　数据单元关系

在实际网络中，每层的协议数据单元都有一个通俗的名称。各层的名称为：

- 应用层：统称用户数据或用户消息。
- 传输层：数据段（segment），通常简称为报文（message）。报文的长度一般不超过 64KB，当用户数据太长时，需要分成多个报文传送。
- 网络层：分组或包（packet）。包的长度较小，比较典型的长度是 1KB 左右（随网络和协议的不同而不同）。通常一个报文被分成多个包发送。包在 IP 协议中也被称为 IP 数据报。
- 数据链路层：帧（frame）。帧与包之间存在一一对应的关系。
- 物理层：比特（bit）。

习 题

1. 单项选择题

1-01 如果每个协议数据单元中序号占 1 字节，那么序号的范围是（   ）。

    A. 0~7   B. 0~8   C. 0~255   D. 0~256

1-02 在封装过程中，加入的地址信息是指（   ）。

    A. 物理地址   B. IP 地址

    C. 网络服务访问点   D. 根据具体的协议来定

1-03 协议数据单元中，控制信息不包括（   ）。

    A. 地址   B. 查错码   C. 数据   D. 协议控制

1-04 要给每个协议数据单元一个序号，顺序发送的 PDU 的序号（   ）。

    A. 随机产生   B. 依次增大   C. 依次减小   D. 可能有相同的

1-05 将用户数据分成一个个数据块传送的好处不包括（   ）。

    A. 提高错误控制效率

    B. 减少延迟时间

    C. 有效数据在 PDU 中所占比例更大

    D. 使多个应用更公平地使用共享通信介质

1-06 当前世界上有数百种类型的不兼容终端，考虑在具有许多不同类型终端的网络上进行工作，有人规定了一种网络虚拟终端设备试图解决其兼容性问题。这种网络虚拟终端设备建立在（   ）。

    A. 传输层   B. 表示层   C. 会话层   D. 应用层

1-07 在 OSI 模型中，完成多路复用的是（   ）。

    A. 数据链路层   B. 网络层   C. 传输层   D. 应用层

1-08 如果 A 只会说汉语，B 只会说英语，他们通过一个语言翻译器进行会话，这个语言翻译器相当于 OSI 七层结构中的（   ）。

    A. 应用层   B. 表示层   C. 会话层   D. 传输层

1-09 在某个网络上的两台机器之间传输 2 小时的文件，而网络每隔 1 小时崩溃一次，这时可以考虑在数据流中加入一个校验点，使得在网络崩溃后，只是最后一个校验点之后的数据进行重传。在 OSI 模型中，这个校验点最有可能是由（   ）完成的。

    A. 应用层   B. 表示层   C. 会话层   D. 传输层

1-10 链路和数据链路的区别是（   ）。

    A. 没有区别，只是一个实体的两种说法

    B. 前者可以有中间节点，后者不能有中间节点

    C. 前者是一个物理概念，后者是逻辑概念

    D. 前者需要软件支持，后者不需要

1-11 当进行文本文件传输时，可能需要进行数据压缩。在 OSI 模型中完成这一工作的是（   ）。

    A. 应用层   B. 表示层   C. 会话层   D. 传输层

1-12 在大多数网络中，数据链路层都是用请求重发损坏了的帧的办法解决发送出错问题。如果

一个帧被损坏的概率是 p，而且确认信息不会丢失，发送一帧的平均发送次数是（　　）。

A. $1+p$　　　　　　　B. $1-p$　　　　　　　C. $1/(1+p)$　　　　　　D. $1/(1-p)$

1-13 一台网络打印机在打印时，突然收到一个错误的指令要打印头回到本行的开始位置，这个差错发生在 OSI 模型中的（　　）。

A. 传输层　　　　　　B. 表示层　　　　　　C. 会话层　　　　　　D. 应用层

1-14 物理层的电气特性规定的特性包括（　　）。

A. 接插件的形状　　　B. 信号的电压值　　　C. 电缆的长度　　　　D. 各引脚的功能

1-15 网卡是完成（　　）的功能。

A. 物理层　　　　　　　　　　　　　　　B. 数据链路层

C. 物理层和数据链路层　　　　　　　　　D. 数据链路层和网络层

1-16 通信子网不包括（　　）。

A. 物理层　　　　　　B. 数据链路层　　　　C. 网络层　　　　　　D. 传输层

1-17 当数据由端实系统 A 传至端实系统 B 时，不参与数据封装工作的是（　　）。

A. 物理层　　　　　　B. 数据链路层　　　　C. 应用层　　　　　　D. 表示层

2. 综合应用题

1-18 解释协议的主要功能。

1-19 计算机通信网与共享资源的计算机网络的主要区别是什么？

1-20 实现计算机网格的关键是什么？

1-21 说明网格型网络的优缺点。给出一种网格型网络的实例。

1-22 TCP/IP 模型中没有定义网络主机接口层的具体内容，但 TCP/IP 竟然被实现了并得到广泛应用，给出一种解释。

1-23 比较分组交换与报文交换，说明分组交换优越的原因。

1-24 两个学生讨论有关 FAX 是面向连接还是无连接的服务。A 说 FAX 显然是面向连接的，因为需要建立连接。B 认为 FAX 是无连接的，因为假定有 10 份文件要分别发送到 10 个不同的目的地，每份文件 1 页长，每份文件的发送过程都是独立的，类似于数据报方式。请对 A、B 的观点进行评价。

1-25 分析将网络分解为层次结构的利弊。

1-26 有人认为，既然某种网络技术提供的是不可靠的服务，那就说明在网络上所做的操作及其结果都是不可靠、不可信的，因此网络应取消不可靠的服务模式。请加以评述。

第2章　CHAPTER2

物　理　层

2.1　数据通信基础

广义地讲，把从一地向另一地或多地进行消息的有效传递称为数据通信。自从 19 世纪末人们开始利用电信号传递消息以来，电信这种通信方法得到了深入研究和飞速发展，形成了一整套完备的理论、技术及相应的设备，成为当今社会最重要的通信手段。从狭义的角度讲，把利用电磁波、电子技术、光电子等手段，借助电信号或光信号实现从一地向另一地或多地进行消息的有效传递和交换的过程称为数据通信。通信的实质就是实现信息的有效传递，它不仅要将有用的信息进行无失真、高效率的传输，而且还要在传输的过程中减少或消除无用信息和有害信息。

2.1.1　基本概念

1. 数据、信号

数据是原始事实的集合，是运送信息的实体。数据是一个静态的概念。

信号是数据的电气的或电磁的编码形式，是数据在传送过程中的存在形式。信号是一个动态的概念。

2. 数字信号与模拟信号

数字信号是指离散变化的电压脉冲序列（通常在有线介质上传输）。

模拟信号是指在各种介质上传输的连续变化的电磁波。

相应地，数据也分为数字数据和模拟数据。

数字数据是指在某区间产生离散值的数据，模拟数据是指在某区间产生连续值的数据。

3. 信道

信道一般用来表示向某一个方向传送信息的介质，简单地说是指能传送信号的一条通路，由线路及附属设备组成。

一条通信信道往往包含一条发送信道和一条接收信道。从通信双方的信息交互方式看，可以有三种基本方式。

（1）单工通信

单工通信只有一个方向的传送而没有反方向的传送，仅需要一条信道，无线电广播、电视广播就属于这种类型。

（2）半双工通信

半双工通信即通信的双方都可以发送信息，但不能同时发送。

（3）全双工通信

全双工通信即通信的双方可以同时发送和接收信息，通常需要两条信道。

4. 码元

数字通信中对数字信号的计量单位，通常在使用时间域（时域）的波形表示数字信号时，用于代表不同离散数值的基本波形。一个码元指的是一个固定时长的数字信号波形，该时长称为码元宽度。

5. 传输速率

衡量数字通信系统的传输有效程度的指标，可以用码元传输速率和数据传输速率来描述。

（1）**数据传输速率**

数据传输速率又可称为数据传输速率、位率、信息速率等，它表示单位时间内数据通信系统传输的二进制位数，单位是位/秒（bit/s）。

（2）**码元传输速率**

码元传输速率又可称为码元速率、信号速率、波特率等，它表示单位时间内数据通信系统所传输的码元个数（信号个数），单位是波特，但通常只有数值没有单位。1 波特表示数字通信系统每秒传输 1 个码元。这里的码元可以是多进制的，也可以是二进制的。

6. 信道容量

信道的最大数据传输速率（极限参数）。

7. 带宽

信号带宽：指信号所占据的频率范围。如声音带宽为 300 ~ 3400Hz。

信道带宽：信道允许通过的频率范围。

8. 误码率

二进位被传错的概率。通常是由大量的数据量统计得来。

9. 延迟（时延）

从发送第一位开始到最后一位被收到为止的时间长度。包括发送延迟、传播延迟、排队延迟、处理延迟 4 部分。

（1）**发送延迟**

发送延迟是节点在发送数据时使报文或分组从节点进入到传输介质所需要的时间，也就是从发送报文或分组的第一位开始算起，到最后一位发送完毕所需的时间。其计算公式为

$$\text{发送延迟} = \frac{\text{数据块长度（bit）}}{\text{数据传输速率（bit/s）}}$$

（2）**传播延迟**

传播延迟是电磁波在信道中传播一定的距离而需要花费的时间，其计算公式为

$$\text{传播延迟} = \frac{\text{介质长度（m）}}{\text{信号传播速度（m/s）}}$$

信号传播速度的理论值是光速（$3 \times 10^8 \text{m/s}$），但在实际介质上的传播速度一般不超过 2/3 倍光速。

（3）**排队延迟**

排队延迟是数据在中间节点暂存等待转发的延迟时间，该时间是不确定的。当网络的通信量大时，还会发生队列溢出，使数据丢失，这相当于排队延迟为无穷大。

（4）处理延迟

处理延迟是各节点对数据包进行处理的时间，包括检错、排序、解析包重装配数据等时间，与其他延迟相比，这部分延迟通常较小可忽略。

4 种延迟中，发送延迟、传播延迟是比较确定的，排队延迟是不确定的，处理延迟较小可忽略。

在计算机网络中，往返时间 RTT（Round-Trip Time）也是一个重要的性能指标，它表示从发送方发送数据开始，到发送方收到来自接收方的确认，总共经历的时间。对于复杂的网络，往返时间要包括各中间节点的排队延迟。

当客户实现新的数字语音和视频应用时，可能更关心延迟抖动（连续两次传送的延迟差）。延迟抖动通常与端到端或者往返时间一起，对应用的性能需求进行全面的描述。当用户对两次获得信息的时间间隔较为敏感时，就需要用延迟抖动来描述性能。

10. 数字传输与模拟传输

按承载消息的信号形式的不同，传输可分为模拟传输和数字传输。

模拟传输是指以模拟信号来传输消息的通信方式，与信号所代表的数据的形式无关。

数字传输是指用数字信号来传输消息的通信方式，与信号所代表的数据的形式无关。

不论是数字数据还是模拟数据，都可以采用两种传输方式之一进行传输。

数字数据（二进制序列）→ 编码为数字信号 → 数字传输

数字数据（二进制序列）→ 调制为模拟信号（Modem）→ 模拟传输

模拟数据（连续值）→ 编码为数字信号（Codec）→ 数字传输

模拟数据（连续值）→ 调制为模拟信号 → 模拟传输

通常数字传输的距离不及模拟传输的距离远。为了增大传输距离，两种传输方式采用的方式不同。

- 数字传输采用中继方式，由中继器完成。其原理是：接收信号，进行整形，还原为脉冲信号（称为再生），然后发送出去。每次中继，都把信号还原，去掉了噪声，因此传输质量高。
- 模拟传输采用放大方式，由放大器完成。其原理是：接收信号，按比例放大信号的各部分，然后发送出去。显然，放大方式把噪声信息一并放大、传送到接收方了。

数字传输的优点是：

- 设备简单：只需处理 0、1，可优化信道设计。
- 传输质量高，出错率低。
- 通信能力强。
- 便于统一多种网络。利用数字化技术，可以把所有网络都改造成数字传输，这样可把各种网络统一成一个公共传输网络。

数字传输的最大缺点是传输距离近，比如数字传输现在还不能用于远距离卫星通信。

11. 基带传输与频带传输

基带是指未经调制变换的信号所占的频带。

基带信号是指高限频率与低限频率之比远大于 1 的信号。比如声音信号的频率范围是 300 ~ 3400Hz，其高限频率为 3400Hz，低限频率为 300Hz，高低限比值超过 10。基带数字信号的频谱从 0 开始。

基带传输是指不改变基带信号频谱的传输方式。采用这种信号传输技术的通信系统称为基带传输通信系统，简称基带系统。

有时基带传输是很难实现的，比如声音，如果直接将 300 ~ 3400Hz 的信号进行传输，将需要几千米高、几千米直径的天线才可能发送，这显然不现实。所以，为了能够方便、经济地传输，通常需要对基带信号进行变换。

频带传输是指改变原始信号的频带，使其在适合的通信频带上传输的传输方式。采用这种信号传输技术的通信系统称为频带传输通信系统，简称频带系统。

2.1.2 奈奎斯特定理与香农定理

1. 奈奎斯特定理

早在 1924 年，奈奎斯特（Nyquist）推导出在理想低通信道下的最高码元传输速率的公式，称为奈奎斯特定理。该定理为：

在带宽为 W（Hz）的无噪声信道上传输信号，假定每个信号取 V 个离散电平值，则信道的极限数据传输速率（位率）为

$$2W * \log_2 V (\text{bit/s})$$

奈奎斯特定理的另一种情况是：无噪声信道具有无限带宽，其上传输的信号带宽为 W，假定每个信号取 V 个离散电平值，则传输该信号的极限数据传输速率为

$$2W * \log_2 V (\text{bit/s})$$

通过奈奎斯特定理，建立了带宽与数据传输速率之间的对应关系，这也是为什么人们常把数据传输速率高的网络称为宽带网的原因。

如果不考虑每个信号所取的电平数，只考虑码元数，则其值为码元速率，

$$\text{理想低通信道的最高码元传输速率} = 2W$$

称为奈奎斯特信号速率，也称为波特率（单位时间内传送的信号数）。

若码元的传输速率超过了奈奎斯特定理给出的数值，则将出现码元之间的相互干扰，以致在接收方无法正确判定发送方所发送的码元是 1 还是 0。

由于码元的传输速率受奈奎斯特定理的制约，所以要提高数据的传输速率，就必须设法使每个码元能携带更多个 bit 的信息量，这就需要采用多元制的编码方法。

2. 香农定理

奈奎斯特定理考虑的信道是没有噪声的，但实际的信道都是有噪声的，这样奈奎斯特定理就不再适用。

1948 年，香农（Shannon）用信息论的理论推导出了有噪声信道上带宽与数据传输速率的关系，称为香农定理。该定理为：

在带宽为 W（Hz）的有噪声信道上传输信号，假定信噪比为 S/N（功率比），则信道的极限数据传输速率为

$$W * \log_2 (1 + S/N)(\text{bit/s})$$

香农定理的另一种情况是：信道具有无限带宽，其上传输的信号带宽为 W，信噪比为 S/N，则传输该信号的极限数据传输速率为

$$W * \log_2 (1 + S/N)(\text{bit/s})$$

该定理表明，信道的带宽或信道中的信噪比越大，则信道的极限传输速率就越高。更重要的是，香农定理指出：只要数据传输速率低于信道的极限数据传输速率，就一定能找到某种方法来实现无差错的传输。

由于信噪比 S/N 的本身的物理和数学特性，实际使用时都是取对数 $\lg(S/N)$，单位为贝（B），但贝的单位太大，再乘以 10，变换成分贝（dB）。

【例题】带宽为 3kHz 的信道，如果没有噪声，传输二进制信号，按奈奎斯特定理，极限数据传输速率为 6kbit/s。如果有噪声且信噪比为 30dB，极限数据传输速率为 $3k \times \log_2(1+1000) \approx 30$kbit/s（信噪比为 30dB，$10\lg(S/N)=30$，$S/N=1000$）。

这一结果并不是说有噪声信道比无噪声信道更好。其原因是：

- 两个公式计算出来的都是极限数据传输速率，即上限值，有的上限值与实际值相差较多。
- 奈奎斯特定理只考虑二进制，即一个信号只取两种离散电平值（0、1），而香农定理考虑最大可能情况，比如一个信号取 N 个离散电平值，而 $N \to \infty$。

2.1.3　信源与信宿

1. 数据通信系统

将计算机或终端与数据传输线路连接起来，达到数据传输、收集、分配、存储、处理目的的系统，统称为数据通信系统。

数据通信系统的基本组成一般包括发送端、接收端以及收发两端之间的信道三个部分，如图 2-1 所示。

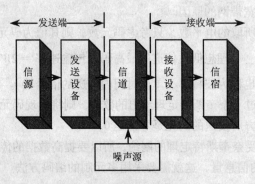

图 2-1　数据通信系统的模型

信源是信息或信息序列的产生源，它泛指一切发信者，可以是人也可以是机器设备，能够产生诸如声音、数据、文字、图像、代码等信号。信源发出信息的形式可以是连续的，也可以是离散的。

发送设备是把信源发出的信息变换成便于传输的形式，使之适应于信道传输特性的要求并送入信道的各种设备。发送设备是一个整体概念，可能包括许多电路、器件和系统，比如把声音转换为电信号的麦克风，把基带信号转换成频带信号的调制器等。

信道是指传输信号的通道。根据传输介质的不同，可分为有线信道（电缆、光纤等）和无线信道（微波、卫星等）。电缆可用来传输速率低的数字信号，其他信道均要进行调制。信道中会有噪声，可能是进入信道的各种外部噪声，也可能是通信系统中各种电路、器件或设备自身产生的内部噪声。

接收设备接收从信道传输过来的信息，并转换成信宿便于接收的形式，其功能与发送设备的功能刚好相反。接收设备也是一个整体概念，可能包括许多电路、器件和系统，比如把频带信号转换为基带信号的解调器，把数字信号转换为模拟信号的数/模转换器等。

信宿是接收发送端信息的对象，它可以是人，也可以是机器设备。

按照信道中所传输信号的形式不同，通信系统可以进一步分为模拟通信系统和数字通信系统。

2. 传输损害

由于各种传输损害，任何通信系统接收到的信号和发送的信号会有所不同。对模拟信号而言，这些损害导致了各种随机的改变而降低了信号的质量。对数字信号而言，则引起位串错误，位 1 变成位 0 或位 0 变成位 1。最有影响的传输损害包括衰减、延迟失真和噪声。

（1）衰减

在任何传输介质上信号强度将随着距离延伸而减弱。对有线传输介质，强度减弱或衰减一般具有对数函数性，其衰减量可用公式

$$P = k \lg D$$

来表示，其中 k 为系数，D 为传输距离。因此其衰减量是可预测、可控的。

对无线传输介质，衰减则是距离和大气组成所构成的复合函数。其衰减量可用公式

$$P \propto k D^a$$

来表示，其中 a 为 2~6 之间的一个数 0，k 为系数，D 为传输距离，$\propto$ 表示成正比例。

不可避免的衰减引出了三个主要问题。第一个问题就是接收到的信号必须有足够的强度，只有这样，接收器里的电子电路才能辨别、解释信号。第二个问题就是信号需比收到的噪声维持一个更高的电平，以避免出错。第三个问题是针对模拟信号的，衰减是频率的增量函数，频率越高，衰减越严重，所以接收的信号会扭曲。

对于第一个和第二个问题可以用增加信号强度、设置放大器或中继器来解决。就点对点链路而言，发送器的信号强度必须足以为接收方所辨认，但是不能强到使发送器的电路过载，否则会产生变形信号。在超过一定距离后，信号衰减将会加大，这时使用放大器或中继器使信号再生。这些问题在多点线路里会变得复杂，这时从发送器到接收器的距离是可变的。

对于第三个问题可以借助技术手段使在某个频带内的频率衰减趋于相等。对于语音级电话线，通常使用在线路上加载线圈以改变线路的电气属性，结果使衰减效果趋于平滑。另一种方法是使用高频放大器将高频放大。

（2）延迟失真

延迟失真是有线传输介质独有的现象，这种变形是由有线介质上信号传播速率随着频率而变化所引起的。在一个有限的信号频带中，中心频率附近的信号速度最高，而频带两边的信号速度较低，这样，信号的各种频率成分将在不同的时间到达接收器。

由于信号中各种成分延迟使得接收到的信号变形的这种效果称为延迟失真。延迟失真对数字信号影响尤其重大，一个码元的信号成分可能溢出到其他码元，引起信号内部的相互串扰，这将限制传输的位速率。

（3）噪声

因传输系统造成的各种失真，以及在传输和接收之间的某处插入的不必要的信号产生了噪声。噪声可分为热噪声、调制噪声、串扰、脉冲噪声四种。

热噪声是导体中电子的热震动引起的，它出现在所有电子设备和传输介质中，且是温度的函

数。噪声值可以表示为 $N=kTW$。其中 k 为常数（1.3803×10^{-23}J/°K），T 为温度，W 为带宽。热噪声是在所有频谱中以相同的形态分布，所以常称为白噪声，它是不能够消除的，但是可以预测和控制的。

当不同频率的信号共享同一传输介质时，可能导致调制噪声。调制噪声的结果往往产生一些新的信号，它们的频率是某两个频率和、差或倍数，这些信号可能对正常信号产生影响。当发送器、接收器或介入的传输设备里有一些非线性设备时，将会产生调制噪声。

串扰使信号通路之间产生了不必要的耦合，这一般在邻近的双绞线之间因电耦合而产生，在极少数情况下也可能在运载多个信号的同轴电缆中产生。

脉冲噪声是非连续的且不可预测的。在短时间里，它可具有不规则的脉冲或噪声峰值，并且振幅较大。它产生的原因包括各种意外的电磁干扰，如闪电以及通信系统的故障。脉冲噪声对模拟信号一般仅是小麻烦，但对数字信号是出错的主要原因。

2.1.4　编码与调制

数据必须转换成信号才能在网络介质上传输。一般来说，模拟数据和数字数据都可以转换为模拟信号或数字信号。将数据变换为模拟信号的过程称为调制，将数据变换为数字信号的过程称为编码。

表示数据元素一般用位，表示信号元素一般用脉冲或波形。

2.1.4.1　数字数据编码为数字信号
1. 非归 0 制编码

对于数字数据，最普遍而且最容易的编码方法就是用两个电压来表示两个二进制数字。例如，无电压表示数字 0，有电压表示数字 1。但是没有电压表示 0 与没有传输信号（也没有电压）无法区分，因此需要对此加以改善。

通信中，用正电压表示 1，用负电压表示 0，这种编码方式就是非归零制编码（NRE）。

但是非归零制传输也有缺点。它难以决定一位的结束和另一位的开始，需要有某种方法使发送器和接收器进行定时。如果传输 1 或 0 过多，在单位时间内将有累积的直流分量，而且没有检错能力。

2. 双极 AMI

AMI 码编码规律如图 2-2 所示，原码序列中的"0"码仍为"0"，原码序列中的"1"码则交替变为+1 和−1。由于"1"码极性交替，如果接收端发现极性不是交替出现就一定出现了传输误码，因此可检出奇数个误码。但码流中连续 0 过多时，不利于定时提取。

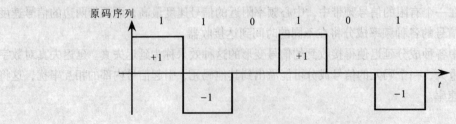

图 2-2　双极 AMI 码的编码规律

3. 曼彻斯特编码

曼彻斯特编码方法是将每一个码元再分成两个相等间隔，码元 0 是前一个间隔为高电平而后一个间隔为低电平，码元 1 则刚好相反，如图 2-3 所示。这种编码的好处就是可以保证在每一个码元的正中间出现一次电平的变化，该变化既作为同步信号，又作为信号的取值，有利于接收方提取位同步信号。但是它所占的频带宽度比原始的基带信号增加了一倍。广泛使用的 10Mbit/s 以太网用的就是这种编码方式。

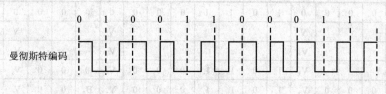

图 2-3　曼彻斯特编码

4. 双极性 8 零替换码 B8ZS

B8ZS（Bipolar with 8-Zeros Substitution）为了克服 AMI 连续 0 过多不利于定时的缺点，在 AMI 的基础上作了修改，其规则为：

- 如果出现一个全 0 的八位组，并且在这个八位组之前的最后一个脉冲为正，那么这个八位组中 8 个 0 被编码为 0001+1−01−1+；
- 如果出现一个全 0 的八位组，并且在这个八位组之前的最后一个脉冲为负，那么这个八位组中 8 个 0 被编码为 0001−1+01+1−。

B8ZS 编码如图 2-4 所示。

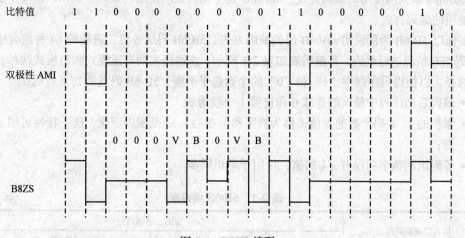

图 2-4　B8ZS 编码

5. 三阶高密度双极性码 HDB₃

HDB$_3$（High-Density Bipolar-3 zeros）码保留了 AMI 码的所有优点，还可将连续 0 限制在 3 个以内，克服了 AMI 码如果连续 0 过多不利于定时提取的缺点。普通二进制码流变换为 HDB$_3$ 码的规律如下：

1）在二进制码流中，当连续出现 4 个以上连续"0"时，从第一个"0"起到 4 个连续"0"中，最后一个"0"用"V"码取代，此码称为极性破坏点。

2）各"V"码必须进行极性交替。

3）相邻"V"码间，前"V"码后邻的原传号码应与之符合极性交替原则。

4）要使"V"码前邻一定出现一个与之极性相同的码位，按前三步变换后可能会出现与"V"码同极性的码，如果没有出现，就将四连续"0"中的第一个"0"用"B"码取代，使"B"码与它后邻的"V"码同极性。

【例题】将二进制码流 10000101100000000011 进行 HDB_3 编码。

原码序列	1	0	0	0	0	1	0	1	1	0	0	0	0	0	0	0	0	0	1	1
1）					V								V				V			
2）					V_+								V_-				V_+			
3）					V_+	1_-	0	1_+	1_-	0	0	0	V_-	0	0	0	V_+			
4）	1_+	0	0	0	V_+	1_-	0	1_+	1_-	0	0	0	V_-	B_+	0	0	V_+	0	1_-	1_+

从上面的例子可以看出，当两个"V"码之间原传号码"1"为奇数个时，"V"码前邻必然会出现一个与之极性相同的码；当"1"码为偶数个时，第一个连续"0"必然用 B 码取代。所以在接收端进行 HDB_3 解码时，在收到的码序列中检出相邻两个传号脉冲为同极性时，后者为"V"码。若相邻同极性码间连续"0"数为 3，则第一个同极性码为原传号码，解码时只将"V"码变为"0"；若相邻同极性码间为两个连续"0"时，则此两个连续"0"前后原码均恢复为"0"。

6. nB/mB 码

nB/mB 码（m > n）把 n 个二进制的码组转变为 m 个二进制的码组，即用 m 位编码表示 n 位信息。因此实际的码组有 2^n 种，冗余码组有 2^m-2^n。

在高速光纤传输系统中，应用较为广泛的有 4B/5B、5B/6B、8B/10B、64B/66B。其中 4B/5B 是 100Mbit/s 以太网使用的编码方式，8B/10B 是千兆以太网使用的编码方式，64B/66B 是万兆以太网使用的编码方式。

下面以 5B/6B 为例说明 nB/mB 码的编码方式。5B/6B 码从 6 位二进制的 64 种组合中精选出 32 个码组对信源进行编码，其编码表如表 2-1 所示。该编码表列有正模式和负模式两种，使用时成对选择，以使得码序列中"1"和"0"的个数趋于平衡。5B/6B 码具有如下特性：

- 编码后的序列中最大的连续 0 和连续 1 个数为 5；
- 累积的 1、0 码个数的差值（称为数字和）在 -3 ~ +3 范围内变化，这一特性可用于误码监测；
- 各码组的数字和没有 ±1 的值，可用于码组同步。

表 2-1 5B/6B 编码表

输入二进制码组	输出二进制码组	
	正 模 式	负 模 式
00000	110010	110010
00001	110011	100001
00010	110110	100010
00011	100011	100011
00100	110101	100100
00101	100101	100101
00110	100110	100110
00111	100111	000111
01000	101011	101000

（续）

输入二进制码组	输出二进制码组	
	正 模 式	负 模 式
01001	101001	101001
01010	101010	101010
01011	001011	001011
01100	101100	101100
01101	101101	000101
01110	101110	000110
01111	001110	001110
10000	110001	110001
10001	111001	010001
10010	111010	010010
10011	010011	010011
10100	110100	110100
10101	010101	010101
10110	010110	010110
10111	010111	010100
11000	111000	011000
11001	011001	011001
11010	011010	011010
11011	011011	001011
11100	011100	011100
11101	011101	001001
11110	011110	001100
11111	001101	001101

2.1.4.2　数字数据调制为模拟信号

发送模拟信号的基础是载波信号，可用 $A\sin(\omega t+\phi)$ 表示，其中有振幅、频率、相位三个基本参数。数字数据调制为模拟信号的思想是选取某一频率的正弦信号作为载波用以运载所要传送的数字数据。用待传送的数字数据改变载波的幅值、频率和相位，或其组合，将改变后的信号发送出去，到达目的地后再进行解调（分离出原始数字数据）。

把数字数据加到载波上去的过程称为调制，从载波上取出数字数据的过程称为解调。完成调制功能的设备叫调制器，完成解调功能的设备叫解调器。通常，调制器和解调器集成在一起，称为调制解调器，缩写为 Modem。

1. 幅移键控调制方法

幅移键控 ASK（Amplitude Shift Keying）的基本思想是：利用待传数据改变载波的振幅，而载波的频率、相位都保持不变。

例如，如果待传数据为 0，将载波的振幅变为 0；如果待传数据为 1，则载波的振幅不变。该方法的特点是实现简单，但抗干扰性能差。

设 R 为数据传输速率，r 为系数（$0<r<1$），L 为离散电平数量，则模拟信号要求的带宽为 $B_T=(1+r)R/\log_2 L$。

2. 频移键控调制方法

频移键控 FSK（Frequency Shift Keying）的基本思想是：利用待传数据改变载波的频率，而载波的振幅、相位不变。

例如，如果待传数据为 0，则载波的频率不变；如果待传数据为 1，则载波的频率加倍。

与 ASK 相比，该方法的抗干扰性能更好。

通常的方法是，待传数据 0、1 分别将载波的频率 fc 改为 $f0$、$f1$，则三个频率满足关系 $fc-f0=f1-fc$。

设 R 为数据传输速率，r 为系数（$0<r<1$），L 为离散电平数量，则模拟信号要求的带宽为 $B_T = 2\Delta F+(1+r)R /\log_2 L$，$\Delta F=f2-fc=fc-f1$。

3. 相移键控调制方法

相移键控 PSK（Phase Shift Keying）的基本思想是：利用待传数据改变载波的相位，而载波的振幅、频率不变。

PSK 有两种基本实现方法，即绝对相移和相对相移。绝对相移方法是用待传的数据 0 将载波的相位变为某一固定相位值，而用待传的数据 1 将载波的相位变为另一个固定相位值。例如，180° 表示 0，0° 表示 1。

相对相移是用前后信号有无相位变化来表示 0 和 1。

如图 2-5 所示的二进制幅移键控、频移键控和相移键控的例子。ASK 中用载波有幅度和幅度为 0 分别表示数字数据的"1"和"0"；FSK 中用两种不同的频率分别表示数字数据的"1"和"0"；PSK 中用 0 相位和 π 相位分别表示数字数据的"1"和"0"。ASK 信号带宽是 $2f_b$，f_b 是码元重复频率。FSK 信号的抗噪性能优于二进制 ASK 信号，带宽为 $\Delta f+2f_b$，Δf 为频差。PSK 信号抗噪性能与 ASK、FSK 相比是最优的，带宽为 $2f_b$。

在二相调制中，信号每变化一次，就发送一个位的数据，为了提高数据的传输率，可以多个位进行调制。

设 R 为数据传输速率，r 为系数（$0<r<1$），L 为离散电平数量，则模拟信号要求的带宽为 $B_T = (1+r)R/\log_2 L$。

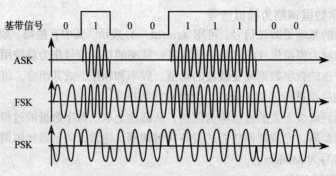

图 2-5　二进制 ASK、FSK、PSK

4. 正交振幅调制

正交振幅调制 QAM（Quadrature Amplitude Modulation）是一种将幅移键控和相移键控结合在一起的方法，把两个频率相同的模拟信号叠加在一起，一个对应正弦函数，一个对应余弦函数。M 进制的正交振幅调制可简记为 MQAM，其信号可表示为

$$S(t)=C\sin(\omega t)+D\cos(\omega t)$$

MQAM 调制器与解调器的原理如图 2-6 和图 2-7 所示。在调制器中，二进制信号以位率 f_B 送入调制器，经串/并变换后变成两路 $f_B/2$ 的二进制信号，再经过 2/L 变换器变成 L 进制和速率为 $f_B/2\log_2 L$ 的信号 A_i 和 B_i，接着进入两个相乘器，对两个相位差为 90° 的正交载波进行调制，它们输出后即得 MAQM 信号。在接收端的解调器完成与调制器相反的功能。

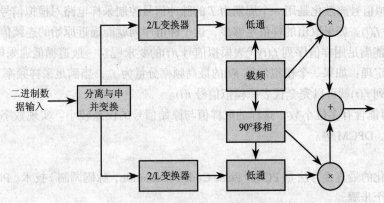

图 2-6　MAQM 调制器原理框图

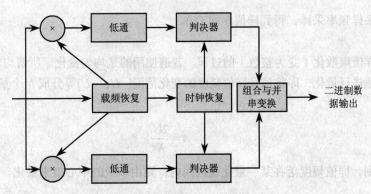

图 2-7　MQAM 解调器原理框图

图 2-8 是 16QAM 的例子。它是将 QAM 与 ASK 相结合的方法，用 8 种相位表示 8 种不同的状态，另外 4 种相位与幅值相结合，表示 8 种不同的状态，一共 16 种状态，即一个码元可以表示 4 位。曾经广泛使用的音频 Modem（居民家里接在电话线上拨号上网的设备）都是使用的 QAM 方式。

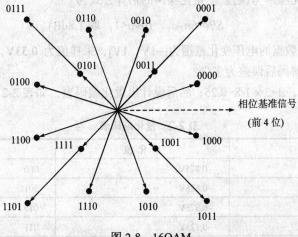

图 2-8　16QAM

2.1.4.3 模拟数据编码为数字信号

模拟数据编码为数字信号包括两步，第一步是将模拟数据变成数字数据，称为数字化。第二步是将数字数据编码成数字信号。其中第二步可以使用 2.1.4.1 节中介绍的方法进行编码，这里只介绍第一步的方法。

通常，模拟信号离散化是用一个周期为 T 的脉冲信号控制采样电路对模拟信号 $f(t)$ 实施采样，得到样值序列 $f_s(t)$。如果取出的样值足够多，这个样值序列就能逼近原始的连续信号。但采样周期 T 取多大才能满足用样值序列 $f_s(t)$ 代表模拟信号 $f(t)$ 的要求呢？一般遵循低通采样定理。

低通采样定理：如果一个模拟信号 $f(t)$ 的最高频率分量为 f_m，当满足采样频率 $f_s \geq 2f_m$ 时，所获得的样值序列 $f_s(t)$ 就可以完全代表原模拟信号 $f(t)$。

$f_s(t)$ 的值可能含有多位小数，这样的取样值与原始信号的误差较小。实现数字化的主要方法有 PCM、DM、DPCM 等。

1. PCM

实现数字化的最直接方法是 PCM（Pulse Code Modulation，脉码调制）技术。PCM 包括采样、量化、编码 3 个步骤。

（1）采样

按一定的采样频率采样，得到样值序列 $f_s(t)$。

（2）量化

量化是将样值离散化（变为整数）的过程。普遍使用的是均匀量化。所谓均匀量化是以等间隔对任意信号值进行量化，即将信号样值幅度的变化范围$[-U, +U]$等分成 N 个量化级，记作 Δ，则

$$\Delta = \frac{2U}{N}$$

根据量化的规则，样值幅度落在某一量化级区间内，则由该级的中心值来量化。

（3）编码

获得量化值后，再用 n 位二进制码对其进行编码，码组的长度 n 与量化级数 N 之间的关系为

$$N=2^n$$

量化为整数时存在量化噪声（误差）。量化噪声的估算公式为

$$S/N=6n-a \quad (0<a<1，取 1.8dB)$$

【例题】一个模拟数据的电压变化范围为$[-1V, 1V]$，采样值为 0.33V，采用线性 PCM 将其编码为 3 位二进制，解码后误差为多少？

首先求出 $N=2^3=8$，$\Delta=2 \times 1/8=0.25$；然后设计出量化编码表，如表 2-2 所示。

表 2-2 量化编码表

变化区间	量 化 值	编 码
[−1V,−0.75V]	−0.875V	000
[−0.75V,−0.5V]	−0.625V	001
[−0.5V,−0.25V]	−0.375V	010
[−0.25V,0V]	−0.125V	011

（续）

变化区间	量 化 值	编　　码
[0V,0.25V]	0.125V	100
[0.25V,0.5V]	0.375V	101
[0.5V,0.75V]	0.625V	110
[0.75V,1V]	0.875V	111

根据表 2-2 可知，0.33V 编码为 101。

接收方收到 101 后，也是根据表 2-2 解码为 0.375V，误差为 0.375V–0.33V =0.045V。

【例题】利用 PCM 方式，实现数字电话。因音频范围为 300～3400Hz，通常取最高频率为 4kHz，按采样定理，采样频率为 8kHz。假定每次采样用 8 位编码，则传输一路数字化声音需要的带宽为 64Kbit/s。

2. DM

PCM 用固定长度的位数对样值进行编码，但在实际应用中，连续采样的样值之间可能变化较小，用较长的位数编码、传送，存在较大的浪费。DM（Delta 调制，或称增量调制）的目的是减少冗余信息。

DM 的原理是：首次采样用 n 位编码，随后每次采样只用 1 位进行编码，用 1 表示相对于上次的样值增大，用 0 表示相对于上次的样值没有增大（相等或减小）。

DM 需要约定每次的增大或减小量的数值。

DM 的一个明显缺点是，对变化缓慢的原始信号（曲线平坦），因每次采样几乎没有变化，但实际判断为每次减少，所以累计误差将会很大。

3. DPCM

DPCM（差分 PCM）是对 PCM 和 DM 的一种折中，首次采样用 n 位编码，随后每次采样用 m 位编码（$m<n$），其中包括 1 位符号位和 $m-1$ 位数据位，这样每次编码可节省 $n-m$ 位，传输效率提高了 $(n-m)/n$。

2.1.4.4　模拟数据调制为模拟信号

模拟数据经由模拟信号传输时不需要进行变换，但是模拟数据本身的频率不高，由于考虑到发送时天线尺寸的问题，模拟形式的输入数据也需要在甚高频下进行调制，其输出信号是一种带有输入数据的频率极高的模拟信号。模拟数据调制为模拟信号有三种不同的调制技术：调幅 AM（Amplitude Modulation）、调频 FM（Frequency Modulation）与调相 PM（Phase Modulation）。调频和调相调制信号的频谱都是调制信号频谱的非线性变化，而且二者已调信号都反映出载波矢量角度上的变化，所以统称为角度调制。

1. 调幅

调幅是一种使高频载波的幅度随着原始模拟数据的幅度变化而变化的技术。载波的幅度会在整个调制过程中变动，而载波的频率是不变的。调幅调制信号的表达式为

$$s_{AM}(t)=s(t)\cos\omega t$$

式中，$\cos\omega t$ 为载波，$s(t)$ 是要进行调制的基带信号。

2. 调频

调频是一种使高频载波的频率随着原始模拟数据的幅度变化而变化的技术。因此，载波的频

率在整个调制过程中波动，而载波的幅度是相同的。调频调制信号的表达式为

$$s_{FM}(t) = A\cos[\omega t + \int_{-\infty}^{t} K_F m(t)\mathrm{d}t]$$

式中，K_F 代表调频器的灵敏度，$m(t)$ 为调制信号。

3. 调相

调相是一种使高频载波的相位随着原始模拟数据的幅度变化而变化的技术。载波的相位在整个调制过程中变动，而载波的幅度是相同的。调相调制信号的表达式为

$$s_{PM}(t) = A\cos[\omega t + K_P m(t)]$$

式中，K_P 代表调相器的灵敏度，$m(t)$ 为调制信号。

2.1.4.5 扩频通信

在无线通信中，为了提高通信系统抗干扰性能，往往需要从调制和编码多方面进行改进，以提高通信质量，扩频通信就是方法之一。由于扩频通信利用了扩展频谱技术，在接收端对干扰频谱能量加以扩散，对信号频谱能量压缩集中，因此在输出端就得到了信噪比的增益。

扩频通信是指系统占用的频带宽度远大于要传输的原始信号的带宽（或信息位率），且与原始信号带宽无关。如果信息带宽为 B，扩频信号带宽为 f_{ss}，则扩频信号带宽与信息带宽之比 f_{ss}/B 称为扩频因子。

当 $f_{ss}/B=1 \sim 2$，即扩频信号带宽略大于信息带宽时，称为窄带通信；

当 $f_{ss}/B \geqslant 50$，即扩频信号带宽大于信息带宽时，称为宽带通信；

当 $f_{ss}/B \geqslant 100$，即扩频信号带宽远大于信息带宽时，称为扩频通信。

扩频通信系统可以分为以下几种基本形式。

1. 直接序列扩频（Direct Sequencing，DS）

直接序列扩频方式中，在发送端直接用扩频码（伪随机码）序列去扩展信号的频谱，即将 1 位变成多位。在接收端，用相同的扩频码序列进行解扩，将展宽的频谱扩展信号还原成原始信号，即将多位还原为 1 位。其实现如图 2-9 和图 2-10 所示。因为扩频码的速率远大于要传送信息的速率，所以受调信号的频谱宽度将远大于要传送信息的频谱宽度。DS 是目前使用最多的一种扩频方式。

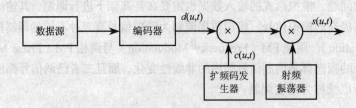

图 2-9　直接序列扩频系统的发送端原理图

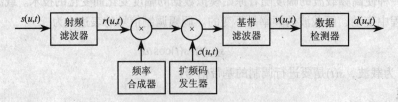

图 2-10　直接序列扩频系统的接收端原理图

　　图 2-11 是 DS 的一个实现例子，其中扩频码只有收发双方知道，这样扩频后的信号也具有保密性。

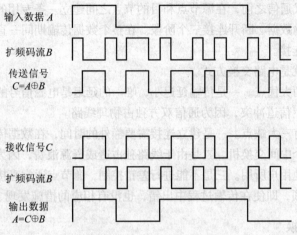

输入数据 A

扩频码流 B

传送信号
$C=A \oplus B$

接收信号 C

扩频码流 B

输出数据
$A=C \oplus B$

图 2-11　直接序列扩频例子

2. 跳频（Frequency Hopping，FH）

　　在跳频方式中，载波信息的信号频率受伪随机序列的控制，快速地在一个频段中跳变，此跳变的频段范围远大于要传送信息所占的频谱宽度。其实现如图 2-12 所示。只要收、发信双方保证时-频域上的调频顺序一致，就能确保双方的可靠通信。在每一个跳频时间的瞬时，用户所占用的信道带宽是窄带频谱，随着时间的变换，一系列的瞬时窄带频谱在一个很宽的频带内跳变，形成一个很宽的调频带宽。

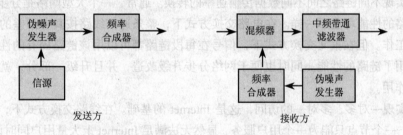

伪噪声发生器　频率合成器

信源

发送方

混频器　中频带通滤波器

频率合成器　伪噪声发生器

接收方

图 2-12　跳频系统原理图

3. 跳时（Time Hopping，TH）

　　在跳时方式中，把每个信息码元划分成若干个时隙，此信息受伪随机序列的控制，以突发的方式随机地占用其中一个时隙进行传输。因为信号在时域中压缩其传输时间，相应地在频域中要扩展其频谱宽度。

4. 线性调频扩频

　　线性调频扩频是指在给定脉冲持续间隔内，系统的载频线性地扫过一个很宽的频带。因为频率在较宽的频带内变化，所以信号的带宽被展宽。

2.1.5　交换方式

　　交换的通俗含义就是转接。交换方式是指计算机与计算机之间、计算机与终端之间或终端与终端之间为交换信息而使用的数据格式和使用交换装置的方式。

2.1.5.1 电路交换

两个节点开始正式通信之前，在源节点和目的节点之间建立一条专用的通路用于数据传送。它包括建立连接、传输数据、断开连接三个阶段。在整个数据传输期间一直独占线路，通信结束后释放已建立的通信连接。

电话网络使用的就是电路交换方式。

电路交换技术有两大优点。一是传输延迟小，唯一的延迟是电磁信号的传播时间；二是一旦线路接通，便不会产生信道冲突，因为通信双方独占物理线路。

电路交换技术也有三大缺点。一是建立连接需要额外的时间，在数据传输开始前，建立连接的请求必须经过若干个中间交换机。二是由于线路独占造成资源浪费，因为线路一旦建立起来，即便空闲也不能被其他用户所用。三是不能进行差错控制，源节点通常直接发送原始信息，且经过中间节点时也不停顿，即使在传输过程中出错，也没有相应的措施发现、纠正错误。

2.1.5.2 报文交换

在源节点，将用户数据加上源地址、目的地址、长度、校验码等辅助信息封装成报文，发送给下一个节点。下一个节点收到后先暂存报文，待输出线路空闲时再转发给下一个节点，重复这一过程直到到达目的节点。每个报文可单独选择到达目的节点的路径。这类方式也称为存储-转发方式。

报文交换的优点是：

- 可以充分利用线路容量。可以利用多路复用技术，将多路信号复用后传送，也可以利用空闲时间传送其他用户的数据。
- 可以实现不同链路之间不同数据传输速率的转换。通常，一个大型网络是分步建设的，不同链路的性能可能不一样。在电路交换方式下，整条通信线路按其中最差的那条链路的性能工作。但在报文交换方式下，信号在每段链路都可以用该链路固有的性能传送，充分利用了链路的性能。同时也便于网络分步升级改造，并且升级一部分，就能发挥一部分的作用。
- 可以实现一对多、多对一的访问，这是 Internet 的基础。在线路交换方式下，节点也是独占的，一个节点只能为一个用户服务，显然无法满足 Internet 上大量用户同时访问的要求。
- 可以实现差错控制。由于对用户数据进行了封装，加入了校验信息，一旦传输出错，可借助校验信息发现错误并纠正错误。
- 可以实现格式转换。由于采用存储-转发方式，每个中间节点收到报文后可以根据需要进行格式转换后再发送出去。

报文交换方式也有明显的缺点，主要是：

- 增加了资源开销。例如辅助信息导致时间和存储资源开销，辅助信息的传送增加了带宽资源的开销。
- 增加了缓冲延迟，同时因要额外传送辅助信息，增加了传送时间。
- 多个报文的顺序可能发生错误，需要额外的顺序控制机制。
- 缓冲区难以管理，因为报文的大小不确定，接收方在接收到报文之前不能预知报文的大小，只能分配最大的缓冲区，最后使得缓冲区变成一个个碎片。

2.1.5.3 分组交换

分组交换也称包交换，其原理是将数据分成较短的、固定长度的数据块，在每个数据块中加上目的地址、源地址等辅助信息组成分组（packet，又叫包），按存储-转发方式传输。分组可以在交换设备的内存中缓存，同时保证任何用户都不能长时间独占线路。

分组交换除具备报文交换网络的优点外，还具有自身的优点：

- 缓冲区易于管理。因为分组的长度是固定的。
- 包的平均延迟更小，网络中占用的平均缓冲区更少。利用排队论理论可以证明这一点。
- 更易标准化。
- 更适合应用。

现代网络绝大多数采用分组交换技术。分组交换网由若干个交换机和连接这些交换机的链路组成，每台主机都有一条到交换机的链路，交换机的主要工作就是在它的一条链路上接收输入分组，把这些分组从其他链路上输出。

2.1.6 数据报与虚电路

分组交换有两种实现方式，即数据报和虚电路。

2.1.6.1 数据报

1. 数据报方式的原理

在数据报传输方式中，具有源地址、目的地址、长度等信息的分组，作为一个独立的信息单元传送，在发送前不需要与目的地址之间建立连接，在传输过程中也不考虑它与前面已发出的分组，以及与后面将要发出的分组之间的顺序关系。分组每经过一个中继节点时，都根据当时当地情况并按照一定的算法为分组选择一条最佳的传输路由。也就是说没有建立连接和拆除连接的开销，每个分组独立地到达目的端，不保证可靠和有序，纠错和排序功能由上层应用完成，不保证服务质量，网络尽最大能力把分组交付给目的主机。

2. 数据报方式的实现

每一个分组都必须含有目的地址。通信子网的每个节点都必须保存一张由本节点到达其他节点的输出线选择表，该表的内容由路由选择算法填写。

例如，若对于某节点 X，从该节点可到达节点 A、B、C，其输出线选择表 2-3 可能为：

表 2-3　输出线选择表

目的节点	输　出　线
A	线 1
B	线 2
C	线 1

数据传输过程可描述为：当节点收到一个带有目的地址的分组时，根据分组中的目的地址，查找本节点的输出线选择表，找出一条输出线将分组转发出去。输出线选择表中只记录一条输出路径，当存在多条转发路径时，由路由选择算法来确定使用哪条转发路径。

2.1.6.2 虚电路

1. 虚电路方式的原理

源主机与目标主机通信之前，首先在两者之间建立一个网络连接，称为虚电路，简称 VC，所有发往该目的主机的数据都沿着所建立的虚电路传送。当通信结束时，拆除该虚电路。

虚电路是相对电路而言的，在电路交换中面向连接的服务所请求到的是一条物理的电路连接，它是以独占的方式使用物理电路。而虚电路则是在一条物理电路上实现复用，是一条逻辑的电路，在一条物理电路上可以建立许多虚电路。

虚电路可分为永久虚电路和临时虚电路两种类型。

永久虚电路是两个节点之间永久性连接的虚电路，不论发送还是接收分组时，都不需要建立虚电路和拆除虚电路的操作。因此，永久虚电路类似点到点的专线。

临时虚电路也叫交换虚电路，是在源和目的节点之间暂时性连接的虚电路。它根据源节点的请求而建立，通信结束时拆除。

图 2-13 说明虚电路的工作过程。假设源主机 Host-A 要传输 4 个分组到目的主机 Host-B。主机 Host-A 首先发送与主机 Host-B 建立连接的请求给节点 A，节点 A 将在网络中转发主机 A 的连接请求，并建立一条路径：Host-A→A→B→D→Host-B。这条路径即为虚电路。主机 Host-A 则将所发送的 4 个分组沿这条虚电路按顺序传输，这 4 个分组将按顺序到达主机 B。传输完成后，释放这条虚电路。这个过程类似于在电路交换网上的通信。但与电路交换的不同之处在于，分组交换网采用的是存储-转发机制，每个分组在通过网络的节点交换机时有一定的处理延迟。这条路径中所经过的链路并不是被主机 Host-A 和主机 Host-B 的通信独占，而是链路的复用。也就是说链路在为主机 Host-A 与主机 Host-B 提供服务的同时，也可为其他主机之间的通信提供服务，如主机 Host-C 与主机 Host-B 之间通信，节点 B 和 D 之间的链路被复用。

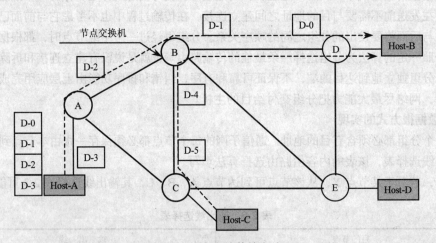

图 2-13　虚电路传输方式

在虚电路建立后，网络向用户提供的服务就好像在两个主机之间建立了一对穿过网络的通信管道（收发各一条）。所发送的分组都按发送的顺序进入管道，然后按先进先出的原则沿着此管道传送到目的主机。每一条管道只沿着一个方向传送分组。这样到达目的主机的分组顺序与发送顺序一致，网络提供的虚电路服务对服务质量有较好的保证。

2. 虚电路方式的实现

虚电路服务过程包括建立连接、传送数据和释放连接三个阶段。通过建立连接，在两个物理节点之间的一条线路上形成一个逻辑信道。在一条物理线路上允许建立多条逻辑信道，彼此之间通过缓冲区来区分。

为实现虚电路功能，要求所传送的包中包括一个 VC 号字段，同时每个节点需要保存一张虚电路入口、出口表，该表在虚电路建立过程中填写。经过节点 X 的入口、出口表可能为表 2-4 所示的内容。其中每行表示经过该节点的一条 VC 的入口和出口信息。

表 2-4　入口、出口表

入　　　口		出　　　口	
输入线	VC 号	输出线	VC 号
A	0	B	0
A	1	C	1

另外，每个节点应保存一张输出线选择表供建立虚电路时路由选择之用。虚电路的实现过程如下：

1）接收到传输请求后，发送节点发送一个呼叫请求包，其中包括 VC 号、源节点、目的节点等信息，并根据输出线选择表选择一条输出线将请求包发送出去。

2）呼叫请求包经过的每个节点，都在其入口、出口表上登记该虚电路的入口和出口，其中出口信息根据路由选择算法确定的输出线进行填写；输出 VC 号选择本节点当前未用的最小号码作为其值。

3）在呼叫请求包到达目的节点后，由目的节点发送一个呼叫接受包给源节点，该包沿呼叫请求包经过的路线反向传送。源节点收到呼叫接受包后即认为虚电路已经建立，可进行数据传送。

4）源节点装配数据包时，在每个数据包上填上 VC 号，并从 VC 入口、出口表中找到相应的输出线来发送数据包。

5）数据包经过的每个节点在收到数据包后，根据数据包来自哪条输入线及其中的 VC 号查找 VC 入口、出口表，找出输出 VC 号，修改数据包中的 VC 号，并转发至相应的下一节点。

6）数据发送完后，源节点发送一个呼叫清除包给目的节点，目的节点回送一个确认包。呼叫清除包经过的每一节点都清除相应 VC 的入口、出口信息并释放所分配的资源。

根据上述方法所建立的虚电路，其虚电路号在虚电路的各链路上是不相同的。否则，可能造成无法区分虚电路的情况。例如，对于如图 2-14 所示的网络，假定有通信请求 A→E 和 B→F，分别建立了虚电路 A—C—D—E 和 B—C—D—F，并假定 A 和 B 在建立虚电路时都选 0 作为虚电路号，则 C 的入口、出口表为 A/0→D/0 和 B/0→D/0。D 的入口表本应该有两条信息，分别对应两条虚电路，但由于现在入口信息都为 C/0 而无法区分数据包是从哪条虚电路来的，也就无法确定转发路径。解决这一问题的办法是对于任一节点，在建立虚电路时，总选择当前未使用的最小号码作为输出虚电路号。采用该方法后，对上述例子，C 的入口、出口表就变为 A/0→D/0 和 B/0→D/1，D 的入口、出口表为 C/0→E/0 和 C/1→F/0。经过公共节点 C、D 的多条虚电路即可相互区分。

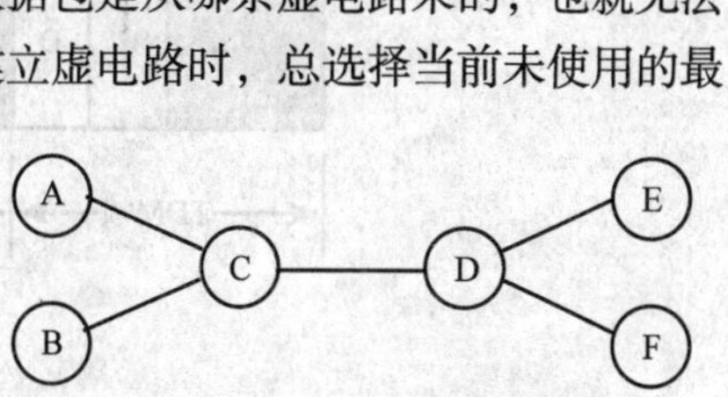

图 2-14　实现虚电路的简单网络

2.1.6.3　数据报与虚电路的比较

虚电路的思想来自于传统的电信网，电信网的用户终端（电话机）非常简单，而电信网提供保证可靠通信的一切措施，因此电信网的节点交换机功能复杂。

数据报采用另外一种完全不同的新思路。它力求网络生存性好和使网络控制功能分散，因而只要求网络尽最大能力服务。这种网络要求使用较复杂的且具有一定智能的主机作为用户终端。可靠的通信由用户终端来保证。虚电路服务与数据报服务的比较见表 2-5。

表 2-5　虚电路与数据报的比较

项　　目	虚 电 路	数 据 报
目的地址	开始建立时需要	每个分组都需要
错误处理	网络负责	主机负责
流量控制	网络负责	主机负责
拥塞控制	子网实现	难
路由选择	只需要在建立时进行一次	每个分组都需要独立进行
分组顺序	按发送顺序到达	到达顺序不确定
建立与释放连接	需要	不需要
服务方式	面向连接	无连接
适用条件	数据量大、实时性要求稍低、可靠性高的系统	数据少（多为一个短包的情况）、实时性高、可靠性低的系统

2.1.7　多路复用方式

在点对点通信方式中，两点间的通信线路是专用的，其利用率很低。一种提高线路利用率的卓有成效的方法是使多个通信共用一条传输线，这就是多路复用技术。多路复用系统将来自若干信息源的信息进行合并，然后将合并后的信息经单一的线路和传输设备进行传输，在接收方，则设有能将信息群分离成各个单独信息的设备。

多路复用的形式有时分多路复用、频分多路复用、波分多路复用、码分多址复用等。

2.1.7.1　时分多路复用

时分多路复用 TDM（Time-Division Multiplexing）方法的原理是把时间分成小的时隙（Time slot），每一时隙由一路信号占用。如图 2-15 所示的情况，4 个用户 A、B、C 和 D 进行时分多路复用，4 个时隙构成一个时分复用帧，每一个时分复用的用户在每一个 TDM 帧中占用固定序号的时隙，每个用户所占用的时隙周期性地出现。显然，时分复用的所有用户在不同的时间占用全部的频带带宽。

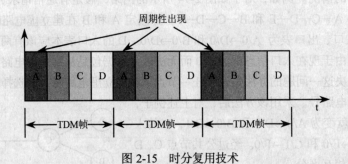

图 2-15　时分复用技术

在进行通信时，复用器和分用器总是成对地使用，在复用器和分用器之间是用户共享的高速信道。分用器的作用和复用器正好相反，它将高速线路传送过来的数据进行分离，分别送到相应的用户处。

如果一个用户在给定的时隙没有数据传送，该时隙就空闲，其他用户也不能使用，因为时隙的分配是事先确定的，接收方根据事先分配的时间确定在哪个时隙接收属于自己的数据。

时分多路复用可用于数字传输，是一种广泛使用的多路复用技术。

【例题】T1 线路（也叫 T1 载波）：分为 24 个时隙（24 路信号），每个时隙 8 位时长（7 位数据位，1 位控制位），24 路信号共 192 位，再加上 1 位标识位组成一帧，每秒 8000 帧。数据传输速率为 193b × 8000 帧/s=1.544Mbit/s

T2 线路：由 4 个 T1 组成，6.312Mbit/s

T3 线路：由 6 个 T2 组成，44.736Mbit/s

T4 线路：由 7 个 T3 组成，274.176Mbit/s

T1 线路是美国标准。而欧洲采用 E1 线路标准。

E1 线路：分为 32 路，每路 8 位，30 路数据，2 路控制，每秒 8000 帧。数据传输速率为 32 × 8 × 8000=2.048Mbit/s

E2 线路（128 路）：8.848Mbit/s

E3 线路（512 路）：34.304Mbit/s

E4 线路（2048 路）：139.264Mbit/s

E5 线路（8192 路）：565.148Mbit/s

2.1.7.2　频分多路复用

频分多路复用 FDM（Frequency-Division Multiplexing）主要用于模拟传输。多路复用器接收来自多个数据源的模拟信号，每个信号有自己独立的频带。这些信号被组合成另一个具有更大带宽更加复杂的信号，合成的信号被传送到目的地，由另一个分用器完成分解工作，把各路信号分离出来。

频分多路复用的工作过程是：

1）传输介质的可用频带被划分成多个分离的频带，用户在分配到一个频带后，在通信过程中自始至终都占用这个频带，如图 2-16 所示。

2）为每个信道定义一个载波信号，每一个载波信号形成了一个子信道，各条子信道的中心频率不重合，子信道之间留有一定宽度的隔离频带。

3）利用载波信号对各个输入信号进行调制，从而产生调制信号。

4）所有调制信号被结合成一个更加复杂的单一模拟信号并传输出去。接收方借助于带通滤波器把各个独立的调制信号分离开来，并根据各个信道的频率选择恢复出原始信号。

频分多路复用早已用在无带通滤波器及各种信道的频率选择无线电广播系统和有线电视系统（CATV）中。一根 CATV 电缆的带宽大约是 500MHz，可传送 80 个频道的电视节目，每个频道 6MHz 的带宽中又进一步划分为声音子通道、视频子通道以及彩色子通道。每个频道两边都留有一定的警戒频带，防止相互串扰。

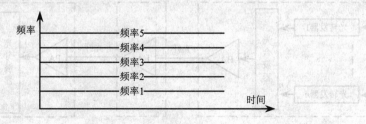

图 2-16　频分多路复用

【例题】电话系统：每路电话占用 4kHz，将 12 路复用到 60 ～ 108kHz 频带，组成一个基群，5 个基群组成一个超群，5 个超群组成一个主群（CCITT 标准，共 300 路），或 10 个超群组成一个主群（Bell 实验室标准，共 600 路）。

OFDM（正交 FDM）是 FDM 的一种特殊形式，是现在高速无线通信系统采用的一种调制方式。其原理是：

- 选择相互之间正交的载波频率作子载波。
- 单个用户的信息流被串/并变换为多个低速率码流，每个码流都用一个子载波发送。
- 不用带通滤波器，而是通过快速傅立叶变换（FFT）来分隔子载波。

2.1.7.3　波分多路复用

光纤技术的应用使得数据的传输速率空前提高，目前一根单模光纤的传输速率可达到 2.5Gbit/s 以上。如果设法对光纤传输中的色散问题加以解决，则一根光纤的传输速率可达到 10Gbit/s 以上。使用一根光纤同时传输多路波长不同的光信号，能使光纤的传输能力成倍地提高。由于光载波的频率很高，习惯上用波长而不是频率来表示所使用的光载波，所以波分多路复用 WDM（Wavelength-Division Multiplexing）就是光的频分复用。

在一根光纤上进行波分复用的方法很简单，如图 2-17 所示，两根光纤连到一个棱柱或衍射光栅上，每根光纤的光信号处于不同的波段，两束光通过棱柱或光栅合成到一根共享的光纤上，传送到远方的目的地后再分解开来。光纤系统使用的复用器即衍射光栅是完全无源的，因此极其可靠。

图 2-17　波分多路复用

光波分复用系统主要由光发射机、光接收机、光中继器、光纤组成，如图 2-18 所示。在发送端，首先通过波长转换，将传输信号的标准波长转换为波分复用系统使用的系列工作波长，然后多路光信号通过光合波器耦合到一根光纤上，经 BA 放大后在光纤上传输。传输一定距离后光信号会衰减，设置光纤中继器对光信号进行放大，为了对不同波长光信号具有相同的放大增益，采用掺铒光纤放大器（EDFA），而且 EDFA 不需要进行光电转换而直接对光信号进行放大。当光信号到达接收端后，将 PA 放大的光耦合信号解复用为多路光信号，然后通过波长转换，将每路光信号的工作波长再转换为标准波长。

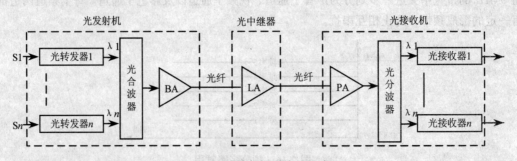

图 2-18　波分复用系统的组成

2.1.7.4　统计时分多路复用

统计时分多路复用 STDM（Statistic TDM），又称为异步时分多路复用 ATDM（Asynchronous

TDM）是一种改进的时分多路复用方法，它能明显地提高信道的利用率。

在 TDM 方式中，如果某路信源没有数据发送，则所分配的时隙被浪费掉了，其他信源不能使用。STDM 的思想是按需分配时隙，即有数据发送时，就申请并分配时隙，没有数据发送时，不申请时隙，这样所有时隙都得到充分利用。

STDM 使用 STDM 帧来传送复用的数据，但每一个 STDM 帧中的时隙数小于或等于连接在集中器上的用户数，如图 2-19 所示。按 A、B、C、D 的顺序依次分配时隙。各用户有了数据就随时发往集中器的输入缓存，然后集中器按顺序依次扫描输入缓存，将缓存中的数据放入 STDM 帧中，对没有数据的缓存就跳过去。当一个帧的数据放满了，就发送出去。

STDM 的一个基本问题是接收者如何知道何时接收信息。为此，将接收者的信息（目的地址）放在要传送的信息中一并发送，接收者根据消息中的目的地址确定是否接收该消息。这样，消息的长度必然要加大，不能像 T1 或 E1 那样每路信号只有一个字节。

使用 STDM 的典型例子是 ATM 网络，使用信元交换，每个信元的长度为 53 字节，其中头部 5 字节，包括各种辅助信息，数据部分 48 字节。

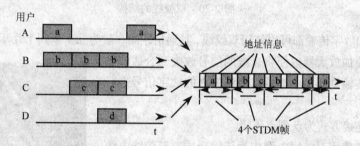

图 2-19　统计时分复用的工作原理

2.1.7.5　码分多址多路复用

码分多址多路复用（CDMA）是移动通信中广泛使用的一种复用技术，其原理是：多路信号使用相同的频率但不同的码址，得到不同的正交分量，合成后传输。接收方根据码址区分不同的信源的消息。实现方法如下：

- 每一位时间划分为 m 个短的间隔，称为码片（chip）。
- 每个站被指派一个唯一的 m 位码片序列。
  - 若发送 1，则发送自己的 m 位码片序列。
  - 若发送 0，则发送该码片序列的二进制反码。
- 每个站分配的码片序列不仅必须各不相同，并且还必须互相正交（orthogonal）。
- 在实用的系统中是使用伪随机码序列作为码片。

CDMA 存在容量问题，即在同一区域或收发系统，能容纳的正交码片的数量有限。

2.2　传输介质

2.2.1　主要传输介质

传输介质是数据传输系统中在发送设备和接收设备之间的物理通路，也称为传输媒体，可分为导向传输介质和非导向传输介质两类。在导向传输介质中，电磁波或光波被导向沿着有线介质传播，包括双绞线、同轴电缆、光纤等，而非导向传输介质就是指自由空间，包括微波、无线电、红外线等无线介质。

2.2.1.1 双绞线

把两根互相绝缘的铜导线按规则的方法绞合在一起就构成了双绞线。绞合可减少对相邻导线的电磁干扰。为了提高双绞线的抗电磁干扰的能力，可以在双绞线的外面再加上一个用金属丝编织成的屏蔽层，这就是屏蔽双绞线，简称 STP（Shielded Twisted Pair），无屏蔽层的双绞线就称为非屏蔽双绞线 UTP（Unshielded Twisted Pair），它们的结构如图 2-20 所示。

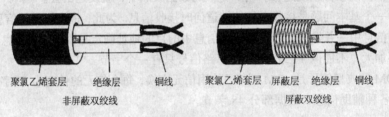

图 2-20　双绞线的结构

模拟传输和数字传输都可以使用双绞线，其通信距离一般为几千米到十几千米。距离太长时，对于模拟传输要加放大器以便将衰减的信号放大到合适的数值，对于数字传输则要加中继器以便将失真的数字信号进行整形。

双绞线的连接方式为点到点连接。

计算机网络使用双绞线电缆作为传输介质。双绞线电缆由 4 对双绞线构成，如图 2-21 所示。

图 2-21　非屏蔽双绞线电缆

1991 年，美国电子工业协会 EIA 和电信工业协会 TIA 联合发布了一个标准 EIA/TIA-568，这个标准规定用于室内传送数据的非屏蔽双绞线和屏蔽双绞线的标准。随着局域网上数据传送速率的不断提高，EIA/TIA 在 1995 年将布线标准更新为 EIA/TIA-568-A，此标准规定了从 1 类线到 5 类线的 5 个种类的 UTP 标准，其中 3 类线和 5 类线用于计算机网络。5 类线和 3 类线相似，但绞得更密，并以特富龙材料绝缘，交互感应少，更适用于高速计算机通信。主要的双绞线电缆的性能如表 2-6 所示。

表 2-6　双绞线电缆性能

类　别	带　宽	数据传输速率
3 类	16MHz	10Mbit/s
4 类	20MHz	16Mbit/s
5 类	100MHz	100Mbit/s
超 5 类	200MHz	155Mbit/s
6 类	250MHz	≥155Mbit/s

STP 电缆增加屏蔽层和保护地线，用于干扰比较大的环境。

STP 和 UTP 电缆主要用于星型网络，每段长度≤100m，最多可级联四级，因此用双绞线电缆组建计算机网络，最远距离可达 500m。

2.2.1.2 同轴电缆

同轴电缆由内层导体、绝缘层、外导体屏蔽层以及绝缘保护套层所组成，如图 2-22 所示。内层导体可以是铜线、铜质镀银线、铝质镀铜线等。由于外导体屏蔽层的作用，同轴电缆具有很好的抗干扰特性。

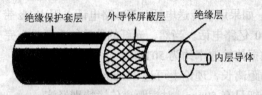

图 2-22　同轴电缆的结构

同轴电缆既可以传输数字信号也可以传输模拟信号，既可以按点-点串联方式连接，也可以按多点并联方式连接。

按阻抗数值的不同，使用较多的同轴电缆有以下两类。

1. 50Ω 同轴电缆

50Ω 是指在组网时需要在电缆两端的内层导体和屏蔽层之间连接一个 50Ω 的电阻。50Ω 同轴电缆主要用于在数据通信中传送基带数字信号，又称为基带同轴电缆，在局域网中得到广泛应用。

根据线径的不同，50Ω 同轴电缆又分为细电缆和粗电缆。

细电缆的直径为 0.2 英寸，标准代号为 RG-58，传输数字信号数据传输速率可达 10Mbit/s。用于计算机局域网组网时单段理论长度小于 300m，工程上实际小于 185m，每段上可连接的计算机不超过 30 台，最多 5 段，因此用细电缆的网络最远 925m。细电缆使用 T 型分接头、BNC 连接器连接计算机，组成总线型网络。

粗电缆的直径为 0.4 英寸，标准代号为 RG-8，传输数字信号数据传输速率可到 10Mbit/s，用于计算机局域网组网时单段理论长度小于 500m，每段上可连接的计算机不超过 100 台，最多 5 段，因此用粗电缆的网络最远 2500m。

不论细电缆还是粗电缆，都是用中继器将多段电缆串联以增大网络的覆盖范围。

2. 75Ω 同轴电缆

75Ω 同轴电缆主要用于模拟传输系统，是有线电视系统 CATV 中的标准传输电缆。在这种电缆上传送的信号采用了频分复用的宽带信号，因此 75Ω 同轴电缆又称为宽带同轴电缆。宽带同轴电缆用于传输模拟信号时，其频率可高达 500MHz 以上，传输距离可达 100km。但在传送数字信号时，需要在接口处安装一个电子设备，用以把进入网络的数字位流转换为模拟信号，把网络输出的模拟信号转换成位流。

由于在宽带系统中要用到放大器来放大模拟信号，而放大器仅能单向传输信号，因此在宽带电缆的双工传输中，要有数据发送和数据接收两条分开的数据通路。

2.2.1.3 光纤

光纤就是能导光的玻璃纤维，利用光纤传递光脉冲进行通信就是光纤通信，有光脉冲表示位 1，无光脉冲表示位 0。其结构如图 2-23 所示。

光纤由三层组成，内层是导光的玻璃纤维，中间层是一层隔离光的纤维，外层是保护层。内层和中间层的折射率不同，

图 2-23　光纤结构

使得在内层传输的光几乎不会发生折射而到中间层，而以全反射的方式沿内层纤维传播，外面的光也不会进入内层。

目前光纤使用的波长主要有三个波长段：0.85μm、1.3μm、1.55μm。

光纤具有如下显著特点：

- 带宽大、传输速率高。光纤的频带为 $10^{14} \sim 10^{15}$Hz，按奈奎斯特定理，其极限数据传输速率可达 1800Tbit/s。如果用于传送电话，若一路电话占用 4kHz 带宽，则一根光纤在极限条件下可传送约 2250 亿路电话。当然，光纤的传输能力还没有完全开发出来，目前的理论可使光纤达到的数据传输速率约为 50Tbit/s。
- 传输损耗小，传输距离长，理论上可达 300km。
- 光纤直径很小，最细只有 50μm。对远距离传输特别经济。
- 不受电磁干扰、防腐和不会锈蚀。
- 不怕高温，防爆、防火性能强。
- 无串音干扰，保密性好。

光纤主要用于点到点的串联连接。

光纤按传输模式可分为多模光纤和单模光纤。

1. 多模光纤

多模光纤是利用光的全反射特性来导光的。多模光纤的直径较大，光源发出的可见光定向性较差，光能以不同的角度进入纤芯，因此，存在许多条不同角度入射的光线在一条光纤中传输，如图 2-24 所示。光脉冲在多模光纤中传输时会逐渐展宽，造成失真，因此多模光纤只适合于近距离传输，通常用于室内的传输介质。多模光纤的内径主要有 50μm、62.5μm、100μm 三种规格，外径有 125μm、140μm 两种规格。

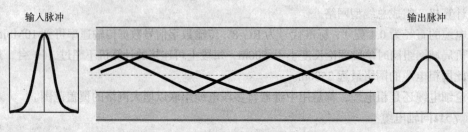

图 2-24　多模光纤

为了克服多模光纤的缺点，出现了梯度型多模光纤。根据经过媒体的光密度越小，光传播越快的特性，梯度型多模光纤纤芯的折射率从中间往边缘逐渐变小，光在其中传输的路径变成了曲线，如图 2-25 所示。

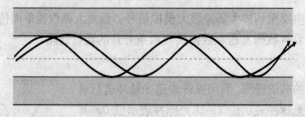

图 2-25　梯度型多模光纤

2. 单模光纤

如果光纤的直径减小到只有一个光的波长大小，则光纤就像一根波导那样，它可使光线沿直线传播，而不会产生多次反射。单模光纤就是按这样的原理制成的，如图 2-26 所示。单模光纤的纤芯很细，直径小到几微米，制造成本较高。同时，单模光纤的光源使用定向性很好的激光二极管。因此，单模光纤的损耗较小，传输距离远，传输速率比多模光纤高，一般用作骨干网的传输介质。单模光纤的内径主要有 5.0μm、8.1μm 两种规格，外径有 85μm、125μm 两种规格。

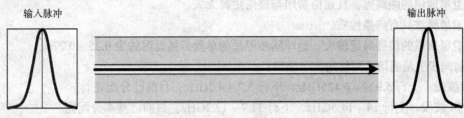

图 2-26 单模光纤

光纤有三种连接方式。一是将它们接入连接头并插入光纤插座；二是将两根切割好的光纤的一端放在一个套管中，然后钳起来，让光纤通过结合处来调整；三是两根光纤可以被融合在一起形成坚实的连接。

由于光纤很细，因此必须将光纤做成很结实的光缆。一根光缆少则只有两根光纤（称为二芯光缆），多则可包括数十至数百根光纤，再加上加强元件和填充物就可以大大提高其机械强度，最后加上外层保护套，就可以使抗拉强度大大增加，完全可以满足工程施工的强度要求。

2.2.1.4 陆地微波

微波是指频率在 0.3~300GHz 范围的电磁波，陆地微波通信就是利用此频段的电磁波来传递信息，目前主要是使用 2~40GHz 的频率范围。

陆地微波系统的主要用途是完成远程通信服务和楼宇间建立短距离的点对点通信。与其他传输介质相比，微波具有如下特点：

- 传输距离小。微波波长短，接近于光波，在空间主要是直线传播，而地球表面是个曲面，微波会穿透电离层而进入宇宙空间，因此传播距离受到限制，必须设立中继站增大传输距离。微波无法穿透障碍物，因此相邻微波站之间必须直视，距离不能太远，一般为 50km。
- 容量大。微波频率高，频段范围也很宽，因此通信信道的容量大。
- 质量高。因为工业干扰和天电干扰的主要频谱成分比微波频率低得多，因而微波传输质量较高。
- 方向性强。由于波长短，天线尺寸可做得很小，通常做成面式天线，增益高，方向性强。
- 成本低。与相同容量和长度的电缆载波通信比较，微波接力通信建设投资少，见效快。
- 微波的损耗与距离、波长有关，可由下式估算

$$L = 10\lg\left(\frac{4\pi d}{\lambda}\right)^2 (dB)$$

其中 d 是传输距离，λ 是波长。

- 微波的传播有时会受到恶劣气候的影响。

2.2.1.5 卫星微波

卫星微波是陆地微波的发展，利用人造地球卫星作为中继站，转发微波信号，在多个微波站（或称地球站）之间进行信息交流。卫星微波通信已经广泛用于长途电话通信、电视传播和其他应用。

卫星从上行链路接收从地面传输来的信号，将其放大或再生，再从下行链路发送到地面。移

动卫星在空中移动，卫星落下水平线后，通信就不能进行，直到它重新在另一个水平线上出现。同步卫星能保证持续地进行传输，因为同步卫星与地球保持固定的位置，它位于赤道上空，离地面约 35 784km。三颗相隔 120°的同步卫星几乎能覆盖整个地球表面，基本实现全球通信。

与陆地微波相比，卫星微波具有以下特点：

- 卫星通信的距离远，且通信费用与通信距离无关。
- 卫星微波具有广播性质。
- 卫星信道的传播时延较大。地球同步卫星的单程传播延迟约为 0.25 ~ 0.27s。

目前同步卫星通信主要使用三个波段：

4/6 波段：上行 5.925 ~ 6.425GHz，下行 3.7 ~ 4.2GHz，目前已分配完。

12/14 波段：上行 14 ~ 14.5GHz，下行 11.7 ~ 12.2GHz，目前已基本分配完。

19/29 波段：上行 27.5 ~ 31GHz，下行 17.7 ~ 21.2GHz。

卫星通信的最佳波段在 10GHz 以下，超过 10GHz 有一个明显的缺点：电波容易被雨水吸收，因此易受天气影响。

卫星通信还受到不可避免的日凌干扰。所谓日凌是指地面站、卫星、太阳在一条线上，由于太阳发出的各类粒子能量太强，使得地面站接收不到卫星的信号，导致通信中断。地球上每个地点每年都有约一周的时间出现日凌现象，每次持续的时间约 10 ~ 30 分钟。

2.2.1.6　无线电

无线电波很容易产生，可以传播很远，容易穿过建筑物，可以被电离层反射，因此被广泛用于通信，不管是室内还是室外。无线电波同时还是全方向传播的（没有方向性），因此发射和接收装置不必在物理上对准，同时，无线电通信本身具有广播特性，因此很容易实现广播通信。

无线电通信一般使用 30MHz ~ 1GHz 频段。无线电波的特性与频率有关。在较低频率上，无线电波能轻易地通过障碍物，但是能量随着与信号源距离的增大而急剧减小。在高频上，无线电波趋于直线传播并受障碍物的阻挡，还会被雨水吸收。在所有频率上，无线电波易受发送机和其他电子设备的干扰。

无线电波的传输距离可以用下述经验公式估算：

$$d = 7.14 \times \sqrt{Kh} \ (\text{km})$$

其中，K 为系数，通常取经验值 4/3，h 为天线高度（m）。

由于无线电波能传得很远，用户间的相互串扰就是个大问题，因此，各国政府都控制对用户使用发射器的授权。

2.2.1.7　红外线

红外线的主要特点是不能穿透物体，这意味着一间房屋里的红外系统不会对其他房间里的系统产生干扰，而其防窃听的安全性要比无线电系统好。所以使用红外系统不需要政府授权。

红外通信使用调制非相干红外线光的收发机进行，收发机互相置于视线内对准，直接或经房间天花板的浅色表面的反射传递信息，被广泛用于短距离通信。电视、录像机使用的遥控装置都利用了红外线装置。红外线具有方向性，便宜并且容易制造。

2.2.2　物理层接口的特性

物理层的目的是实现两个数据链路实体之间位的透明传输，为此，需要提供激活、维持和释放物理连接的方法，这些方法涉及机械的、电气的、功能的和规程的接口特性。

物理层是网络体系结构中的最底层。计算机要接入网络，一般涉及具体的物理连接设备和传输介质。现有的计算机网络中的物理设备、传输介质种类繁多，而通信手段也有许多不同的地方。具体的物理连接设备或传输介质均涉及传输的信号、数据的表示方式、物理设备的连接方式等。网络连接设备的不同形成了各种类型的网络接入方式。数据链路层希望得到物理层提供统一的服务，这样就可使数据链路层只需要考虑如何利用物理层提供的服务来完成本层的协议和服务，而不必考虑网络具体的接入方式和采用的传输介质类型。因此，物理层需要屏蔽掉各种物理设备和具体的传输介质存在的差异，使物理层之上的数据链路层感觉不到这些不同的差异。

物理层考虑的是怎样才能在连接各种计算机的传输介质上传输位，而不是指连接计算机的具体的物理设备或具体的传输介质。

2.2.2.1 物理层功能

物理层的主要功能是规定数据终端设备（一般指计算机）与数据通信设备之间的接口特性，实现位的透明传输。

接口特性包括如下内容。

- 机械特性：规定接口部件的形状、大小、引脚数目及其排列。
- 电气特性：规定信号的表示方式及其参数、信号间的相互关系及运行要求。
- 功能特性：规定每根线的功能、各种电平表示的含义。
- 规程特性：规定为完成指定的功能应执行的操作及其时序。

为了实现位的传输，需要事先在设备之间激活物理线路，建立物理连接。简单地说，建立物理连接就是设置相关设备的状态值，使其处于工作状态。

传输完毕，需要释放物理连接。释放物理连接就是复位相关设备的状态值，使其处于非工作状态。

信号在介质上的具体传输，属于通信的范围，不属于物理层的范围。

信号的传输涉及信道编码、同步控制等基本过程，在前面已经介绍。

需要强调的是，物理层保证的是单个位的正确、透明传输。

2.2.2.2 物理层标准

1. 物理层标准及接口特征

物理层的标准也称为物理层协议或物理层规程（Procedure）。物理层标准主要是确定数据终端设备 DTE（Data Terminal Equipment）与数据通信设备 DCE（Data Circuit-terminating Equipment）之间的接口特性，即机械特性、电气特性、功能特性和规程特性。

（1）机械特性

由于与 DTE 连接的 DCE 设备多种多样，所以连接器的标准也不限于一种。表 2-7 给出了 5 种常用的 ISO 标准。

表 2-7 ISO 定义的 5 种连接器

ISO 标准	引脚数	使用场合	兼容标准
ISO 2110	25	话音频带串/并 Modem	EIA RS-232-C
		公共数据网、电报网	EIA RS-366-A
ISO 2593	34	CCITT V.35 宽带串行 Modem	无
ISO 4902	37, 9	话音频带串 Modem、宽带 Modem	EIA-RS-499
ISO 4903	15	CCITT X.20, X.21, X.22	无

（2）电气特性

最常见的电气特性技术标准是 CCITT 建议的 V.10，V.11，V.28 等。这 3 种技术标准的电气参数和技术指标如表 2-8 所示。

表 2-8　三种电气特性标准

标　准	CCITT V.10 X.26	CCITT V.11 X.27	CCITT V.28
信号源输出阻抗	≤50Ω	≤100Ω	
负载输入阻抗	≥4kΩ	≥4kΩ	3 kΩ～7 kΩ
信号 "1"	−4～−6V	−2～−6V	−3～−15V
信号 "0"	+4～+6V	+2～+6V	+3～+15V
速率	≤300kbit/s	10Mbit/s	20kbit/s
距离	1000m(<3kbit/s) 10m(<300kbit/s)	1000m(<100kbit/s) 10m(10Mbit/s)	15m
电路技术	IC	IC	分立元件

（3）功能特性

功能特性对接口连线的功能给出确切的定义。

（4）规程特性

规程特性规定了使用接口线实现数据传输的操作过程。对于不同的网络（电话网、公共数据网等），不同的通信设备、不同的通信方式、不同的应用，各有不同的操作过程，所以规程特性指明对不同功能的各种可能事件的出现顺序。

2. RS-232（CCITT V.24）标准

RS-232 是美国电气工业协会 EIA 制定的物理层标准，RS 表示推荐的标准（Recommended Standard），232 是一个编号，最早版本于 1962 年制定，后经多次修订，比较典型的有 232-C、232-E 等版本。由于标准修改的并不多，因此现有很多厂商使用旧名称，简称为 232。RS-232 日常被称为串口标准。

CCITT 采用了 RS-232 标准，但用自己的命名体系将其命名为 CCITT V.24，并对每条引线也重新命名。

（1）RS-232 的作用

RS-232 定义 DTE 与 DCE 之间的接口，如图 2-27 所示。DTE 一般具体指计算机，DCE 具体指 Modem 等设备。

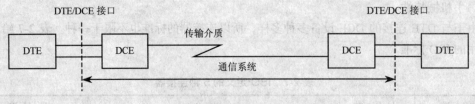

图 2-27　DTE/DCE

（2）机械特性

RS-232 使用 ISO 2110 关于插头座的标准，采用 25 根引脚的 DB-25 插头座。引脚分为上、下两排，分别有 13 和 12 根引脚，其编号分别规定为 1～13 和 14～25，都是从左到右（当引脚对着人时）。

（3）电气特性

RS-232 采用负电平逻辑，逻辑 "0" 为+12V/+8V，而逻辑 "1" 为–12V/–8V。逻辑 "0" 相当于数据 "0" 或控制线 "接通" 状态（ON），而逻辑 "1" 相当于数据 "1" 或控制线的 "断开" 状态（OFF）。当连接线的长度不超过 15m 时，允许数据传输速率不超过 20kbit/s。但当连接电缆长度较短时，数据的传输率就可以大大提高。

（4）功能特性

RS-232 的功能特性与 CCITT 的 V.24 建议书一致，规定了 25 个引脚的作用。RS-232 规定了主信道和辅信道两个信道，但实际上一般只使用了主信道。自微机普及之后，一些微机厂商将 RS-232 进一步简化为 9 针，现在 9 针的 RS-232 已成为事实上的串口标准。所以，一般不再介绍 25 针的 RS-232 标准。

9 针 RS-232 简称为 DB-9，其引脚的功能定义及其与 25 针 RS-232（DB-25）的对应关系如表 2-9 所示，与设备的连接如图 2-28 所示，其中的数字表示在 DB-25 中的针编号。

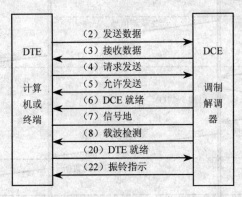

图 2-28　RS-232 /DB-9 的信号定义

（5）规程特性

RS-232 的规程特性规定了 DTE 与 DCE 之间所发生的事件的合法序列，其内容与 CCITT 的 V.24 建议书一致。

表 2-9　DB-9 与 DB-25 的对应关系

DB-9 针号	DB-25 针号	信号/功能
1	8	DCD，载波检测
2	3	RxD，接收数据
3	2	TxD，发送数据
4	20	DTR，DTE 就绪
5	7	GND，信号地
6	6	DSR，DCE 就绪
7	4	RTS，请求发送
8	5	CTS，允许发送
9	22	RI，振铃指示

下面以图 2-29 为例简要介绍 RS-232 的工作过程。其发送端的工作流程可概括为：

DTE 就绪→Modem 就绪（DCE 就绪）→请求发送→允许发送→发数据

　→清除请求发送→清除允许发送→清除 DTE 就绪→清除 Modem 就绪

上述第1行用于建立物理连接，第2行发送数据，第3行用于释放物理连接。

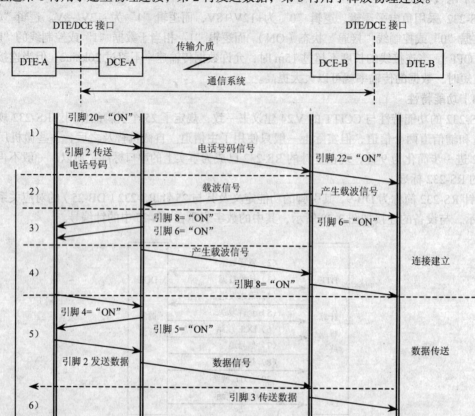

图 2-29　RS-232 的规程特性

1）当 DTE-A 要和 DTE-B 进行通信时，就将引脚 20 "DTE 就绪" 置为 ON，同时通过引脚 2 "发送数据" 向 DCE-A 传送电话号码信号。

2）DCE-B 将引脚 22 "振铃指示" 置为 ON，表示通知 DTE-B 有呼叫信号到达（在振铃的间隙以及其他时间，振铃均为 OFF 状态）。DTE-B 就将其引脚 20 "DTE 就绪" 置为 ON。DCE-B 接着产生载波信号，并将引脚 6 "DCE 就绪" 置为 ON，表示已准备好接收数据。

3）当 DCE-A 检测到载波信号时，将引脚 8 "载波检测" 和引脚 6 "DCE 就绪" 都置为 ON，以便使 DTE-A 知道通信电路已经建立。

4）DCE-A 接着向 DCE-B 发送其载波信号，DCE-B 将其引脚 8 "载波检测" 置为 ON。

5）当 DTE-A 要发送数据时，将其引脚 4 "请求发送" 置为 ON。DCE-A 作为响应将引脚 5 "允许发送" 置为 ON。然后 DTE-A 通过引脚 2 "发送数据" 来发送其数据。DCE-A 将数字信号转换成模拟信号向 DCE-B 发送过去。

6）DCE-B 将接收到的模拟信号转换为数字信号经过引脚 3 "接收数据" 向 DTE-B 发送。

7）当 DTE-A 发送完毕，将其引脚 4 "请求发送" 置为 OFF，DCE-A 作为响应将引脚 5 "允许发送" 置为 OFF。同时，DCE-A 在传输介质上清除载波信号。

8）DTE-A 将引脚 20 "DTE 就绪" 置为 OFF，DCE-A 将引脚 6 "DCE 就绪" 置为 OFF。相应地，DCE-B 与 DTE-B 释放连接。

在实际应用中，有一种特殊情况，需要将两台计算机通过串行接口直接相连，但却不使用 DCE 设备，这时可以采用虚调制解调器的方法。所谓虚调制解调器就是一段电缆，只需要像图 2-30 那样进行连接。这样对每一台计算机来讲，都好像是与一个调制解调器相连。但实际上并没有真正的调制解调器存在。

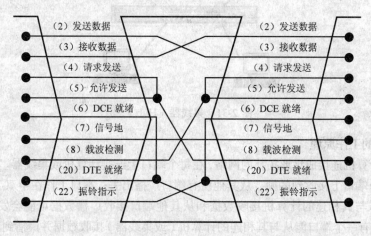

图 2-30　利用虚调制解调器与两台计算机连接

2.3　物理层设备

2.3.1　中继器

中继器是一个两端口设备，每一端口连接一段传输介质。其功能是从一个端口接收该段传送介质上信号，并将其从另一个端口发送到另一段传送介质上去。

中继器的目的是为了延长信号的传输距离。当信号沿着传输介质传送时，随着经过的介质越来越长，信号就会变得越来越弱、越来越差，当信号衰减到一定程度后接收端就不能正确地识别了。中继器可给信号补充能量，使其能传得更远，也即使介质的长度更长、网络的覆盖范围更大。

中继器的工作过程是：从一个端口接收信号，进行整形（还原成原始信号波形），再从另一端口发送出去。

2.3.2　集线器

1. 集线器的功能

集线器的功能主要包括以下两个方面。

（1）实现计算机连网

集线器是一个多端口的网络设备，每个端口是一个 RJ-45 接口，可通过双绞线电缆连接一台计算机或另一个集线器。通过这种方式可将多台计算机互连在一起组成一个网络，如图 2-31 所示。

（2）实现信号再生

集线器可对信号进行再生和转发，从而使得它们能够在网络上传输更长的距离。

再生不是简单地放大，而是先接收信号，进行整形，还原成原来的波形再发送出去。所以再生的过程，也是消除噪声的过程，有利于提高信号的质量。

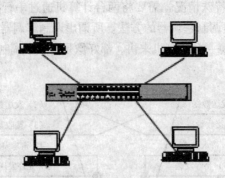

图 2-31　集线器（Hub）

2. 集线器的工作原理

集线器将计算机连接成星形拓扑的网络，在每个端口上连接计算机或集线器。其工作方式是：集线器将从一个端口上接收到的帧，从其他所有端口广播出去；端口工作在半双工模式。

一个端口从与其相连的计算机接收数据和从其他端口接收广播数据可能会发生冲突。事实上，任何时刻只有一个端口能从与其相连的计算机（或集线器）接收数据并广播到其他所有端口，其他端口只能接收从该端口广播的数据。集线器相当于一条总线，所以利用集线器所连接的网络，是一个物理上的星形结构，逻辑上的总线结构。

集线器的所有端口处于一个冲突域中。为了解决可能出现的冲突，集线器采用了 CSMA/CD 方法，其具体内容将在第 3 章介绍。

集线器现在已经基本上被淘汰。

习　题

1. 单项选择题

2-01　利用一根同轴电缆互连主机构建以太网，则主机间的通信方式为（　　　）。

  A. 全双工   B. 半双工   C. 单工   D. 不确定

2-02　一个 1Mbit/s 的网卡将 1000 位数据全部发送到传输线上需要（　　　）。

  A. 1s   B. 0.1s   C. 0.01s   D. 0.001s

2-03　E1 标准采用的复用方式是（　　　）。

  A. 同步时分复用   B. 统计时分复用

  C. 频分复用   D. 码分多址

2-04　若采用同步 TDM 方式通信，为了区分不同数据源的数据，发送端应该采取的措施是（　　　）。

  A. 在数据中加上数据源标识   B. 在数据中加上时间标识

  C. 各数据源使用固定时间片   D. 各数据源使用随机时间片

2-05　若采用同步 TDM 方式通信，接收端要将信号解复用，接收数据时要按照（　　　）。

  A. 时间片上的目的地址   B. 数据上的时间标识

  C. 数据上的数据源标识   D. 与源端相同的时间顺序

2-06　现有 16 路光信号通过波分复用系统复用到一根光纤上，每条支路的速率为 2.5Gbit/s，则复用后的速率为（　　　）。

    A. 2.5Gbit/s   B. 10Gbit/s   C. 20Gbit/s   D. 40Gbit/s

2-07　传统的模拟电视系统采用的复用方式是（　　　）。

    A. 同步 TDM   B. 统计 TDM   C. FDM   D. WDM

2-08　接收端收到经过 FSK 调制的多路信号后，使用（　　　）分离各路信号。

    A. 解调器   B. 带通滤波器

    C. 载波发生器   D. 终端软件

2-09　曼彻斯特编码采用的是（　　　）。

    A. 外同步   B. 群同步   C. 自同步   D. A 和 C

2-10　可以将模拟数据编码为数字信号的方法有（　　　）。

    A. FSK   B. PCM   C. QAM   D. 曼彻斯特编码

2-11　采用 HDB_3 编码的二进制序列中，连续 0 的个数不可能出现（　　　）。

    A. 1 个   B. 2 个   C. 3 个   D. 4 个

2-12　某一信号的频率变化范围为 0~3kHz，要将该模拟信号转变成数字信号传输采样频率可以为
（　　　）。

    A. 1.5kHz   B. 3kHz   C. 5kHz   D. 6.5kHz

2-13　适合计算机内部信息表示而不适合网络通信的编码方法是（　　　）。

    A. NRZ   B. 曼彻斯特   C. AMI   D. B8ZS

2-14　适用于局域网通信的编码体制是（　　　）。

    A. B8ZS   B. HDB_3 C. AMI   D. 曼彻斯特

2-15　某系统采用幅移键控方式调制数字数据，该系统可产生 8 种不同的振幅，且波特率为
1200Baud，则数字数据的最大传输速率为（　　　）。

    A. 1200bit/s   B. 2400bit/s   C. 3600bit/s   D. 4800bit/s

2-16　设数据传输速率为 4800bit/s，采用 16 相相移键控调制，则调制速率为（　　　）。

    A. 4800Baud   B. 3600Baud   C. 2400Baud   D. 1200Baud

2-17　假设某信道受奈氏准则限制的最高码元速率为 2400 波特，如果采用振幅调制，把码元的振
幅划分为 16 个不同等级来传送，则可以获得的最高速率为（　　　）。

    A. 600bit/s   B. 2400bit/s   C. 9600bit/s   D. 38400bit/s

2-18　通过公用电话系统将 PC 与一台远地计算机建立通信连接时，需要在 PC 与电话系统之间安
装（　　　）。

    A. 路由器   B. 调制解调器   C. 桥接器   D. 同轴电缆

2-19　在数据传输过程中，延迟最短的交换方式是（　　　）。

    A. 电路交换   B. 报文交换   C. 虚电路   D. 数据报

2-20　分组交换对报文交换的主要改进是（　　　）。

    A. 传输单位更小且有固定的最大长度   B. 传输单位更大且有固定的最大长度

    C. 差错控制更完善   D. 路由算法更简单

2-21　以下关于虚电路交换方式的说法正确的是（　　　）。

    A. 虚电路与线路交换没有实质不同

    B. 在通信的两个站点间只能建立一条虚电路

    C. 虚电路有连接建立、数据传输、连接释放 3 个阶段

D. 虚电路的各个节点需要为每个分组作路由选择

2. 综合应用题

2-22 假设需要在相隔 1000km 的两地间传送 3KB 的数据。有两种方式：通过地面电缆以 4.8kbit/s 的数据传输速率传送或通过卫星通信以 50kbit/s 的数据传输速率传送，则从发送方开始发送数据直至接收方全部收到数据，哪种方式的传送时间较短？已知电磁波在电缆中的传播速率为 2.3×10^5 km/s，卫星通信的端到端单向传播延迟的平均值为 270ms。

2-23 假设某个人训练他的小狗为他运送 3 盘磁带，每盘磁带的容量都是 7GB，小狗以每小时 18km 的速度向他跑来。问在什么距离范围内，小狗的数据传输速率比数据传输速率为 150Mbit/s 的传输线路还高？

2-24 一个简单的电话系统由两个端局和一个长途局构成，端局与长途局之间由 1MHz 的全双工干线连接。在 8 小时工作日中，一部电话平均使用 4 次，每次的平均使用时间为 6 分钟。在所有通话中，10% 的通话是长途。假设每条线路带宽 4kHz，求一个端局能支持的最大电话数。

2-25 假定要用 3kHz 带宽的电话信道传送 64kbit/s 的数据，试问这个信道应具有多高的信噪比（分别用比值和分贝来表示）？

2-26 假定信号带宽为 3100Hz，最大信息传输速率为 35kbit/s。

1）那么若想使最大信息传输速率增加 60%，问信噪比 S/N 应增大到多少倍？

2）如果在刚才计算出的基础上将信噪比 S/N 再增大到 10 倍，问最大信息传输速率能否再增加 20%？

2-27 假设某个信道的信噪比为 40dB，要支持 30000bit/s 的位率需要多大的带宽？

2-28 一个信号在无噪声 4kHz 的信道上以数字方式传输，每隔 125μs 采样一次。在使用以下编码方法时，每秒实际传输的位数是多少？

1）每个采样值用差值脉冲编码调制编码为 4 位二进制；

2）数据传输速率为 2.048Mbit/s 的 E1 标准；

3）增量调制。

2-29 试在下列条件下比较电路交换和数据报交换。要传送的报文共 x 位。从源点到终点共经过 k 段链路，每段链路的传播时延为 d 秒，数据传输速率为 b 位/秒。在电路交换时电路的建立时间为 s 秒。在数据报交换时分组长度为 p 位（$x \gg p$），且各节点的处理时延可忽略不计。问在怎样的条件下，分组交换的时延比电路交换的要小？

2-30 在某个分组交换网中，分组的首部和数据部分分别为 h 位和 p 位。现有 x 位（$x \gg p$）的报文要通过该网络传送，共经过 k 段链路，链路的数据传输速率为 b 位/秒，但传播时延和处理时延忽略不计。若打算使总的时延为最小，问分组的数据部分长度 p 应取为多大？

2-31 在一个分组交换网中，采用虚电路方式转发分组，分组的首部和数据部分分别为 h 位和 p 位。现有 L 位（$L \gg p$）的报文要通过该网络传送，源点和终点之间的线路数为 k，每条线路上的传播时延为 d 秒，数据传输速率为 b 位/秒，虚电路建立连接的时间为 s 秒，每个中间节点有 m 秒的平均处理时延。求源点开始发送数据直至终点收到全部数据所需要的时间。

数据链路层

□3.1　数据链路层的功能

　　链路是指相邻节点之间的一条点到点的物理线路，也称物理链路。仅有物理链路并不能实现数据的传输，需要相应的通信协议控制数据的传输。数据链路是指实现通信协议的硬件和软件加到物理链路上所构成的可以通信的链路，也称为逻辑链路。一条数据链路类似于一个数字管道。当采用多路复用技术时，一条物理链路上可以有多条数据链路。

　　数据链路层的主要目的是解决物理层的不可靠性问题，其方法是将原始的位组成一定大小、具有校验信息、可以发现错误的帧进行传送。数据链路层的功能包括如下内容。

　　（1）成帧

　　成帧主要是指帧的定界（接收站对所接收到的位流，应能确定一帧的开始和一帧的结束），帧的定界有多种方法，在下面介绍。

　　（2）帧的透明传输

　　成帧方法在帧中增加了一些控制信息，为保证帧的透明传输，需要进行一些特殊的处理，否则就不能正确地区分数据与控制信息。这些处理对高层是透明的。

　　（3）流量控制

　　对发送数据的速度进行控制，以免超过接收端的接收速度而导致丢失数据。

　　（4）差错控制

　　接收方对接收到的数据帧必须进行检验，如发生差错，则应该对错误帧进行处理，即差错控制。在计算机网络中，广泛使用差错检测方法，接收方可以检测出收到的帧是否有差错。如果有错，就将它丢弃，并告诉发送方，发送方重传出错的数据帧。

　　（5）数据链路管理

　　如果在链路上传输数据采用面向连接的方式，则发送站和接收站之间需要有建立、维持和释放数据链路连接的管理功能。

　　（6）寻址

　　能进行编址并识别相应的地址，保证每一帧能传送到规定的地址，接收方也应能识别发送数据是来自哪个发送站。

　　数据链路层通过实现上述功能提供的数据帧的可靠传输，来处理并屏蔽物理层的不可靠性。

3.2 组帧

组帧的主要方法如下所示。

1. 字符界定法

规定一组控制字符,以一个特殊的字符(开始字符)作为帧的开始标志,以另一个特殊字符(结束字符)作为帧的结束标志。例如,BSC 协议以 ASCII 字符序列的 DLE STX(0x01)开头,以 DLE EXT(0x02)结束(DLE 代表 Data Link Escape;STX 代表 Start of Text;ETX 代表 End of Text)。接收方收到 DLE STX 就知道是一帧的开始,收到 DLE EXT 就知道是一帧的结尾。

这种方法有几个明显的不足:一是用户数据中可能有与控制字符相同的字符,导致接收方判断错误。二是依赖所使用的字符集。该方法现已不再使用。

2. 字符计数法

在帧中设置一个字段以标明该帧包含的字符数,发送方填写该值,接收方首先识别该值,然后根据该值确定帧的结束边界。字符计数法存在的问题是,如果某帧的字符计数字段出错将导致接收方错误判断帧的实际长度,因而接收方无法确定下一帧的开始位置,出现与发送方不同步。

3. 位串界定法

规定一个特殊的位串作为帧的开始和结束标志,开始位串和结束位串可以不同,但一般都相同,常用的标志位串是 01111110。这种方法允许数据帧包含任意位数。

为避免用户数据的位串与标志位串相同导致混淆,需要采用位填充技术。其方法是:发送方数据链路层组织好数据帧后交给底层发送,发送硬件首先发送开始标志,然后判断并发送帧,遇到 5 个连续的 1 时,就自动在其后插入一个 0。这样,在帧中就没有连续 6 个 1 的数据位串,实现了与标志位串的区分。帧发送完后再发送结束位串。当接收方接收到开始位串后就知道帧的开始,启动帧的接收过程,在接收帧的过程中,在收到连续 5 个 1 后,如果后续位为 0,就去掉,如果为 1,则认为是结束标志,停止接收。

这是现在普遍使用的方法。

不论根据哪种方式组成帧,帧的长度都不是任意的,而是根据信道的特性确定。假定链路的误码率为 p,帧的首部长度为 L_h,则一个帧的最优长度 L_d 可由下式估算:

$$L_d = \sqrt{L_h / p} - L_h$$

3.3 差错控制

在数据传输过程中,有可能出现以下几种差错:

第一种:帧中的某些位出现错误,称为位错。

第二种:帧丢失,即帧在传输途中因某些原因消失了。

第三种:帧顺序错,先发送的帧后到达,后发送的帧先到达。

第四种:帧重复。

第二至第四种错误统称为帧错。

对于位错,可使用纠错码来发现并纠正,也可使用检错码和重传机制来纠正。纠正位错的措施可能导致帧错。对帧错，可使用差错控制规程来纠正。

3.3.1　检错编码

检错（发现错误）的原理是：在被传送的 k 位信息后附加 r 位冗余位，被传送的数据共 k+r 位，而这 r 位冗余位是用某种明确定义的算法直接从 k 位信息导出的，接收方对收到的信息应用同一算法，将生成的冗余位与收到的冗余位进行比较，若不相等则断定数据出现了差错。

最简单的检错编码是奇偶校验，具有发现奇数个错误的能力。

在计算机网络中普遍使用的检错方法是循环冗余校验方法，简称 CRC（Cyclic Redundancy Check）。其原理是：

1）将待发送的位串看作一个多项式的系数，称为信息多项式 $M(x)$。例如将位串 $a_{n-1}a_{n-2}a_{n-3}\cdots a_2a_1a_0$ 看成多项式 $M(x)=a_{n-1}x^{n-1}+a_{n-2}x^{n-2}+a_{n-3}x^{n-3}+\cdots+a_2x^2+a_1x^1+a_0x^0$ 的系数。

2）确定一个素多项式 $G(x)$，称为生成多项式。生成多项式的高位和低位必须是 1。以下 4 个生成多项式已成为国际标准：

CRC-12：　　　　　　$x^{12}+x^{11}+x^3+x^2+x+1$

CRC-16：　　　　　　$x^{16}+x^{15}+x^2+1$

CRC-CCITT-16：　　$x^{16}+x^{12}+x^5+1$

CRC-32：　　　　　　$x^{32}+x^{26}+x^{23}+x^{22}+x^{16}+x^{12}+x^{11}+x^{10}+x^8+x^7+x^5+x^4+x^2+x+1$

3）发送方计算 $M(x)/G(x)$，得到商 $Q(x)$ 和余数 $R(x)$。依据群论的相关理论，可以证明 $R(x)$ 具有发现错误的能力。

4）发送方将 $R(x)$ 附在 $M(x)$ 之后，组成更长的信息，称为码元多项式 $C(x)$，将其发送出去。

5）接收方收到码元多项式 $C'(x)$，计算 $C'(x)/G(x)$ 的余数 $R'(x)$。如果 $R'(x)=0$，则认为没有错误，否则，必然有错误（也可以理解成用 $C'(x)$ 中对应 $M(x)$ 的部分 $M'(x)/G(x)$，得到余多项式 $R''(x)$，与 $C'(x)$ 中的 $R'(x)$ 部分比较是否相等）。

CRC 的检错能力与生成多项式 $G(x)$ 有关。可以证明，CRC 方式的检错能力是：

- 可以发现所有单个位错。
- 可以发现所有双位错，只要 $G(x)$ 含有至少 3 个 1。
- 可以发现任意奇数个错，只要 $G(x)$ 含有（x+1）。
- 可以发现长度 $\leqslant n$ 的任意突发错。
- 对长度为 $n+1$ 位的突发错，可以发现的概率为 $1-2^{-(n-1)}$。
- 对长度 $>n+1$ 位的突发错，可以发现的概率为 $1-2^{-n}$。

所谓突发错是指在位串中连续的多个位出现了错误，更特殊的情况是，这些位都变成了 0，或都变成了 1（如果是前者，原来为 0 的位并没有错，如果是后者，原来为 1 的位并没有错）。连续的位数称为突发长度。突发错通常是由干扰造成的，如短暂短路或遭遇一个强电磁信号。

由上可知，CRC 并不能 100% 地发现所有错误，这就给网络带来了挑战。试想，如果银行系统的正确性不能保证，谁还敢通过网络使用银行业务？

因此，需要有其他措施配合，保证网络传输的数据绝对正确。CRC 用在数据链路层，我们在第 8 章会看到，IP 协议、TCP 协议都有进一步保证数据正确性的相应机制。

余多项式 $R(x)$ 的计算已经硬件化，有成熟的器件。其实现过程如图 3-1 所示。

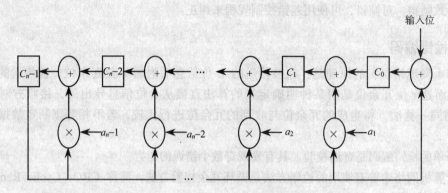

实现除数为 $1+a_1X+a_2X^2+\ldots+a_{n-1}X^{n-1}+X^n$ 的一般 CRC 结构

图 3-1   CRC 的硬件实现

【例题】利用短除法计算 CRC 冗余码。设信息 $M=1010001101$，$G=110101$。由此可知 R 为 5 位。其计算过程如下：

$$
\begin{array}{r}
1101010110 \leftarrow Q \\
G \rightarrow 110101 \overline{)101000110100000} \leftarrow 2^n M \\
\underline{110101} \\
111011 \\
\underline{110101} \\
111010 \\
\underline{110101} \\
111110 \\
\underline{110101} \\
101100 \\
\underline{110101} \\
110010 \\
\underline{110101} \\
01110 \leftarrow R
\end{array}
$$

短除法的计算规则是，如果被除数与除数位数相同，商为 1，否则商为 0，不存在不够除的问题，减法为逻辑减，没有借位。

3.3.2   纠错编码

纠错编码是一种能够发现并定位错误位置的编码。在数字传输系统中，如果能定位错误位置，只要对错误位取反就实现了纠错。随着单片机、DSP 和 FPGA 等器件的发展，越来越容易在各种通用硬件平台上实现纠错编码。随着越来越多的系统采用数字技术来实现，纠错编码技术也得到了越来越广泛的应用，如 GSM 标准中，对语音的信道编码采用卷积纠错、分组码检错，美国的蜂窝数字分组数据系统中，采用了 $m=6$ 的(63,47)RS（Reed Solomon）码；在 CDMA 系统中，主要包括卷积编码（Turbo 码等）、交织编码、帧循环校验等。可使用 TI64DSP 实现常用 RS 码、卷积编码、Viterbi 解码、交织技术构成的级联码的编码，解码工作。

纠错码按照不同的分类标准，有着不同的分类。按照对信息元处理的不同方法来分类的，分为分组码和卷积码。分组码是把信源输出的信息序列，按照 k 个码元划分为一组，通过编码器把这段的 k 个信息元，按一定规则产生 r 个校验元，输出长为 $n=k+r$ 的一个码组。比较常用的有 BCH

码、RS 码、Hamming 码等。卷积码是把输出信源输出的信息序列，以 $k0$ 个（$k0$ 通常小于 k）码元分为段，通过编码器输出一段长为 $n0$ 码元，但是该码段的 $n0$-$k0$ 个校验元不仅与本组的信息有关，而且也与其前 m 段信息元有关，这里的 $m=k-1$，因此卷积码用($n0$, $k0$, k)表示。

数字电视中常用的纠错编码，通常采用两次附加纠错码的前向纠错（FEC）编码。RS 编码属于第一个 FEC，188 字节后附加 16 字节 RS 码，构成(204,188)RS 码，这也可以称为外编码。第二个附加纠错码的 FEC 一般采用卷积编码，又称为内编码。外编码和内编码结合一起，称之为级联编码。级联编码后得到的数据流再按规定的调制方式对载频进行调制。

前向纠错码（FEC）的码字是具有一定纠错能力的码型，它在接收端解码后，不仅可以发现错误，而且能够判断错误码元所在的位置，并自动纠错。这种纠错码信息不需要存储，不需要反馈，实时性好。

目前，在计算机网络中，纠错码应用得很少。

□ 3.4　流量控制与可靠传输机制

3.4.1　流量控制、可靠传输和滑动窗口机制

1. 流量控制

发送方发送数据的速率必须使接收方来得及接收。当接收方来不及接收时，就必须及时控制发送方发送数据的速率，这种功能称作流量控制（Flow Control）。

流量控制用于防止在接收方来不及接收的情况下丢帧，这种方法是当接收缓冲区开始溢出时通过将阻塞信号发送回源地址实现的。流量控制可以有效地防止由于网络中瞬间的大量数据对网络带来的冲击，保证用户网络高效而稳定地运行。

实现流量控制有两种基本方式：在半双工方式下，通过反向压力（backpressure）即背压计数实现，这种计数是通过向发送源发送 jamming 信号使得信息源降低发送速度；在全双工方式下，流量控制一般遵循 IEEE 802.3X 标准，是由交换机向信息源发送 "Pause" 帧令其暂停发送。

有的交换机采用的流量控制策略会阻塞整个 LAN 的输入，这样大大降低了网络性能；高性能的交换机仅仅阻塞向交换机拥塞端口输入帧的端口。采用流量控制，使传送和接收节点间数据流量得到控制，可以防止数据帧丢失，提高网络传输效率。

2. 可靠传输

可靠传输是指通信双方能保证发送的数据无差错地到达另一方，如果数据不能到达或者有其他问题，发送方一定可以及时地得到通知或自动预测错误（例如定时器超时），并重新传送数据。

最理想的传输条件有以下两个特点：

1）传输信道不会产生差错。

2）不管发送方以多快的速度发送数据，接收方总能够及时处理收到的数据，不会产生溢出。

在这样的理想传输条件下，不需要采取任何控制方法就能够实现可靠传输。然而实际网络并不能够达到这种理想的状态，这时可以采用一些可靠传输协议来处理可能出现的问题，比如规定出现差错时让发送方重新发送出错的数据；在接收方来不及处理收到的数据时，及时通知发送方暂停发送或降低发送速率，从而避免缓冲区溢出。

3. 滑动窗口

当信道很长时，为了提高信道的有效利用率，允许连续发送 N 帧。使发送的信息在信道上按前后次序排列起来，并同步前进，犹如一条流水的管道，故又称为管道技术。允许连续发送或接收的帧的范围称为滑动窗口或滑轮窗口，N 称为窗口的大小，当 $N=1$ 时，滑动法就是停-等方式。

在滑动窗口中，每一个要发出的帧都包含一个序列号，范围从 0 到某个最大值 2^n-1（其实 $2^n-1=N$），因而序列号恰能放入 n 位的字段中。

任何时刻发送方都保持着一组序列，对应于允许发送的帧，称为发送窗口。同样，接收方也有一个接收窗口，对应于一组允许接收的帧。发送方的窗口和接收方的窗口不需要有相同的窗口上限和下限，甚至不必具有相同的窗口大小。在发送方窗口中的序列号代表可发送或已发送了的但尚未确认的帧。这些帧在传输过程中可能出错或丢失，而要对它们重发，因此要求发送方必须把所有帧保存在缓冲区中，以备重传。如果最大的窗口大小为 N，则发送过程就需要有 N 个缓冲区来保存未确认的帧。如果窗口一旦达到最大值，则发送方的数据链路层必须通知上层，不得再向下传送分组，直到有一个缓冲区空闲出来为止。

接收方的数据链路层窗口内的帧是允许接收的帧。任何落在窗口外面的帧都被丢弃。当序列号等于窗口的下限的帧收到后，就把它交给上层，产生一个确认，且窗口整个向前移动一个位置。不像发送窗口，接收窗口总是保持初始时的固定大小。当接收窗口大小为 1 时，意味着数据链路层只能顺序地接收。

滑动窗口的典型示例如图 3-2 所示，帧号取 3 位，发送窗口取值为 2 位，接收窗口为 1 位，图中发送方阴影代表了发送窗口，接收方阴影代表窗口。

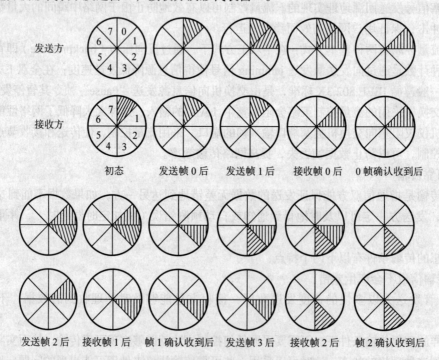

图 3-2   滑动窗口典型示意图

更一般地，滑动窗口用如图 3-3 所示的线性窗口表示。

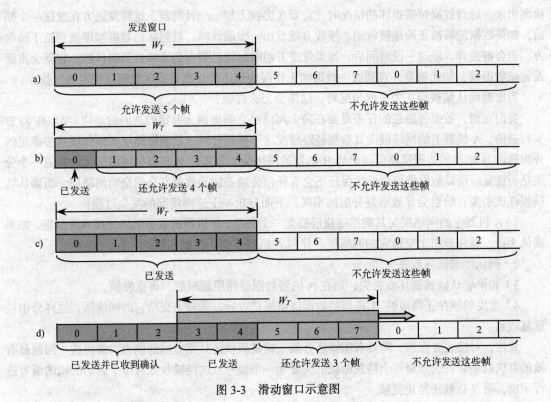

图 3-3 滑动窗口示意图

3.4.2 单帧滑动窗口与停止-等待协议

1. 停止-等待协议

停止-等待协议简称为停-等协议，也称为等待-重传协议。其基本原理是：发送站向接收站发送数据时，每发送一帧，都要等待接收方提供的确认帧（ACK），只有当确认帧到达后，才能发送下一帧。如图 3-4 所示的是无差错的停-等协议流程图。

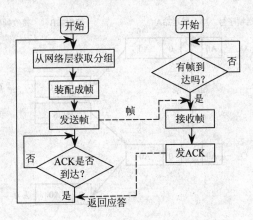

图 3-4 单工停-等协议流程

2. 有噪声信道的停-等协议

实际上，帧在传输过程中会受到噪声影响，会发生帧被损坏或丢失等情况。

帧分为数据帧和确认帧，如果发生数据帧被损坏的情况，那么接收方在进行差错检测时，会检测出来。处理数据帧被损坏的情况时，需要在协议上加一个计时器。这样发送方在发送一个帧后，如果数据能够被正确地接收到，接收方就发出一个确认帧。被损坏的数据帧即使到达了接收方，也会被丢弃。经过一段时间后，如果发送方超时时间已到而仍未接收到确认帧，它就会重新发送该数据帧，如此重复，直到这一数据帧无错误地到达为止或重发次数超过规定的次数。

当出现确认帧被损坏丢失的情况时，结果会怎么样呢？

我们知道，数据链路层的任务是要在两个网络层之间提供无差错的透明的通信。A、B 双方实行通信，A 机器上的网络层向其数据链路层发送一系列分组，数据链路层必须保证这些确定的分组通过 B 机器的数据链路层提交给 B 机器的网络层。尤其是 B 机器的网络层无法知道一个分组是否重复。所以数据链路层必须保证不会有任何传输差错导致重复分组交给网络层。而确认帧被损坏或丢失，恰恰会导致重复分组的出现。下面分析一下这样情况的发生过程：

1）A 机器上的网络层向其数据链路层提交一个分组。B 机器的数据链路层接到该分组，如果确认无错，就将分组上交给它的网络层，并向 A 机器发送一个确认帧。

2）确认帧被损坏或丢失。

3）如果确认帧被损坏或丢失，则在 A 机器数据链路层超时后，再重发帧。

4）重发的帧在正确地被 B 机器的数据链路层接收后，就被上交给它的网络层，这样分组被重复收到。

显然，对接收方而言，需要有能够区分某一帧是新帧还是重复帧的能力。解决这一问题最有效的办法就是让发送方对每个待发的帧的头部加一个编号。这样接收方对每个到达的帧的编号进行识别，看是新帧还是重复帧。

由于此协议中规定，只有一帧完全发送成功才能发送新的帧，因此用 1 位二进制数（0 或 1）来编号就足够了。在某一时刻，接收方期待下一个特定的序列号的帧，任何包含错误的序列号的帧到达都会被作为重复帧遭到遗弃。当包含正确序列号的帧到达时，数据链路层接收它，然后传给网络层。并且对当前的序列号进行模 2 加 1，变为期待的序列号。同时，发送过程从其网络层取下一个分组，放入缓冲区内，覆盖先前的分组，如果受损的帧到达或者根本没有帧到达，那么缓冲区和序列号所示的是不会发生变化。如图 3-5 所示的是发送帧 A0 时出现上述现象。

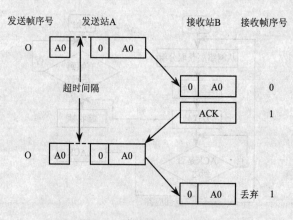

图 3-5 确认帧丢失或损坏

发送方和接收方的实现算法简述如下。

（1）发送方算法

1）从主机取出一个数据帧；

2）V(S)←0;　　　　　　//数据帧编号"0"，即发送第一个数据帧的编号为"0";

3）N(S)←V(S);　　　　　//发送状态变量初始化

将数据帧送交发送缓存;

设置重传次数 Count;

4）若 Count>0，将发送缓存中的数据帧发送出去; 否则，报告错误，停止;

5）设置超时计时器;　　　//选择适当的超时重传时间 t_{out}。

6）等待接收应答帧;　　　//等待以下 7)、8)、9) 这三个事件中最先出现的一个

7）若收到肯定应答帧 ACK，则从主机取一个新的数据帧;

V(S)←[1- V(S)];　　　　//更新发送状态变量，变为下一个编号（1-0=1）

转 3);

8）若收到否定应答帧 NAK，则转到 4);　　　//重传数据帧

9）若超时计时器时间到，则转到 4);　　　//重传数据帧

（2）接收方算法

1）V(R)←0;　　　　　　//接收状态变量初始化为欲接收的数据帧的编号

2）等待;

3）当收到一个数据帧，就检查有无位错;

若检查结果正确无误，则转到 4);

否则转到 9);

4）若 N(R)= V(R)，则执行 5);　　　　　//N(R)为帧中的帧序号字段

否则丢弃此数据帧，转到 7);

5）将收到的数据帧中的数据送交主机;

6）V(R)←[1- V(R)];　　　　　　　　//更新接收状态变量，准备接收下一数据帧

7）发送肯定应答帧 ACK，并转到 2);

8）发送否定应答帧 NAK，并转到 2)。

上述算法中每发送一个数据帧，都必须将发送状态变量 V(S) 的值写到数据帧的发送序号 N(S) 上，只有收到确认帧后，才更新 V(S) 状态（将"1"变为"0"，或将"0"变为"1"），并发送新的数据帧。接收方每收到一个数据帧后，将收到的数据帧的序号与设置的欲接收的数据帧的序号进行比较，若相同，则认为是一个新的数据帧并接收。否则，认为是重发数据帧，丢弃此数据帧。

3. 全双工信道数据流分析

在上述两条协议中，数据帧只能按一个方向进行传输，即单工通信。实际上，计算机网络节点间需要双向传输数据，即全双工通信。

为了能较好地利用信道的带宽，首先，在全双工通信中，并不是使用独立的两条路线，而是使用同一条线路进行数据的双向传输。在这种模式下，从 A 机器到 B 机器的数据帧和从 A 到 B 的确认帧混在了一起，接收方通过查看到达的帧头部的相关字段，来区别是数据帧还是确认帧。第二，当一个数据帧到达后，接收方不是立即发送一个独立的确认帧，而是处于等待状态，直到网络层向下传送下一个分组，该确认被附加到即将发送的数据帧上，即在帧头部加一个 ACK 字段后才发送。也就是说，确认是设置在下一个将发送的数据帧中捎带过去的。将这种暂时延迟发确认帧，以便将其附加在下一个将发送的数据帧上的技术叫做捎带应答。

捎带技术和使用专门的确认帧相比，优点是显而易见的，前者在帧头部的 ACK 字段只花费几位开销就能完成任务，而后者需要一个单独的确认帧; 另外，较少的帧意味着较少的"帧到达"

中断，而且根据接收过程的软件组成，可能接收方需要的缓冲区会更少。

但是捎带技术也带来了单独确认所没有的复杂性。因为链路层无法预知下一个分组何时到来，也就是说，确认不知道要等待多长时间才能被捎带回去。如果等待的时间超过了发送方的时间间隔，那么帧就会被重发。所以必须采取一个折衷的办法，设置一个数据链路层等待上层分组到来的固定的时间片。这样如果新分组很快到来，那么确认帧就被捎带过去，否则，就发单独的确认帧。

单工停-等协议在全双工的任何一个方向上都可使用，如图 3-6 所示的是停-等协议捎带确认正常工作情况。

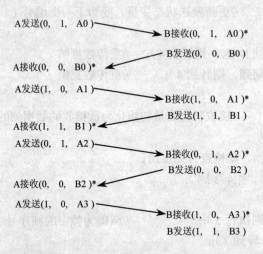

图 3-6　停-等协议捎带确认正常工作情况

注：帧的形式为 Seq, ack, packet number，*表示网络层接收的分组

采用这种停-等方式时，如果双方同时发送一个初始化分组，就会造成一种特殊的情况，如图 3-7 所示。B 收到(0,1,A0)帧后，由于还没有收到对自己发出的(0,1,B0)帧的确认，不能发送新的帧，但是为捎带对(0,1,A0)帧的确认，又不得不发(0,0,B0)帧，其数据内容完全和已发出的(0,1,B0)相同。从图 3-7 中可以看出，一半的帧是重复的。这种情况是由固定的时间片内必须捎带确认引起的。所以，对于这种现象，应该采取单独发确认和捎带确认混合使用的方法。

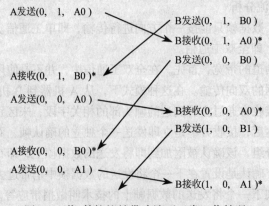

图 3-7　停-等协议捎带确认不正常工作情况

注：帧的形式为 Seq, ack, packet number，*表示网络层接收的分组

4. 停-等协议效率分析

停-等协议是发送方每发出一帧都要等待对方对该帧的确认信息，然后决定能否发送下一帧的协议。这种方法对于短信道是合适的，但对于长信道来说，效率很低，会造成对信道的浪费。设信道容量为 A bit/s，帧长度为 L 位，信号在信道中往返传播的时间为 $2R$，并假定返回的 ACK 帧长度很短。停-等协议信道利用率示意图，如图 3-8 所示。

发送一帧的时间为 L/A，发完一帧经过 $R+L/A$ 时间后，接收端收完该帧最后一位。接收站及时返回确认帧（ACK 帧），经过 R 时间后，确认帧返回发送站。因此信道的实际有效利用率为

$$U = \frac{L/A}{L/A + R + R} = \frac{L}{L + 2RA}$$

例如，地面上的计算机和卫星进行数据传送，卫星和地面间信息传播时间为 250ms，假定传送数据帧的时间为 20ms，那么，

$$U = \frac{20}{20 + 250 + 250} \times 100\% \approx 4\%$$

信道实际有效利用率太低了。鉴于上述情况设计了允许连续发送多帧的协议。

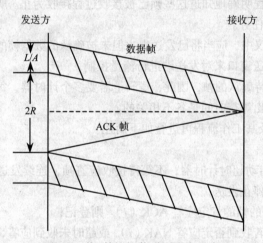

图 3-8 停-等协议信道利用率示意图

3.4.3 多帧滑动窗口与后退 n 帧协议

如图 3-9 所示的是后退 n 帧（Go Back n，GBN）协议，信道好像一根管道，帧按序从发送端流向接收端，发送方在发送了 n 帧后，才发现尚未收到前面帧的确认，那么这一帧有可能是出错了。接收方因这一帧出错，等待发送方重发该帧，所以对其他发送方发来的帧均丢弃。也就是说，这种方式只能按序接收，这样，发送方不得不重发包括此帧在内的后面的 n 帧，所以，这种方法称为后退 n 帧，也称为部分重传方式。如果错误率高的话，则将会浪费大量带宽。

从上述可以看出，在后退 n 帧协议中，如果发送端一直没有收到对方的确认，那么它不能无限制地发送其他帧。这是因为：

- 当未被确认的数据帧的数目太多时，只要有一帧出了差错，就会有很多数据帧需要重传，这必然就要白白花费较多的时间，因而增大了开销。
- 对所发送出去的大量数据帧都要进行编号，而每个数据帧的发送序号也要占用较多的位数，这样又增加了一些开销。

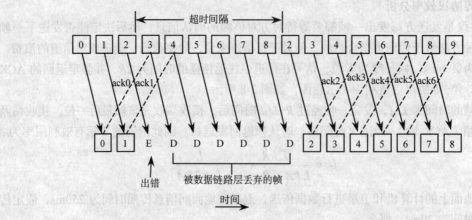

图 3-9   后退 n 帧协议

- 虽然在退后 n 帧协议中，接收方对出错帧之后到达的帧都要舍弃（不缓存），但是发送过程在将来某个时候会对那些未确认的帧进行重传，因此发送过程必须保存所有传送过的帧，一直到发送过程明确地知道这些帧已被接收过程接收为止。所以在发送方需要一定的缓冲区来完成这一任务。

因此，在后退 n 帧协议中，应当将已发送出去但未被确认的数据帧的数目加以限制。协议中所采取的措施就是使用发送窗口来对发送端进行流量控制。

在此协议中，有多个待确认的帧，因此，逻辑上需要多个计时器，每一个等待确认的帧都需要一个计时器，各个帧超出等待时间是各不相关的。

对 GNB 的一种修改及其工作流程可进行如下简述。

发送方：

1）每发送一帧，都启动超时计时器，不等待接收应答帧，连续发送后续的帧，即使在发送过程中收到肯定应答也不停止发送；

2）若收到对编号为 i 的帧的肯定应答 ACK（i），则登记；

3）对编号为 i 的帧，若收到否定应答 NAK（i），或超时未收到应答，则将发送指针调整为 i，从帧 i 开始，按步骤 1）的方式开始发送。

接收方：

1）对收到的帧进行检错、排序；

2）若收到的帧编号不在接收窗口中或收到重复的帧，则丢弃；

3）若收到错误帧（位错），则发送否定应答 NAK；

4）将收到的正确帧保存到相应编号的缓冲区中（同时实现了排序），发送肯定应答 ACK。

GBN 方式对每个错帧都单独发送否定应答，对收到的每个正确帧都单独发送肯定应答。

设定一次可连续发送的帧数 N（发送窗口），在发送完 N 帧后等待接收应答；收到否定应答或超时后，将发送窗口调整为 $i \sim i+N-1$，重发窗口中的 N 个帧。

3.4.4   多帧滑动窗口与选择重传协议

选择重传（Selective Repeat，SR）协议在某一帧出错后，接收方对后面传来的帧不作舍弃，而是把它们放在一个缓冲区中，同时要求发送方只对出错帧进行重传。一旦重传帧被收到后，就可与原先已收到的暂时存放在缓冲区中的帧一起，按正确的顺序送网络层，且只对最高序号的帧进行确认。这种方法称为选择重传。其工作过程如图 3-10 所示。

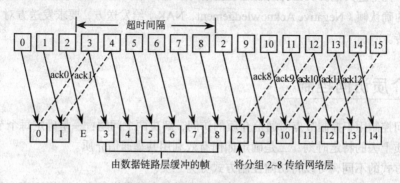

图 3-10 选择重传

显然，选择重传协议在某帧出错时减少了后面所有帧都需要重传的浪费，但对接收方提出了更高的要求，要有一个足够大的缓冲区来暂存未按顺序正确接收到的帧。凡是在接收窗口中的所有帧都被接收。对应于此策略的接收窗口应大于 1。

下面对接收窗口的大小问题进行简单讨论。假设帧的序列号 $n=3$，那么发送窗口取的最大值 $N=(2^3-1)=7$ 帧。现在发送方发送了 0～6 帧共 7 帧，假定接收方的窗口允许接收 0～6 序列号的帧，也就是说接收窗口也为 7 帧，这样就会发生错误。错误窗口示意图如图 3-11 所示。

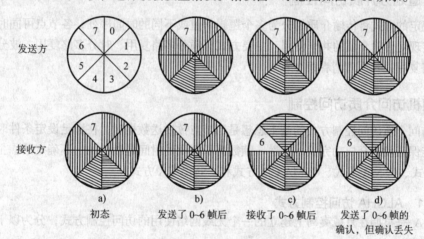

图 3-11 错误窗口示意图

图 3-11 中，当接收方正确接收了 0～6 帧后，接收窗口整体向前移动一个位置，准备接收 7、0、1、2、3、4、5 帧。但不幸的是，接收方发给发送方的确认在返回过程中丢失了，这样发送窗口不改变，如图 3-11d 所示。最终当发送方的时间片到的时候，发送方就会对帧重发。当重发帧到达接收方的时候，经检查落在接收窗口内，所以重发帧就被接收了。

导致这一问题的原因是，在接收窗口整体向前移动后，新窗口中的序列号和旧窗口的序列号重叠了，致使发送方发送的帧可能是重发帧（如果所有确认被丢失），也可能是新帧（如果所有确认被收到），接收方无法区分这两种情况。

解决这一问题的关键在于保证没有上述窗口的重叠现象，所以接收和发送的最大窗口 N 相等，且 N 值等于序列范围的一半，即 $N/2$ 帧。在上例中窗口尺寸应为 4 帧。

在这一协议中，一个缓冲区对应一个计时器，当计时器超时，缓冲区的内容就会重传。另外，该协议使用了比上述其他协议更有效的处理差错的策略，那就是一旦接收方怀疑帧出错，就会发一个否定性的确认帧（Negative Acknowledgement，NAK）给发送方，要求发送方对 NAK 中指定的帧进行重传。

3.5 介质访问控制

介质访问控制用于控制节点对通信介质的访问，解决两个问题：一是确定每个节点能把信息送到通信介质上去的特定时刻，二是确定如何有效利用共享通信介质。

按实现方式的不同，可以将访问控制方式分为三类。

- 不加控制：不进行任何控制，每个节点想发送信息就发送信息。一般而言，只有每个节点具有专用信道的网络才能使用此种方式。专用信道包括独占的线路，或独占的频段或波长。
- 集中控制：由中央节点负责分配发送权，只有获得发送权的节点才能发送数据。比如时间片方式、轮询方式等，划分信道的方式也可归为集中控制。
- 分布控制：没有中央控制节点，各节点采用分布协调方式分配发送权。比如令牌传递控制方式、CSMA/CD 方式等。

3.5.1 信道划分介质访问控制

按照规定的方式将传输介质划分为多个逻辑信道或不同的时间序列，各节点可同时或分时使用信道，实现对传输介质的共享使用。主要方式有频分多路复用、时分多路复用、波分多路复用和码分多路复用，其原理请看第 2 章。

3.5.2 随机访问介质访问控制

随机访问介质访问控制方式的基本思想是当节点欲发送数据时，在满足设定条件时就开始发送，但不能保证发送会成功完成，发送一帧数据所需要的时间是随机的、不确定的。主要方式有 ALOHA 方式、CSMA 方式、CSMA/CD 方式和 CSMA/CA 方式。

3.5.2.1 ALOHA 访问控制方式

ALOHA 是早期在夏威夷岛上建立的一个无线网络使用的访问控制方式，分为以下两种基本方式。

1. 纯 ALOHA

ALOHA 的思想是：用户只要有数据待发，就开始发送。当然，这样会产生冲突，进而使冲突帧受到破坏。但是，由于广播的反馈性，发送方只要监听信道就可得知它发出的帧是否被破坏，同样，其他用户也如此工作。对于纯 ALOHA，反馈信息很快就可以得到；对于卫星网，发送方在延迟约 270ms 后才确认发送成功与否。假如帧遭破坏，则发送方在等待一段随机时间后重发该帧。等待时间必须是随机的，否则会有接二连三的冲突而导致死锁。

在纯 ALOHA 系统中，帧发送的示意图如图 3-12 所示。图中各帧长度相同，因为这样能使纯 ALOHA 系统取得最大吞吐率。

2. 时隙 ALOHA

时隙 ALOHA 把时间分为离散的时间段，每段时间对应一帧。这种方法要求用户时间同步，方法之一就是设置一个特殊的站点，在每段时间的开始之时，像时钟一样发送一个信号。

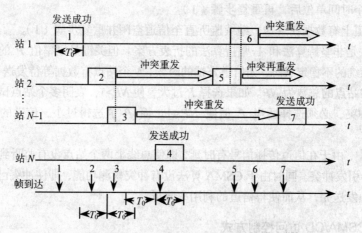

图 3-12 纯 ALOHA 系统的工作原理

在该方法中，计算机并不是在有数据需要发送时就立即发送，而是要等到下一时隙开始时才发送。这样，连续的 ALOHA 就变成了离散的时隙 ALOHA。由于冲突危险区减少为原来的一半，所以系统利用率提高了一倍。

3.5.2.2 CSMA 访问控制方式

CSMA 是载波侦听多路访问的缩写，其基本思想是：要传输数据的站点首先监听共享的信道上有无载波，以确定是否有别的站点在传输数据。如果信道空闲，该站点便可传输数据；否则，该站点将按照一个避让算法等待一段时间后再尝试发送。这个检测避让策略的算法有非坚持、1-坚持、P-坚持三种。

1. 非坚持型 CSMA

非坚持型 CSMA 方式的工作过程是：

1）如果信道空闲，则立即发送数据。

2）如果信道上正有数据在传送，则待发数据的主机在等待一段由概率分布决定的随机时间后，重复步骤 1）。

这种采用随机长度的等待时间可以减少冲突发生的可能性，但有个缺点就是如果几个主机同时都有数据要发送，但由于同时侦听到冲突，都处在退避时间中等待信道空闲，导致信道处于空闲状态，从而使得信道的利用率降低。

2. 1-坚持型 CSMA

1-坚持型 CSMA 方式的工作过程是：

1）如果信道空闲，则立即发送数据。

2）如果信道上有数据正在传送，则继续监听直至检测到信道空闲，并立即发送数据。

3）如果出现冲突，则等待一段随机长度的时间，重复步骤（1）和（2）。

1-坚持算法的优点是只要信道空闲，站点就可立即发送数据，可以充分利用信道；缺点是有两个以上的站点同时发送数据的时候，冲突将无法避免。

3. P-坚持型 CSMA

P-坚持型 CSMA 方式的工作过程是：

1）如果信道空闲，则以 P 的概率立即发送数据，以（1−P）的概率延迟一个固定的时间单位（称为时间片）。一个时间单位通常等于信道传播时延的 2 倍。

2）延迟一个时间单位后，再重复步骤（1）。

3）如果信道上有数据在发送，继续监听直至信道空闲并重复步骤（1）。

P-坚持算法是非坚持算法和 1-坚持算法的折衷方案。但关键是概率值 P 的选取，这需要考虑到重负载下系统的不稳定状态。如信道繁忙的时候，N 个站点有数据等待发送，一旦信道空闲，将要试图传输的站点的总数为 NP。如果选择 P 过大，使 $NP>1$，表明多个站点试图同时发送，信道上就会发生冲突，必须选择适当 P 值使 $NP<1$。而 P 值选得过小，信道的利用率又会大大降低。

在 CSMA 中，由于在信道传播信号有时延，即使总线上两个站点没有监听到信道繁忙而发送帧时，仍可能会引发冲突。同时由于 CSMA 算法没有冲突检测功能，即使冲突已发生，站点仍然会把已破坏的帧发送完，从而使得信道的利用率降低。

3.5.2.3　CSMA/CD 访问控制方式

CSMA/CD 是载波侦听多路访问/冲突检测控制方式的缩写。CSMA/CD 要求网络组成总线拓扑结构，后来采用集线器和交换机的星形局域网络也继续使用该方式。

1. CSMA/CD 原理

CSMA/CD 的工作过程是：

1）每个节点在发送数据前，先监听信道，以确定介质上是否有其他节点发送的信号在传送。

2）若介质忙（有信号在传送），则继续监听。

3）否则（介质处于空闲状态），则立即发送信息。

4）在发送过程进行冲突检测。如果发生冲突，则立即停止发送，并向总线上发出一串阻塞信号（全1）强化冲突，以保证总线上所有节点都知道冲突已发生，转到步骤（5）。

5）随机延迟一段时间后返回步骤（1）。

由于在发送过程中进行监听，保证在发送过程中没有出现冲突，因此源节点只要将帧正常发送完毕，就认为目的节点能正常接收到，因此该方法不需要发送应答帧。

2. 延迟时间的确定

CSMA/CD 在检测到冲突后，随机延迟一段时间，该时间长度按截断的二进制指数后退算法确定。

假定信号在总线上往返传递的时间为 t（称为时间片），本帧在发送过程中已检测到的冲突次数是 n，则延迟的时间片数 $T=0\sim2^{k}-1$ 之间的随机数，$k=\min\{\ n,10\ \}$。一个帧在发送过程中经历的冲突次数越多，说明网络负载越重，k 就越大，相应地 T 就越大（概率意义上）。这是一种对负载具有自适应能力的方法。

k 最大取 10，限制最大延迟时间在一个给定范围。

时间片 t 的确定：假定节点 A、B 分别在总线的两端，A 首先向 B 发送信息。假定 A 发送的信息即将到达 B 时，B 开始向 A 发送信息，此时 B 没有检测到冲突，但刚刚开始发送后 A 的信息到达，B 检测到了冲突。B 发送的信息到达 A 后，A 检测到了冲突。从这一过程，我们可以得出下述结论：

1）为确保一个节点（如 A）在任何时候都能够检测到可能发生的冲突，需要的时间是信号在总线上往返传输的时间，此时间被称为时间片，也称为冲突域、冲突窗口、争用期，而这个时间是由介质的长度决定的。

2）为保证在冲突发生后能检测到冲突，必须保证在冲突发生并被检测到时，帧本身没有发送完（因为发送完后即使出现了冲突也不检测），因此需要为帧设定一个最短长度。

3）争用期、最短帧长度确定了，介质的最大长度也就确定了。这也是为什么局域网的介质长度都受到严格限制，而广域网的长度无此限制的原因。

比如早期的以太网规定时间片长度为 51.2μs，最短帧长度为 64 字节，粗电缆的最大长度为 2500m，这也是利用电信号通信的局域网的最大距离。

3. CSMA/CD 的信道利用率

假定 τ =总线上单程传播时间，T_0=发送一个帧需要的时间（=帧长/数据传输速率），$a=\tau/T_0$。计算信道利用非常复杂，这里考虑极端情况：发送一个帧需要 T_0 时间，最后一位要再经过 τ 才能到达另一端，此后可以开始另一个帧的发送而不出现冲突。假定所有节点都按这种理想模式发送而不会出现冲突，则信道的利用达到其极限值

$$S_{\max} = \frac{T_0}{T_0 + \tau} = \frac{1}{1+a}$$

要想 $S_{\max}$ 最大，只能使 a 最小，也即是让 τ 最小或 T_0 最大。τ 是由介质长度决定的，T_0 是由帧的长度决定的，所以需要在介质长度和帧长度之间取折中值。帧的长度不能无限大，因为若帧太长，一旦冲突或出错，就要重发，导致太大的浪费。经综合考虑，早期使用 CSMA/CD 方式的以太网确定帧的长度为 1500 字节（不算辅助信息），根据前面介绍的介质的长度，可以计算出信道的极限利用率。但事实上，因为冲突的存在，实际利用率远远小于极限值。

3.5.2.4 CSMA/CA 访问控制方式

CSMA/CA 是无线局域网普遍使用的一种访问控制方式。由于一个无线信道在发送时不能同时接收，所以适用于有线网络中的 CSMA/CD 方式不能用于无线网络。

CSMA/CA 控制方式的原理是：

① 发送站点先监听。若没有信号在传送（空闲），再等待一个帧间隔时间（IFS），若仍然空闲，则立即发送。

② 若有信号在传送（忙），则继续监听，直到介质上的传输结束。

③ 一旦当前介质上的传输结束，再延时一个 IFS 时间。若空闲，立即发送，否则调用截断的二进制指数后退算法随机延迟一段时间后转到步骤①。

3.5.3 令牌传递访问控制方式

令牌（Token）是指一个特殊的标志。令牌传递（Token Passing）访问控制方式要求网络满足的条件是：网络形成环，当不能形成物理环时，必须形成逻辑环；信号在环上单向传输。

1. 令牌传递访问控制方式原理

1）监控节点产生唯一一个令牌沿环路传输。

2）要发送数据的节点等待令牌。获得令牌后往令牌上附加数据帧，填写相应标志后让其继续传送。

3）目的节点检测到数据帧后复制帧，设置应答标志后让其继续传送。

4）数据帧回到源节点后，源节点根据应答标志确定撤销或重传。

5）非源、非目的节点，转发帧。

在采用令牌传递控制方式的网络中，每个节点可能进行的操作有 4 种：

● 发送：源节点进行。

- 复制：目的节点进行。
- 转发：非源、非目的节点进行。
- 撤销：源节点进行。

通常在帧中有两个标志 A、C，分别表示地址识别、帧复制。可以规定为：发送节点将其分别设置为 0，转发的节点不修改标志。目的节点首先将 A 改为 1，表示目的节点存在，已识别该帧。如果复制了该帧，将 C 设为 1。帧再次回到源节点时，源节点根据这两个标志就指导帧的状态并做相应处理。如果 A=0，表示目的节点不存在，应撤销该帧。如果 C=1，表示目的节点已接收该帧，也撤销该帧。如果 A=1、C=0，表示目的节点没有复制帧，原因可能是帧有错、目的节点无缓冲区、顺序错等，此时源节点重传该帧。为了区分没有复制的具体原因，实际网络增加一个标志 E，指明是否发生了错误。

2. 令牌传递访问控制方式问题及对策

（1）令牌丢失

一旦令牌丢失，则任何节点都无法获得令牌，所有节点都不能发送数据。因此，必须有防令牌丢失的措施。

判断令牌丢失的方法是：如果在给定的时间内，没有令牌经过本节点，则本节点可以判断令牌丢失。所依据的时间可以根据环长计算出来。环形网一旦安装，其环的长度就确定了，令牌在其上传递一周的时间就可计算出来。当然，也可设定一个最大环长，据此计算令牌传递一周的时间。比如 FDDI 网络，规定最大环长为 200km。还可以根据统计信息获得，比如先前正常时，平均多长时间会收到一次令牌，以该时间为基础，确定一个判断令牌丢失的时间值。

通常，由监控节点监视令牌是否丢失。一旦发现令牌丢失，立即生成一个新令牌。

（2）令牌增生

当网络上有多个令牌时，可能导致冲突发生。例如一个节点正在发送、转发或复制一个数据帧的过程中，又到达另一个帧，两个帧交叉在一起，导致帧被破坏。

判断令牌是否增生的方法是：如果一个节点持有令牌又收到令牌或数据帧，则可断定令牌增生。

解决令牌增生的方法很简单，只要丢弃一个令牌就行了。

（3）地址错误

如果一个帧在传递过程中地址出错了，则会导致严重问题。如果源地址出错，则该帧将不会被撤销，这样其他节点就不能获得令牌发送数据。因此需要有防止地址出错的机制。通常，可由监控节点完成此项工作，其方法是在帧中设置一个特殊标志 M，源节点发送数据时设置为一个特殊值 0，当经过目的节点或源节点时，修改一次该值，改为 1。监控节点如果监测到一个帧连续两次经过且标志未发生改变，就认为该帧是一个错误帧，会将其撤销。

3.6 局域网

3.6.1 局域网的基本概念与体系结构

局域网为计算机局部区域网络（Local Area Networks，LAN）的简称。IEEE 局域网络标准委员会对局域网的描述性定义为：局域网是一种为单一机构所拥有的专用计算机网络，其通信被限制在中等规模的地理范围，如一栋办公楼、一座工厂或一所学校，具有较高的数据传输速度和较低的误码率，能有效实现多种设备之间互连、信息交换和资源共享。

局域网的特征如下。

- 范围小：通常在几百米以内。
- 数据传输速度高：10Mbit/s 以上，现在已达到 10Gbit/s。
- 误码率低：一般可达到 10^{-9} 以下。
- 单一部门所有。
- 支持实时应用。

局域网的拓扑结构主要由总线形、星形和环形。现在总线形、环形已较少使用。

1980 年 2 月 IEEE 成立一个专门的委员会负责制定局域网的标准，该委员会被称为 IEEE802 委员会，后来所制定的标准都以 802.X 格式编号。

IEEE802 委员会对局域网体系结构的观点是：因局域网拓扑结构比较简单，网内没有路由选择、拥塞控制等问题，因此不需要网络层；传输层及以上层的功能可由用户去实现。因此局域网只需要物理层和数据链路层即可。同时，将数据链路层分为与拓扑结构无关的逻辑链路控制子层（LLC 层）和与拓扑结构、访问控制方式相关的介质访问控制子层（MAC 层）。LLC 负责与应用接口，MAC 负责与介质接口。将物理层细分为物理信号子层 PS、连接接口子层 AUI、物理介质接入层 PMA、介质相关接口 MDI 四个子层。其结构如图 3-13 所示。

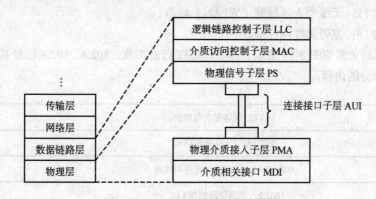

图 3-13 IEEE802 局域网层次结构

各子层的功能如下。

- 逻辑链路控制子层 LLC：实现与高层的接口；提供用户调用的功能，因这是局域网的最高层，所以其功能代表了局域网所具有的功能。
- 介质访问控制子层 MAC：提供与拓扑结构相关的访问控制方式。
- 物理信号子层 PS：实现物理信号编码，如曼彻斯特编码。
- 连接接口子层 AUI：实现主机和介质的接口。
- 物理介质接入子层 PMA：接收、发送信号。
- 介质相关接口 MDI：实现与传输介质的连接。

IEEE802 委员会制定了一系列标准，主要包括如下内容。

- IEEE 802.1A：局域网概述及体系结构。
- IEEE 802.lB：寻址、网络互联与网络管理。
- IEEE 802.2：逻辑链路控制（LLC）。
- IEEE 802.3：以太网的 CSMA/CD 总线访问控制方法与物理层规范。

- IEEE 802.3i：10BaseT 3 对 UTP 以太网规范。
- IEEE 802.3u：100BaseT 星形 UTP 以太网规范。
- IEEE 802.3z：1000BaseT UTP 以太网规范。
- IEEE 802.3z：1000BaseCX STP 以太网规范。
- IEEE 802.3z：1000BaseLX 光纤以太网规范。
- IEEE 802.3ae：10GBase 以太网规范。
- IEEE 802.4：令牌总线（Token Bus）访问控制方法与物理层规范。
- IEEE 802.5：令牌环访问控制方法与物理层规范。
- IEEE 802.6：城域网（MAN）访问控制方法与物理层规范。
- IEEE 802.7：宽带局域网访问控制方法与物理层规范。
- IEEE 802.8：FDDI 访问控制方法与物理层规范。
- IEEE 802.9：综合语音和数据的访问方法和物理层规范。
- IEEE 802.10：网络安全与加密访问方法和物理层规范。
- IEEE 802.11：无线局域网访问控制方法与物理层规范。
- IEEE 802.12：100VG-AnyLAN 快速局域网访问控制方法与物理层规范。
- IEEE 802.14：利用有线电视（Cable-TV）的宽带通信标准。
- IEEE 802.15：无线个人区域网（WPAN）规范。
- IEEE 802.16：宽带无线网标准。

这些标准间的关系如图 3-14 所示，其中 802.12 已经淘汰，802.4、802.5 已经基本不用，因此本书不介绍这部分的内容。

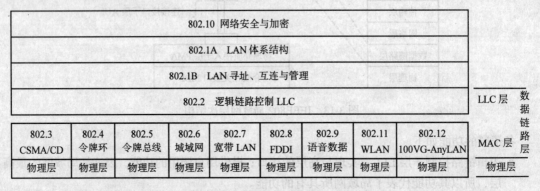

图 3-14　IEEE 802 标准关系图

3.6.2　以太网与 IEEE 802.3

3.6.2.1　以太网概况

Bob Metcalfe 对以太网的产生做出了重大的贡献，被称为以太网之父。

1972 年 Bob Metcalfe 在 Xerox 公司的 PARC 计算机实验室工作时，主要研究任务是如何将他们的第一台个人计算机 Alto 和第一台激光打印机 EARS 互连起来。1972 年底 Metcalfe 和同事 David Boggs 开发出第一个实验性的局域网系统，实验系统的数据传输速率达到 2.94Mbit/s。

1973 年 5 月 22 日，Metcalfe 与 Boggs 在 "Alto Ethernet" 中提出了以太网工作原理设计方案。他们受到 19 世纪物理学家解释光在空间中传播的介质 "以太（ether）" 的影响，将这种局域网命名为 Ethernet（以太网），寓意无所不在的网络。

Ethernet 的核心技术是共享总线的介质访问控制方法 CSMA/CD（带冲突检测的载波侦听多路访问），用于解决多个节点共享总线的发送权问题。

1977 年 Metcalfe 申请了相关专利，但他放弃收取专利费，任何人都可免费使用这些专利。

1980 年，Xerox、Intel、DEC 公司合作，制定了以太网物理层、数据链路层规范，命名为 DIX 规范。该规范规定：

- 以太网为总线拓扑结构的局域网。
- 使用同轴电缆作为传输介质，遵循同轴电缆组网的限制性规定。
- 使用 CSMA/CD 访问控制方式。
- 使用曼彻斯特编码，数据传输速率为 10Mbit/s。
- 具有物理层和数据链路层的功能。

由于当时计算机的速度还很慢，且当时网络的速度也在 9.6kbit/s 以下，所以很多人认为制定这个规范的人简直是疯子，根本不需要这么快的速度。

1981 年 DIX 2.0 发布，1982 年 IEEE 802 委员会以 DIX 2.0 为基础（几乎未作修改），发布了 IEEE 802.3 协议，成为现在以太网的通用标准。

1995 年 100Mbit/s 以太网标准发布，1998 年 1Gbit/s 以太网标准发布，2002 年，10Gbit/s 以太网标准发布。

按照这样的发展速度，下一版本的标准应该公布了，但至今未公布。除了技术原因外，有一个重要原因就是以太网该向哪个方向发展。一派观点认为，应该延续局域网的模式，向 100Gbit/s 方向发展。另一派观点认为，应该与广域网统一，向 40Gbit/s 方向发展。

以太网得到了广泛的应用，现在成了局域网的代名词。

3.6.2.2　IEEE 802.3

IEEE 802.3 协议得到广泛使用，其内容基本上就是原来的以太网 DIX 2.0 规范，所以 IEEE 802.3 协议也常被称为以太网协议。本节介绍 IEEE 802.3 协议的基本内容。

1. 访问控制方式及适应性策略

使用总线形拓扑结构，采用 CSMA/CD 访问控制方式，使用截断的二进制指数后退算法确定随机延迟时间，发送或重发时选择在时间片开始时刻进行，不跨越时间片，以减少冲突机会。

时间片的长度为 51.2μs，总线长度不超过 2500m。

2. 数据编码

802.3 物理层采用曼彻斯特编码，802.3u（百兆）采用 4B/5B 编码，802.3z（千兆）主要采用 8B/10B 编码，802.3ae（万兆）主要采用 64B/66B 编码。

3. MAC 帧结构

早期 MAC 帧规定的载荷是 LLC 帧，但这种格式现在已不再使用。现在普遍使用的帧格式是直接封装 IP 包的格式，如图 3-15 所示。

目的地址、源地址：为 6 字节的物理地址（称为 MAC 地址）。

类型：当该字段的值=0800H 时表示数据部分是 IP 包，当该值=8137H 时，表示数据部分是 IPX 包。当类型值为≥8000H 的其他值时，表示帧的类型，由高层定义和解释其含义，当类型值 <0800H 时，该字段表示数据部分的长度。

数据：用户数据。由于 CSMA/CD 规定帧的最短长度为 64 字节，而 MAC 帧的协议信息（俗称头部）为 18 字节，所以数据部分最少 46 字节，最多 1500 字节。

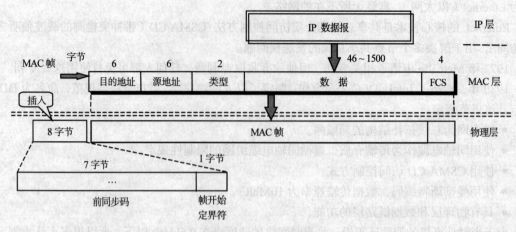

图 3-15   802.3 帧格式

FCS：为 CRC 校验和。

当 MAC 帧交给物理层发送时，物理层首先发送 8 字节的插入信号，包括 7 字节同步码和 1 字节的帧开始定界符。7 字节的同步码为每个字节都为 10101010，帧开始定界符为 10101011。接收方硬件在收到交替的 6 位 1、0 及 2 位 1 后，即判断为一个帧的开始，从下一位开始作为帧的正常内容接收并放到缓冲区中。

4. FCS 生成方式

帧校验和（FCS）按 CRC-32 生成 4 字节的 CRC 校验和。其生成多项式为

$$G(x) = x^{32} + x^{26} + x^{23} + x^{22} + x^{16} + x^{12} + x^{11} + x^{10} + x^8 + x^7 + x^5 + x^4 + x^2 + x + 1$$

5. MAC 地址结构

MAC 地址是 6 个字节（尽管协议规定可以为 2 个字节，但 2 字节地址无人使用），其结构如图 3-16 所示。

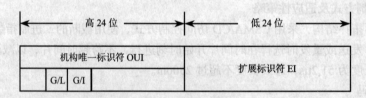

图 3-16   MAC 地址格式

MAC 地址高 24 位用于表示设备生产商，称为机构唯一标识符（OUI）。OUI 由 IEEE 或 ISO 分配，并规定第一字节的最低位为 G/I 位，规定其值为 0 表示单播地址，其值为 1 表示组播地址，次低位为 G/L 位，其值为 0，表示全局管理地址，其值为 1 表示本地管理地址。

低 24 位表示成为扩展标识符，由生产商自行分配，通常表示生产商生产的产品的序号。

MAC 地址用十六进制书写，记为 XX-XX-XX-XX-XX-XX，例如 02-60-8C-12-03-5B。

MAC 地址一般做到网卡中或网络设备中，不能更改。

MAC 地址分为如下三类。

● 单播地址：目的地址为单播地址时，MAC 帧发送给单一站点。

● 组播地址：目的地址为组播地址时，MAC 帧发送给一组站点。

● 广播地址：为全 1，表示 MAC 帧发送给所有站点。

6. 寻址方式

源节点以广播方式发送一个帧（采用交换机后，由交换机用交换方式发送）。

目的节点的底层硬件（如网卡）首先无条件接收帧，然后根据目的地址确定是否保留所接收的帧并送给高层处理。其处理规则是：

1）如果目的地址为广播地址（为全 1），则保留该帧并送高层。

2）如果目的地址为单播地址，当目的地址为本节点地址时，则保留该帧并送至高层；当目的地址不为本节点地址时，则丢弃该帧。

3）如果目的地址为组播地址，且其 OUI 部分与本节点地址的 OUI 部分相同，则保留该帧并送至高层。

7. 帧的发送与接收流程

发送帧的处理流程如图 3-17 所示，接收帧的处理流程如图 3-18 所示。

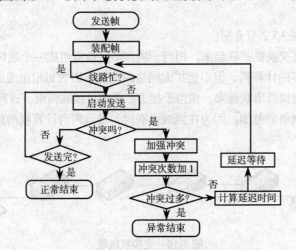

图 3-17　以太网发送数据流程

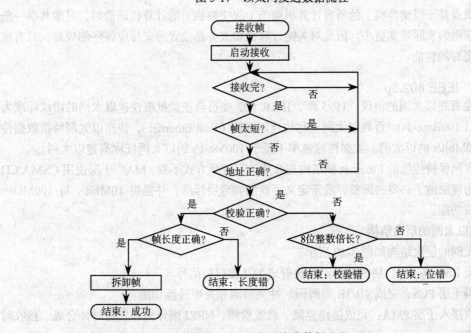

图 3-18　以太网接收数据流程

8. 以太网的扩展

以太网面临两个重要的限制。一是物理距离的限制；二是连接的计算机数量的限制。

对于物理距离的限制，主要采用改换传输介质的方法加以改进。例如使用光纤，可以将传统以太网的距离延伸，但这需要借助具有光纤模块的交换机才能实现。

对于计算机数量的限制，主要改进方法包括：

1）利用中继器连接多段总线，组成距离更远、计算机更多、规模更大的以太网。这种方案现已不再使用。

2）利用网桥连接多个网段，组成规模更大的以太网。这种方案现已不再使用。

3）利用集线器（Hub），采用级联方式连接多个网段，组成规模更大的以太网。这种方案现已基本上不再使用。

4）利用交换机，采用堆叠或级联的方式连接多个网段，组成规模更大的以太网。这是目前的主要方法。

交换机的原理将在 3.8.2 节介绍。

交换机堆叠是指将交换机并联起来，相当于将多个交换机组成一个端口数更多的大交换机。这种方式可以连接更多的计算机，但不能扩大网络的范围，因为每根电缆的长度仍为 100m。

交换机级联是指交换机串联起来，相当于接力，最多可级联四级。这种方式既可以连接更多的计算机，又能扩大网络的范围，因为在四级级联时，最远两台计算机的距离可达到 500m，如图 3-19 所示。

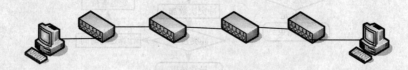

图 3-19 交换机级联

级联的缺点是下级交换机上的所有计算机要与上级交换机上的计算机通信时，只能共享一条上联线路，获得的实际带宽更小。因此对关键计算机如服务器位置的安排应该仔细规划，只有这样才能达到更好的性能。

3.6.2.3 IEEE 802.3u

802.3u 是百兆以太网的协议。1995 年，IEEE 802 委员会正式批准快速以太网的协议标准为IEEE 802.3u（100Base-T）。百兆以太网又称快速以太网（Fast Ethernet），快速以太网特指数据传输速率为 100Mbit/s 的以太网。数据传输速率不低于 100Mbit/s 的以太网统称高速以太网。

快速以太网保持传统的 Ethernet 帧结构与介质访问控制方式不变，MAC 子层使用 CSMA/CD方法。只在物理层做了必要的调整，重新定义了新的物理层标准，并提供 10Mbit/s 与 100Mbit/s速率自动协商功能。

1. 百兆以太网的层次结构

百兆以太网的层次结构如图 3-20 所示。

协调子层 RS：将 MAC 层的业务定义映射成 MII 接口的信号。

物理编码子层 PCS：完成 4B/5B 编解码、冲突检测和并串转换功能。

物理介质接入子层 PMA：完成链路监测、载波检测、NRZI 编译码和发送时钟合成、接收时钟恢复的功能。

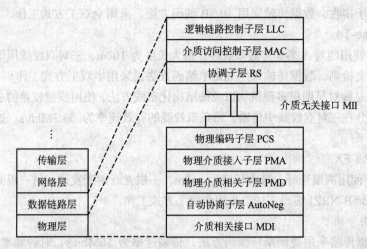

图 3-20 百兆以太网层次结构

物理介质相关子层 PMD：完成数据流的扰码、解扰，MLT-3 编解码，发送信号波形发生和双绞线驱动，接收信号自适应均衡和基线漂移校正功能。

自动协商子层 AutoNeg：完成 10Mbit/s 与 100Mbit/s 自动协商与自适应功能。

介质相关接口 MDI：实现与传输介质的连接。

2. MII 结构

100Base-T 标准定义了介质无关接口（Media Independent Interface，MII），它将 MAC 子层与物理层分隔开来。图 3-21 给出了介质无关接口 MII 结构。这样，物理层在实现 100Mbit/s 速率时，传输介质和信号编码方式的变化不会影响 MAC 子层。MII 向上通过与 MAC 子层的接口提供载波侦听信号与冲突检测信号，向下支持 10Mbit/s 与 100Mbit/s 速率的接口，以及与集线器交换控制信息的功能。

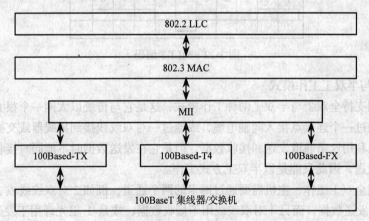

图 3-21 介质无关接口 MII 结构

3. 介质接口

100BaseT 标准可以支持多种传输介质。目前，100Base-T 有以下三种传输介质标准：100Base-TX、100Base-T4 与 100Base-FX。

（1）100Base-TX

100Base-TX 使用两对 5 类非屏蔽双绞线（UTP），最大长度为 100m，一对双绞线用于发送，另一对双绞线用于接收，数据传输采用 4B/5B 编码方法，采用全双工方式工作。

（2）100Base-T4

100Base-T4 使用四对 3 类非屏蔽双绞线，最大长度为 100m，三对双绞线用于数据传输，一对双绞线用于冲突检测，数据传输采用 8B/6T 编码方法，采用半双工方式工作。

100Base-T4 是针对早期很多建筑物以及按结构化布线方法，使用质量较差的 3 类非屏蔽双绞线而设计。数据分在三对双绞线中传输，每条双绞线的有效速率为 33.3Mbit/s。这种方式现在较少使用。

（3）100Base-FX

100Base-FX 使用两根光纤，最大长度为 415m，一根光纤用于发送，另一根光纤用于接收，数据传输采用 4B/5B-NRZI 编码方法，采用全双工方式工作。

4. 编码方法

10BaseT 数据传输采用曼彻斯特编码方法，传输速率为 10Mbit/s，时钟频率是 20MHz。其编码效率只有 50%。如果 100Base-TX 仍采用曼彻斯特编码方法，则时钟频率就需要达到 200MHz。从电路实现的角度来看，系统造价将会大幅度上升。4B/5B 编码方法是将 4 位数据变换成 5 位的码字。本来 5 位可以表示 32 种状态，但只选取其中 16 种状态表示 4 位数据，这样编码效率达到 80%。

在 PMA 子层，使用了 NRZI 编码，称为非归零 1 制编码。编码规则为：在一位期间电平恒定不变，其取值看前沿有无跳变。有跳变表示 1，无跳变表示 0。

在 PMD 子层，使用了 MLT-3 编码，其编码规则为：以 NRZ（非归 0 制）为基础，如果下一位是 0，则输出值与前面的相同；如果下一位是 1，则输出值必须跳变，跳变方法是：如果前一位的输出值为+或−，则下一位输出 0；如果前一位的输出值为 0，则下一位输出非 0，且与上一个非 0 值符号相反。其示例如图 3-22 所示。

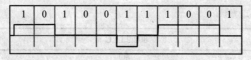

图 3-22　MLT-3 编码

5. 全双工与半双工工作模式

百兆以太网支持全双工与半双工两种工作模式，这是它与传统以太网一个很大的区别。传统以太网的节点通过一个连接点接入同轴电缆，或通过一对双绞线接到集线器或交换机。在这种结构中，节点可以利用这条通道发送和接收数据，但是它在发送数据时不能同时接收，在接收数据时也不能同时发送，因此只能是以半双工方式工作。

如果要实现全双工工作，主机需要通过网卡的两个通道，例如 2 对双绞线或 2 根光纤，其中 1 对双绞线用于发送数据，而另 1 对双绞线用于接收数据，或是 1 根光纤用于发送数据，而另 1 根光纤用于接收数据。这与传统以太网的连接方式不同，它是一种点-点连接方式。支持全双工模式的百兆以太网一定是星形结构。

点-点连接方式不存在争用问题，因此不需要采用 CSMA/CD 介质访问控制方法。采取全双工、点-点连接方式的快速以太网，由于发送与接收可以同时进行，其数据传输速率是单双工时的两倍。同时，支持全双工方式的交换机可以自由混接不同速率的以太网网卡，并实现不同速率之间的互联互通。

6. 10Mbit/s 与 100Mbit/s 速率自动协商功能

快速以太网支持 10Mbit/s 与 100Mbit/s 速率网卡的速率自动协商，能更好地与 10Base-T 的以太网兼容。

自动协商具有以下功能：

- 自动确定非屏蔽双绞线的远端设备使用的是半双工（CSMA/CD）的 10Mbit/s 工作模式，还是全双工的 100Mbit/s 工作模式
- 向其他节点发布远端设备的工作模式。
- 与远端连接设备交换工作模式相关参数，协调和确定双方的工作模式。
- 自动选择共有的最高性能的工作模式。

自动协商功能只能用于使用双绞线的以太网，自动协商过程需要在 500ms 内完成。

各种模式，性能越高，优先级就越高，应优先采用高优先级的性能模式。这些协议按性能从高到低的顺序为：

1）100Base-TX 或 100Base-FX 全双工模式。

2）100Base-T4。

3）100Base-TX 半双工模式。

4）10Base-T 全双工模式。

5）10Base-T 半双工模式。

自动协商功能是通过链路两端设备交换 100Base-T 定义的"基本链路代码字"来实现的。基本链路代码字长度为 16 位，其格式为：

S0	S1	S2	S3	S4	A0	A1	A2	A3	A4	A5	R	R	RF	ACK	NP

其中：S0 ~ S4=00001 表示使用的是 IEEE 802.3 协议，A0 表示 10Base-T 半双工，A1 表示 10Base-T 全双工，A2 表示 100Base-T 半双工，A3 表示 100Base-TX 全双工，A4 表示 100Base-T4 半双工，A5 表示支持帧流控，RF 表示远端故障，ACK 表示确认。

3.6.2.4 IEEE 802.3z

随着数据量的增加，用户对以太网速度要求越来越高，快速以太网已经不能满足要求。IEEE 于是在 1998 年发布了千兆以太网标准 IEEE 802.3z。其规划了用以太网组建企业网的全面解决方案：桌面系统采用传输速率为 10~100Mbit/s 的以太网，部门级网络系统采用传输速率为 100Mbit/s 的快速以太网，企业主网络系统采用传输速率为 1Gbit/s 的千兆以太网。由于传统以太网与快速以太网、千兆以太网有很多相同点，并且很多企业已大量使用 10Mbit/s 的以太网，因此当局域网系统从传统以太网升级到 100Mbit/s 或 1Gbit/s 时，网络技术人员不需要进行培训，只需对硬件进行升级即可，应用系统无须进行任何变更。因此，千兆以太网有着非常广泛的应用前景。随着千兆以太网技术的成熟，现已成为大、中型局域网系统主干网的首选方案。

1. 千兆以太网的特点

1）保持与现有以太网标准的向下兼容。IEEE 802.3z 标准在 LLC 子层使用 IEEE 802.2 标准，在 MAC 子层使用 CSMA/CD 方法，保持同样的帧结构与帧的最大长度，支持单播与组播两种传输模式，只在物理层进行了修改。

2）所有的配置都采用点-点连接方式。

3）能与 10Mbit/s、100Mbit/s 以太网自动实现速率匹配，互联互通。

2. 千兆以太网的层次结构

千兆以太网的层次结构如图 3-23 所示。

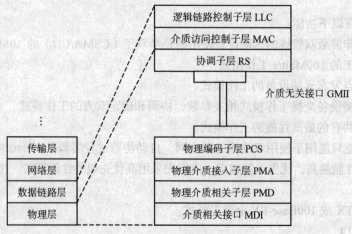

图 3-23　千兆以太网层次结构

对照图 3-23 可以看出，除了介质无关接口的名称改为 GMII、去掉自动协商子层外，千兆以太网没有其他改变。早期的千兆以太网没有自动协商功能，但现在的千兆以太网增加了自动协商功能，可以实现与 10Mbit/s、100Mbit/s 的自动协商和互联互通。GMII 前面的 G 表示 1G（千兆）的意思。

3. 千兆以太网的物理层协议

IEEE 802.3z 标准包括 4 种物理层标准：1000Base-LX、1000Base-SX、1000Base-CX 与 1000Base-T。其中，1000 Base- LX、1000Base-SX、1000Base-CX 统称为 1000Base-X。

（1）1000Base-LX

1000Base-LX 使用光纤作为传输介质构成星形拓扑。在采用多模光纤时，半双工工作模式光纤最大长度为 316m，全双工工作模式光纤最大长度为 550m。在使用单模光纤时，半双工模式的光纤最大长度为 316m，全双工模式的光纤最大长度为 5000m。数据传输采用 8B/10B 编码方法。

（2）1000Base-SX

1000Base-SX 使用光纤作为传输介质构成星形拓扑。在采用 62.5μm 多模光纤时，半双工和全双工模式的光纤最大长度均为 275m。在使用 50μm 多模光纤时，半双工和全双工模式的光纤最大长度均为 550m。数据传输采用了 8B/10B 编码方法。

（3）1000Base-CX

1000Base-CX 使用特殊的屏蔽双绞线构成星形拓扑。半双工模式的双绞线最大长度为 25m，全双工模式的双绞线最大长度为 50m。数据传输采用 8B/10B 编码方法。

（4）1000Base-T

1000Base-T 使用 4 对 5 类非屏蔽双绞线构成星形拓扑。双绞线最大长度为 100m，使用 RJ-45 接口。数据传输采用 PAM5（5 级脉码调制）编码方法，其规则为：每个符号（取+2, +1, 0, −1, −2 之一）对应两位二进制信息，用 5 级中的 4 级表示两位信息，1 级用于前向纠错码。前向纠错码采用 4 维 8 状态的 Trellis 前向纠错码。

4. 千兆以太网对 IEEE 802.3 协议的调整

（1）冲突窗口时间与最小帧长度的调整

传统以太网的 CSMA/CD 机制要求发送节点在一个冲突窗口，即发送 512 位时间（51.2μs）

内检测出是否发生冲突，因此冲突窗口的时间长短直接影响到一个网段的最大长度。传统以太网与快速以太网将冲突窗口规定为 51.2μs，千兆以太网的发送速率提高了 100 倍，发送同样长度帧的时间就会缩小 100 倍。由于信号在传输介质中传播的速度不变，为了保证能在一帧的发送过程中检测到冲突，则网段的最大长度就要缩小 100 倍，即千兆以太网网段的最大长度就要缩小到 10m 甚至 1m 以下。因此必须对 CSMA/CD 机制进行修改，IEEE 802.3z 标准将发送 512 位的时间修改为发送 512 字节的时间，即将原来的最小帧长度为 64 字节修改为 512 字节，但最大长度仍为 1518 字节，这样可以保持千兆以太网网段的最大长度与之前的以太网一致。

（2）帧突发处理

由于将帧的最短长度确定为 512 字节，当要发送较短的帧时，必然发送大量填充的无用信息（称为载波扩展），导致信道利用率降低。为此，千兆以太网允许各个节点有选择地利用突发模式（burst mode）来发送帧。

突发模式基本思想是：将多个小于 512 字节的短帧组合在一起，拼接成一个大于 512 字节的正常帧发送，在该正常帧内的各个短帧之间，设置一个帧间隔标志 IFG 进行分隔。

突发模式处理过程是：当一个节点试图发送一个突发帧时，首先设置一个"突发定时器"，并在开始发送突发帧时启动定时器。第一个短帧（小于 512 字节）发送完毕准备发送载波扩展时，如果没有检测到冲突，且此时还有新的短帧需要发送，则启动突发模式发送。这时，如果突发定时器时间未到，则在一个 IFG 后继续发送后续帧。如果节点在发送第一个帧的过程中出现了冲突，需要执行正常的后退延迟操作并停止发送。如果发送的第一个帧和载波扩展没有出现冲突，这时就可以连续地发送后续帧。最大突发帧最长能够占用 8192 字节的发送时间。这个值是节点从开始发送第一帧到开始发送最后一帧之间的最大时间。因此，帧突发的最大持续时间等于突发帧长度的发送时间加上 1 个最大帧长度的发送时间，即 8192−1518+ 8 = 9718（B）的发送时间。显然，在采用帧突发处理之后，半双工模式千兆以太网的信道利用率大大提高。在 1000Mbit/s 传输速率的情况下，半双工状态与 CSMA/CD 的机制不可取，因此应采用点−点连接的全双工模式。

IFG 起到分隔多个帧的作用，同时也使接收节点利用此段时间使设备能恢复以接收下一帧。

5. 千兆介质专用接口 GMII

IEEE 802.3z 标准定义了千兆介质专用接口 GMII，如图 3-24 所示，它将 MAC 子层与物理层分隔开来，以保证在实现 1000Mbit/s 的传输速率时，物理层使用的传输介质和信号编码方式的变化不会影响 MAC 子层。

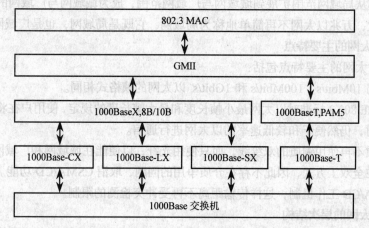

图 3-24　GMII 结构

6. 自动协商机制

千兆以太网延续了自动协商的概念，并将它扩展到光纤连接中。千兆以太网自动协商有两种形式：一种用于 1000Base-X；另一种用于 1000Base-T。

1000Base-X 的自动协商用于协调链路两端节点是半双工还是全双工操作，以及流量控制是对称还是非对称的。1000Base-X 的协商严格限定在 1000Mbit/s 速率，不能在不同的速率之间进行协商。链路两端设备必须安装相同类型的发送器和接收器，不同的发送器和接收器之间不兼容。1000Base-X 使用 8B/10B 编码作为链路代码字实现自动协商。1000Base-X 使用与快速以太网相同的协议与报文格式。

1000Base-T 使用叫做快速链路脉冲的 FLP 交换各自传输能力的通告。FLP 可以让对端知道源端的传输能力是怎样的。当交换 FLP 时，两个站点根据以下从高到低的优先级侦测双方共有的最佳方式。

- 1000Base-T 全双工。
- 1000Base-T 半双工。
- 100Base-T2 全双工。
- 100Base-TX 全双工。
- 100Base-T2 半双工。
- 100Base-T4 半双工。
- 100Base-TX 半双工。
- 10Base-T 全双工。
- 10Base-T 半双工。

3.6.2.5　IEEE 802.3ae

随着宽带城域网的建设需要和用户对带宽越来越高的需求，以及基于光纤的密集波分复用技术的成熟，对 1Gbit/s 的千兆以太网进行升级，但仍能保持以太网特性，速率再提高 10 倍且能用于主干网的技术，成为非常自然的选择，这种选择导致 10Gbit/s 以太网（万兆以太网）的诞生。

IEEE 在 1999 年 3 月成立了高速研究组（High Speed Study Group, HSSG），其任务是致力于 10Gbit/s 以太网的研究。2002 年 6 月，IEEE 802 委员会通过 802.3ae 为 10Gbit/s 以太网的正式标准。在 10Gbit/s 以太网标准的制定过程中，遵循了技术可行性、经济可行性与标准兼容性的原则，目标是将以太网从局域网范围扩展到城域网与广域网范围，成为城域网与广域网的主干网的主流技术之一。因此，万兆以太网不再简单地称为局域网，它既是局域网，也是广域网。

1. 万兆以太网的主要特点

10Gbit/s 以太网的主要特点包括：

- 帧格式与 10Mbit/s、100Mbit/s 和 1Gbit/s 以太网的帧格式相同。
- 保留 IEEE 802.3 标准对以太网最小帧长度和最大帧长度的规定，使用户在将其已有的以太网升级时，仍然便于和较低速率的以太网进行通信。
- 传输介质不再使用铜质的双绞线，而只使用光纤，以便能在城域网和广域网范围内工作。
- 只工作在全双工方式，因此不存在介质争用的问题，取消 CSMA/CD 功能。由于不需要使用 CSMA/CD 工作机制，这样传输距离不再受冲突检测的限制。

2. 万兆以太网的层次结构

万兆以太网的层次结构如图 5-14 所示。

对照图 3-25 可以看出，除了介质无关接口的名称改为 XGMII 外，与千兆以太网的结构相同。XGMII 前面的 X 表示 10（罗马数字）的意思。

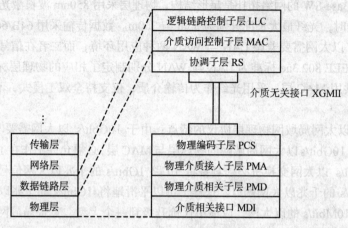

图 3-25 万兆以太网层次结构

3. 万兆以太网的物理层协议

10Gbit/s 以太网的物理层使用光纤通道技术，因此它的物理层协议需要进行修改。10Gbit/s 以太网有两种不同的物理层标准：10Gbit/s 以太网局域网标准（Ethernet LAN，ELAN）与 10Gbit/s 以太网广域网标准（Ethernet WAN，EWAN），其物理层标准包括如下内容。

（1）10000Base-ER

10000Base-ER 是 IEEE 802.3ae 标准中，在一对光纤中传输 10Gbit/s 以太网局域网信号的物理层标准。10000Base-ER 的网络拓扑是星形结构，局域网物理层（LAN PHY）采用 1550nm 波长激光。在使用 10μm 单模光纤时，光纤最大长度为 40km。数据传输采用 64B/66B 编码方法。

（2）10000Base-LR

10000Base-LR 是 IEEE 802.3ae 标准中，在一对光纤中传输 10Gbit/s 以太网局域网信号的物理层标准。10000Base-LR 的网络拓扑是星形结构，局域网物理层（LAN PHY）采用 1310nm 波长激光。在使用 10μm 单模光纤时，光纤最大长度为 40km。数据传输采用 64B/66B 编码方法。

（3）10000Base-SR

10000Base-SR 是 IEEE 802.3ae 标准中，在一对光纤中传输 10Gbit/s 以太网局域网信号的物理层标准。10000Base-SR 的网络拓扑是星形结构，局域网物理层采用 850nm 波长激光。在使用 62.5μm 或 50μm 多模光纤时，光纤最大长度分别为 35m 与 300m。数据传输用 64B/66B 编码方法。

（4）10000Base-EW

10000Base-EW 是 IEEE 802.3ae 标准中，在一对光纤中传输 10Gbit/s 以太网广域网信号的物理层标准。10000Base-EW 的网络拓扑是星形结构，物理层采用 1550nm 波长激光。在使用 10μm 单模光纤时，光纤最大长度为 40km。数据传输采用 64B/66B 编码方法。

（5）10000Base-L4

10000Base-L4 是 IEEE 802.3ae 标准中，在一对光纤中传输 10Gbit/s 以太网广域网信号的物理层标准。10000Base-L4 的网络拓扑是星形结构，物理层采用 1310nm 波长激光。在使用 62.5μm 或 50μm 多模光纤时，光纤最大长度分别为 240m 与 300m。在使用 10μm 单模光纤时，光纤最大长度为 40km。数据传输采用 8B/10B 编码方法。

（6）10000Base-SW

10000Base-SW 是 IEEE 802.3ae 标准中，在一对光纤中传输 10Gbit/s 以太网广域网信号的物理层标准。10000Base-SW 的网络拓扑是星形结构，物理层采用 850nm 波长激光。在使用 62.5μm 或 50μm 多模光纤时，光纤最大长度分别为 35m 与 300m。数据传输采用 64B/66B 编码方法。

由于 10Gbit/s 以太网需要兼顾 LAN 与 WAN 两种应用环境，而二者在信号传输的诸多方面明显不同，因此 IEEE 802.3ae 标准为 LAN 与 WAN 分别制定了相应的物理层标准。两种物理层标准的共性是：共用 MAC 层，采用光纤作为传输介质，仅支持全双工模式，不使用 CSMA/CD 机制。

1）10Gbit/s 以太网局域网物理层协议的特点：由于 10Gbit/s 以太网需要与 1Gbit/s 的千兆以太网兼容，因此 10Gbit/s 以太网局域网的物理层与 MAC 层，必须允许工作在 10Gbit/s 或 1Gbit/s 两种速率。10Gbit/s 以太网交换机必须具备将 10 路 1Gbit/s 的千兆以太网信号复用的能力，即支持 10 路 1Gbit/s 的千兆以太网端口。这样，可以平滑地将 1Gbit/s 的千兆以太网、100Mbit/s 的百兆以太网与 10Mbit/s 的以太网，以最小代价升级到一个大型、宽带局域网中，将网络的覆盖范围扩大到 40km。

2）10Gbit/s 以太网广域网物理层协议的特点：10Gbit/s 以太网的广域网物理层应该符合光纤通道技术速率体系 SONET/SDH 的 OC-192/STM-64 标准。OC-192 的传输速率为 9.58464Gbit/s，而不是精确的 10Gbit/s。在这种情况下，10Gbit/s 以太网帧将插入 OC-192/STM-64 帧的有效载荷中，以便与光纤传输系统相连接。因此，10Gbit/s 以太网广域网的 MAC 层需要通过 10Gbit/s 介质无关子层 XGMII 接口实现与 9.58464Gbit/s 的速率匹配。

4. 万兆以太网对 IEEE 802.3 协议的调整

由于要考虑在城域网和广域网中的应用，10Gbit/s 以太网必须充分考虑以太网帧信号远距离传输的要求，因此 10Gbit/s 以太网在物理层实现方法、帧格式、MAC 工作速率及适配策略等方面与传统以太网必定存在差别，需要对传统以太网进行一些调整。

（1）MAC 帧格式的调整

由于 10Gbit/s 以太网将多个帧封装在一个 OC-192 帧中进行传输，因此必须解决如何标识多个以太网帧的问题。在 10Gbit/s 以太网中，它是通过修改 MAC 帧格式来实现的。图 3-26 是新的 10Gbit/s 以太网帧格式。

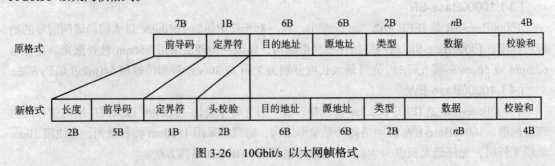

图 3-26　10Gbit/s 以太网帧格式

10Gbit/s 以太网帧格式是在原有 MAC 帧格式上增加了 2B 的"长度"字段，代替了传统 MAC 帧的前导码的前两个字节。由于最大帧长度为 1518B，因此需要 2B 的长度字段表示长度（最多 2^{11} B 即 2048B）。同时，在原帧前定界符与目的地址之间增加了一个 2B 的"帧头校验"字段，对它前面的长度、前导码与帧前定界符的 8 个字节进行 CRC-16 校验。

10Gbit/s 以太网对帧的修改只是针对封装到 OC-192 帧时，它只对物理层的传输过程有效。

当发送端的 MAC 层将帧传送到物理层封装到 OC-192 帧时，需要增加帧之间的标识，这时才需要修改原 MAC 帧的结构。在物理传输介质中传输的是 OC-192 帧。当接收端的物理层接收到一个 OC-192 帧后，需要通过拆分 OC-192 帧还原出原 MAC 帧，然后将还原的 MAC 帧提交给 MAC 层处理。这个封装与拆分 OC-192 帧的过程，对源节点和目的节点的 MAC 层是透明的。这种修改工作是在物理层进行的，并没有真正修改 MAC 帧结构。事实上，10Gbit/s 以太网与之前的以太网的帧结构是相同的。

（2）局域网和广域网的速率匹配

10Gbit/s 以太网局域网与广域网物理层的数据传输速率不同，局域网的数据传输速率是 10Gbit/s，而广域网的数据传输速率是 9.58464Gbit/s。但是，这两种速率的物理层共用 MAC 层。MAC 层的工作速率是按 10Gbit/s 设计的。因此，10Gbit/s 以太网必须采取一种调整策略，通过 10Gbit/s 介质无关接口（10GMII 或 XGMII），将 MAC 层的工作速率由 10Gbit/s 减低到 9.58464Gbit/s，使它能与物理层的数据传输速率匹配。现在使用的调整策略大致有以下三种：

1）通过 XGMII 接口发送 "HOLD" 信号，让 MAC 层在一个时钟周期中停止发送。

2）在每个帧间隙时间 IPG 中，由物理层向 MAC 层发送 "Busy Idle" 信号。这时 MAC 层暂停发送数据。当物理层向 MAC 层发送 "Normal Idle" 信号后，MAC 层重新开始发送数据。

3）采用帧间隙时间 IPG 延长机制。MAC 层每次传输完一个帧后，根据平均数据速率动态调整 IPG 间隔。

10Gbit/s 以太网能很好地实现与 SONET/SDH 传输网络的互联，可以完成从局域网到城域网、广域网的无缝连接和扩展。

5. 万兆以太网的应用

目前，万兆以太网还不能直接连接桌面计算机，只能作为骨干交换机连接其他交换机如千兆交换机。典型连接方式如图 3-27 所示。

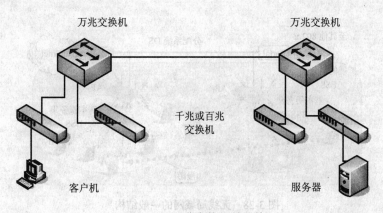

图 3-27　万兆交换机的连接

3.6.3　IEEE 802.11

1. 无线局域网概述

无线局域网（Wireless LAN，WLAN）是一种以无线通信为传输方式的局域网，是实现移动计算机网络的关键技术之一。无线局域网以微波、激光与红外线等无线电波作为传输介质，来部分或全部代替传统局域网中的有线传输介质，实现了移动计算机网络中移动节点的物理层与数据链路层功能，并为移动计算机网络提供物理接口。无线局域网的发展速度相当快。目前，300Mbit/s

传输速率的系统已经成熟，而速率更高的系统正在研究中。

无线局域网不仅能满足移动和特殊应用领域的需求，还能覆盖有线网络难以覆盖的地方，如受保护的建筑物、不能或不方便铺设有线介质的地方、临时性场所等。

无线局域网的应用领域主要有 4 个方面：作为传统有线局域网的扩充、建筑物之间的互联、漫游访问与特殊网络。

2. WLAN 传输介质

无线局域网使用的是无线传输介质，按所采用的传输技术可以分为 3 类：红外线局域网、扩频局域网和 OFDM（正交频分多路复用）局域网。

红外线局域网的数据传输有 3 种基本技术：定向光束红外传输、全方位红外传输与漫反射红外传输。红外线波长在 850~950nm 之间，数据传输速率为 1Mbit/s 或 2Mbit/s。红外线传输的优点是不能进行重放攻击，缺点是传输距离小，且不能绕过障碍物。

扩频无线局域网的数据传输有两种基本技术：跳频扩频 FHSS 与直接序列扩频 DSSS。

跳频扩频 FHSS 使用的是免申请的扩频无线电频率，包括 902~928MHz（915MHz 频带）、2.4~2.485GHz（2.4GHz 频带）、5.725~5.825GHz（5.8GHz 频带）三个频带。直接序列扩频 DSSS 使用 2.4GHz 的工业、科学与医药专用的 ISM 频段。目前扩频无线局域网的数据传输速率都在 11Mbit/s 以下。

OFDM 无线局域网是将无线信号分成多路正交的信号，合在一起传输。由于采用了多路复用技术，提高了数据传输速率，可以达到 54Mbit/s 以上，采用域展技术可以达到 108Mbit/s，配合使用多天线（MIMO），可以达到 300Mbit/s 以上。

3. WLAN 的网络结构

无线局域网的一般结构如图 3-28 所示，由一个访问点 AP 和若干移动主机组成一个基本服务集 BSS，多个 BSS 组成一个扩展服务集 ESS。其中 AP 一般通过有线方式与后端网络或互联网相连。

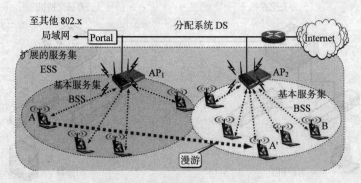

图 3-28　无线局域网的一般结构

无线主机可以从一个 BSS 漫游到另外一个 BSS，整个 BSS 甚至整个 ESS 都可以移动，例如在轮船、火车、飞机上的无线局域网。

4. WLAN 访问控制方式

无线局域网的访问控制方式用于控制各移动主机与 AP 之间或主机与主机之间的通信。主要有两种方式：点协调功能 PCF 和分布式协调功能 DCF，如图 3-29 所示。

点协调功能 PCF 的原理是：AP 发送数据时可以直接发送，移动主机要发送数据必须等待 AP 的通知。AP 轮询各移动主机有无数据发送，若无，则轮询下一个移动主机，若有，则通知其发送。此时，其他主机不能发送，但可以接收。

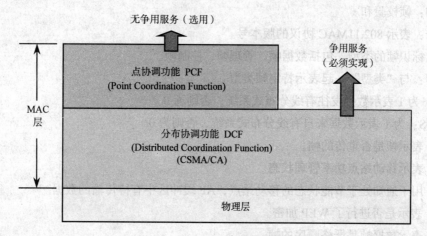

图 3-29　WLAN 访问控制方式

分布式协调功能 DCF 采用 CSMA/CA 方式工作。

5. WLAN 协议

目前 WLAN 广泛使用的协议是 IEEE 802.11 协议。

（1）IEEE802.11 协议簇

已经发布的 IEEE 802.11 系列的标准主要有如下内容。

IEEE 802.11：2.4GHz 红外线或扩频物理层、MAC 子层协议，1Mbit/s 或 2Mbit/s。

IEEE 802.11a：5GHz OFDM 物理层、MAC 子层协议，54Mbit/s。

IEEE 802.11b：2.4GHz 扩频（DSSS）物理层、MAC 子层协议，11Mbit/s。

IEEE 802.11g：2.4GHz OFDM 物理层、MAC 子层协议，54Mbit/s。

IEEE 802.11n：2.4GHz OFDM MIMO 物理层、MAC 子层协议，300Mbit/s。

IEEE 802.11i：WLAN 安全机制。

（2）IEEE 802.11 帧结构

802.11 协议规定的数据帧的格式如图 3-30 所示。

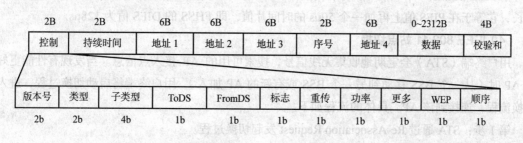

图 3-30　802.11 帧格式

控制：由多个子域组成，完成帧控制功能。

持续时间：表示占用信道的持续时间。

地址：共有 4 个地址，表示基本服务集 BSS 的地址、源地址、目的地址、发送站地址与接收站地址等，具体含义由 ToDS、FromDS 标志位确定。

序号：表示节点发送的协议数据单元的顺序号。

数据域：对应高层数据，长度（0~2312B）可变。

校验和：帧校验和。

版本号：表示 802.11MAC 协议的版本号。

类型：标识帧的类型，包括数据帧、管理帧、控制帧。

子类型：与"类型"一起表示特定帧类型。

ToDS：为 1 表示数据发往有线分布式系统，否则为 0。

FromDS：为 1 表示数据来自有线分布式系统，否则为 0。

重传：表示帧是否重传的帧。

功率：表示移动站点功率管理状态。

更多：用于通知处于节能状态的移动站点，AP 缓冲区中有待传输的数据。

WEP：表示是否进行了 WEP 加密。

顺序：表示数据帧是严格顺序的帧。

（3）802.11 工作原理概述

802.11 的 MAC 层采用 CSMA/CA 控制发送与接收。每一个发送节点在发送帧之前需要先侦听信道。如果信道空闲，节点可以发送帧。发送节点在发送完一帧之后，必须再等待一个短的时间间隔，检查接收站是否发回帧的确认 ACK。如果接收到确认，则说明此次发送没有出现冲突，发送成功。如果在规定的时间内没有接收到确认，表明出现冲突，发送失败，重发该帧。直到在规定的最大重发次数之内，发送成功。这个时间间隔叫做帧间隔（Interframe Space，IFS）。帧间隔 IFS 的长短取决于帧类型。高优先级帧的帧间隔 IFS 短，因此可以优先获得发送权。常用的帧间隔 IFS 有 3 种：短帧间隔（Short IFS，SIFS）、点帧间隔（PIFS）和分布帧间隔（Distributed IFS，DIFS）。

点帧间隔 PIFS 与分布帧间隔 DIFS 也叫做点协调功能帧间隔与分布协调功能帧间隔。

短帧间隔 SIFS 用于分隔属于一次对话的各帧，如确认 ACK 帧。它的值与物理层相关。例如 IR 的 SIFS 为 7μs；DSSS 的 SIFS 为 10μs；FHSS 的 SIFS 为 28μs。点协调功能帧间隔 PIFS 的长度等于 SIFS 值加上一个 50μs 的时间片值，FHSS 的 PIFS 值为 78μs。分布协调功能帧间隔 DIFS 最长，它等于在 PIFS 值上再加一个 50μs 的时间片值，即 FHSS 的 DIFS 值为 128μs。

（4）IEEE 802.11 站点切换

用户终端（STA）会定期地收集无线信号，搜索可用的 AP 接入点信息。当发现有性能更好的 AP 时（从一个 BSS 移动到另一个 BSS 或有新的 AP 加入），用户终端将启动切换过程，进入切换流程，连接到该 AP。具体的流程如下。

第 1 步：STA 通过 Re-Association Request 发起切换过程。

第 2 步：新 AP 发送 IAPP_Move_Notify（IAPPmsg）消息到旧 AP。

第 3 步：旧 AP 发送 IAPP_Move_Reply（IAPPmsg）消息到新 AP，其中包含 STA 用户信息。

第 4 步：新 AP 到 AS（接入服务器）中登记为该 STA 的新接入点。

第 5 步：AS 回复相关的信息给新 AP。

第 6 步：当 STA 下网时，向 AS 发送 IAPP_usr_offline 消息，通知用户下网。

第 7 步：AS 向新 AP 发送该 STA 下网的消息，并附带相关的用户信息。

3.6.4　令牌环网的基本原理

令牌环网使用单环结构、令牌访问控制方式，其原理在 3.5.3 中已经介绍。

典型的令牌环网有 IEEE 802.5 环型局域网和 FDDI 环型城域网，由于这些网络技术已经过时不再使用，本书不再介绍。

3.7　广域网

3.7.1　广域网的基本概念

1. 广域网的定义与特点

从网络发展的过程看，最先出现的是广域网，其次是局域网，然后是其他类型的网络如城域网、个域网等。由于出现的时间不同，设计的目标不同，因此所采用的技术、适用环境也不同。

广域网（Wide Area Network，WAN）是指将跨地区的计算机互联在一起组成的计算机网络。广域网除了直接连接分散的、独立的计算机外，常被用来连接多个局域网，而 Internet 是连接多个广域网、局域网和分散的计算机组成的网际网。

广域网由通信子网和资源子网构成。通信子网是由通信链路、通信节点等网络设备组成的通信网，主要使用分组交换技术。我们说的广域网，有时是指通信子网部分。

广域网的主要特点是：

- 覆盖范围广。可达数千，甚至数万千米。
- 使用多种传输介质。有线介质有光纤、双绞线、同轴电缆等，无线介质有微波、卫星、红外线、激光等。
- 数据传输延迟大。由于传输距离远，网络各环节所采用的技术不同，导致较大的传输延迟。例如卫星通信的延时可达几百毫秒。
- 广域网管理、维护较困难。
- 广域网一般都是公共数据网络。广域网的规模大、投资大，一般由大型机构兴建、运营和管理，用户向其购买服务（如以带宽、流量计算等）。
- 广域网的核心是宽带交换技术。广域网通常都是作为骨干网，其上承载大量数据，远距离、高带宽、高服务质量的核心交换技术对广域网至关重要，是广域网能被广泛使用的基础。

广域网与局域网的主要区别如下。

- 覆盖的地理范围不同：广域网可以覆盖很大的范围，甚至是跨国范围。而局域网一般在几百米范围。
- 核心技术与标准不同：广域网基于交换技术，局域网基于广播技术。
- 实现方式不同：广域网由明显的资源子网和通信子网构成，通信子网由通信链路和节点设备等构成，具有公用性，而局域网通常是二者混合在一起，一般不具有公用性。

2. 广域网的组成与结构

广域网的功能以承载公共数据传输为主，为便于实现，在功能上将其分为资源子网和通信子网两部分。

资源子网由计算机系统、终端、各种软件资源与信息资源组成，主要完成数据处理与存储，向用户提供各种网络资源与服务。

通信子网由通信控制处理机、通信线路与通信设备组成，完成数据的发送、接收与转发等传输功能。在通信子网中，节点交换机完成存储转发功能，路由器实现网络之间的互联，一些特殊设备完成特定的功能，如光网络中的 ADM 实现信号上下光纤。

3. 常见广域网

现在在用的广域网有公用电话网、宽带综合业务数字网、SDH 网络和大量的专用网。在网络的发展历程中，有一些广域网如 X.25 网（公用分组交换网络）、DDN（数字数据网络）、帧中继网、ATM 网（异步传输网络）、FDDI 网，对网络的发展和应用起过重要的作用，但现在已经被淘汰不再使用，因此本书不予介绍。

3.7.2　PPP 协议

HDLC 协议在历史上起过很大的作用，但随着互联网的快速发展，现在全世界使用得最多的数据链路层协议是点对点协议 PPP（Point-to-Point Protocol）。

1. PPP 协议的工作原理

用户接入互联网的一般方法有两种。一种是孤立的计算机通过远程拨号（或虚拟拨号）方式接入互联网；另一种是诸如办公室环境的多台计算机通过驻在网接入 Internet。前者包括电话拨号、xDSL、CableModem 等主要方式，后者包括以太网、WLAN 等主要方式。前一种接入方式现在普遍使用 PPP 协议。

PPP 协议是 IETF 于 1992 年制定的，针对 PPP 的应用环境，其应满足的条件如下。

- 简单：不需要复杂的流量控制、差错控制等功能，也不需要序号，只需要实现最基本的功能。
- 封装成帧：规定特殊的字符作为帧的开始和结束标志，同时保证能正确地区分数据与帧的定界标志，保证数据的透明传输。
- 支持多种网络层协议：能支持多种网络层协议。
- 支持多种类型链路：能在多种链路上运行，如同步或异步、高速或低速、电或光等链路。
- 差错检测：可进行差错检测，丢弃错帧。
- 检测连接状态：能及时自动检测链路的工作状态。
- 可设置最大传送单元：可针对不同的链路设置最大传送单元 MTU 的值（帧中数据部分的长度）。
- 支持网络层地址协商：支持网络层通过协商配置并识别网络地址。
- 支持数据压缩协商：提供协商使用数据压缩算法的方法。

由于流量控制、差错控制已在 TCP 中实现，因此 PPP 没有纠错功能，不进行流量控制，不需要帧序号，不支持多点链路，使用全双工方式传输数据。

PPP 协议有 3 个组成部分：

1）一个将 IP 数据报封装到串行链路的方法。PPP 既支持异步链路（无奇偶检验的 8 位数据），也支持面向位串的同步链路。IP 数据报在 PPP 中就是信息部分，这个信息部分的长度受最大传送单元 MTU 的限制。MTU 的默认值是 1500 字节。

2）一个用来建立、配置和测试数据链路连接的链路控制协议 LCP（Link Control Protocol）。通信的双方可协商一些选项。

3）一套网络控制协议 NCP（Network Control Protocol），其中的每一个协议支持不同的网络层协议，如 IP、Appletalk 等。

2. PPP 协议的帧格式

PPP 协议的帧格式与 HDLC 帧格式相似，帧格式如图 3-31 所示。PPP 帧的前 3 个域和最后两个域与 HDLC 的格式是一样的。

标志域 F：标志为 0x7E，即 "01111110"，与 HDLC 相同。

地址域 A：固定为 0xFF，即 "11111111"。表示所有站都可以接收这个帧。因为 PPP 只用于点对点链路，地址域实际上不起作用。

控制域 C：置为 0x03，即 "00000011"。表示 PPP 帧不使用编号。

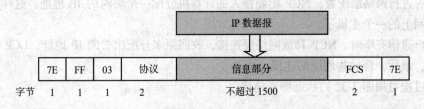

图 3-31　PPP 帧格式

PPP 协议是面向字节的协议，因而所有 PPP 帧的长度都是整数个字节。

PPP 与 HDLC 不同之处是多了一两个字节的协议域，用来区分 PPP 帧中信息部分内容，其中常用的三个值如下。

- 0x0021：PPP 帧的信息部分是 IP 数据报。
- 0xC021：PPP 帧的信息部分是 PPP 链路控制数据。
- 0x8021：PPP 帧的信息部分是网络控制数据。

由于信息域中的内容有可能出现和标志域中一样的位串组合，因此需要使用一种方法避免出现这种情况。具体方法与传输方式有关。

（1）字节填充法

当 PPP 使用异步传输时（面向字符），使用字节填充法来消除信息中可能出现的 0x7E 字符。具体方法是：

将信息部分出现的每个 0x7E 字节转变成 2 字节 0x7D，0x5E。

若信息部分出现 0x7D 字节，则将其转变成 2 字节序列 0x7D，0x5D。

若信息部分出现 ASCII 码的控制字符（即数值小于 0x20 的字符），则在该字符前面加上一个 0x7D 字节，同时将该字节的编码加以改变。具体需要变换的字符及其变换规则如下。

- 0x03 (ETX)：变换为 0x7d, 0x23。
- 0x11 (XON)：变换为 0x7d, 0x31。
- 0x13 (XOFF)：变换为 0x7d, 0x33。

（2）位填充法

当 PPP 使用同步传输时（面向位串），使用位填充法来消除信息中可能出现的 0x7E。具体方法是在连续的 5 个 1 后插入 1 个 0。

在 PPP 中不提供使用序号和确认的可靠传输。采用此方案是基于以下的考虑：

1）若使用能够实现可靠传输的数据链路层协议，开销要增大。而在数据链路层出现差错的概率不大时，使用比较简单的 PPP 协议较合理。

2）在互联网环境下，PPP 的信息字段放入的数据是 IP 数据报。假设网络采用了能实现可靠传输且十分复杂的数据链路协议，然而，当数据帧在路由器中从数据链路层上升到网络层后，还是有可能因网络拥塞而丢弃。因此，在数据链路层的可靠传输并不能保证网络层的传输可靠。

3）PPP 协议在帧格式上有帧检验序列 FCS 字段，对每一个收到的帧，PPP 都要使用硬件进行 CRC 检验。若发现有差错，则丢弃该帧。端到端的差错检测最后由高层协议负责。因此，PPP 协议可保证无差错接收。

3. PPP 协议的工作过程

当用户拨号接入 ISP 时，路由器对拨号做出确认，并建立一条物理连接，这时，计算机向路由器发送一系列的 LCP 帧（封装成多个 PPP 帧）。这些帧及其响应帧选择了将要使用的 PPP 协议参数。接着进行网络层配置，NCP 给新接入的计算机分配一个临时的 IP 地址。这样，计算机就成为互联网上的一个主机了。

当用户通信完毕时，NCP 释放网络层连接，收回原来分配出去的 IP 地址，LCP 释放数据链路层连接，最后，释放物理层的连接。

上述过程可用图 3-32 的状态图来描述。

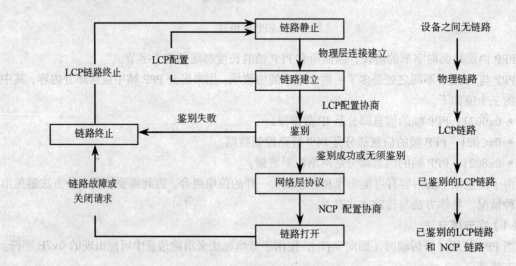

图 3-32　PPP 协议工作过程

PPP 链路的起始和终止状态是图 3-32 中的"链路静止"，这时，并不存在物理层的连接。当检测到调制解调器的载波信号，并建立物理连接后，PPP 就进入"链路建立"状态。这时，LCP 开始协商一些配置选项，即发送 LCP 的配置请求帧。这是个 PPP 帧，其协议字段置为 LCP，而信息字段包含特定的配置请求。链路的另一端可以发送以下几种响应。

- 配置确认帧：所有选项都接受。
- 配置否认帧：所有选项都理解，但不能接受。
- 配置拒绝帧：选项有的无法识别或不能接受，需要协商。

LCP 配置选项包括链路上的最大帧长度、所使用的鉴别协议，以及不使用 PPP 帧中的地址和控制字段。

协商结束后就进入"鉴别"状态。若通信的双方鉴别身份成功，则进入"网络层协议"状态。PPP 链路的两端相互交换网络层特定的网络控制分组。如果在 PPP 链路上运行的是 IP 协议，则使用 IP 控制协议 IPCP 来对 PPP 链路的每一端配置 IP 协议模块（如分配 IP 地址）。和 LCP 帧封装成 PPP 帧一样，IPCP 分组也封装成 PPP 帧（其中协议字段为 0x8021）在 PPP 链路上传送。当网络层配置完毕后，链路就进入数据通信的"链路打开"状态。此时，两个 PPP 端点还可以发送回送请求 LCP 帧和回送应答 LCP 帧，以检查链路的状态。数据传输结束后，链路的一端发出终止请求 LCP 帧，请求终止链路连接，而当收到对方发来的终止确认 LCP 帧后，就转入到"链路终止"状态，当载波停止后，则回到"链路静止"状态。

3.7.3 HDLC 协议

HDLC 是 ISO 提出的数据链路控制协议，全称是高级数据链路控制协议（High Level Data Link Control）。HDLC 不仅使用广泛，而且还是其他许多重要数据链路控制协议的基础，它们的格式与 HDLC 中使用的格式相同或类似，使用的机制也相似。

1. HDLC 协议概述

为了适应不同的配置、不同操作方式和不同传输距离的数据通信链路，HDLC 定义了三种类型的站、两种链路配置和三种基本传输方式。

（1）三种类型的站

主站：负责控制链路的操作，主站可发出命名帧。

从站：在主站的控制下操作，从站只能响应主站的命令并配合工作。主站为链路上的每个站维护一条独立的逻辑链路。

混合站：混合了主站和从站的双重功能，混合站发出的帧可能是命令帧，也可能是响应帧。

（2）两种链路配置

不平衡配置：由一个主站及一个或多个从站组成，可支持全双工或半双工传输。

平衡配置：由两个混合站组成，可支持全双工或半双工传输。

（3）三种基本传输方式

正常响应方式（NRM）：使用非平衡配置，主站能够初始化到从站的数据传输，而从站只通过传输数据来响应主站的命令。

异步平衡方式（ABM）：使用平衡配置。两个混合站都能够初始化数据传输，不需要得到对方混合站的许可。

异步响应方式（ARM）：使用非平衡配置。主站没有明确允许的请求下，从站能够初始化传输，但主站主要对线路全权负责，包括初始化、差错恢复以及链路的逻辑断开。

NRM 用于多点线路，就是多个终端连接到一个主计算机上。计算机对每个终端进行轮询（Polling），并采集数据。NRM 有时也可用于点对点的链路，特别是当计算机通过链路连接到一台终端或其他外设时。

ABM 是三种方式中使用最广泛的一种，由于没有用于轮询的额外开销，所以它有效地利用了全双工点对点链路。

ARM 很少被使用，它应用于从站需要发起传输的某些特殊场合。

2. HDLC 的帧结构

HDLC 的帧格式如图 3-33 所示。

图 3-33　HDLC 帧格式

（1）标志（F）

标志位串为 01111110，标识帧的开始和结束。标志位串在缓冲区中并不存在，是发送硬件在发送 HDLC 帧之前自动产生并发送的，只在传输过程中存在。

由于位串 01111110 有可能在帧中间出现，导致接收方错误地判断帧的结束。为了避免出现这种情况，需要使用位填充法对帧进行透明化处理。

（2）地址（A）

表示从站的地址。点对点的链路不需要这个地址域，但是为了统一，所有帧都含有这个域。

地址域通常为 8 位，但可以扩展。扩展方式是：每个八位组中的第 1 位作为扩展标志，若是 0，表示后续的 8 位也是地址，若为 1，表示这是最后一个八位组。八位组中的其他 7 位共同组成地址部分，如图 3-34 所示。

全 1 的八位地址称为广播地址，表示该帧要发送到所有从站，所有从站都应接收这个帧。

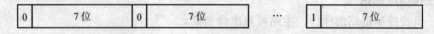

图 3-34　扩展地址

（3）信息（INFO）

为任意数据，长度可变，但其位数必须是 8 的整数倍。

（4）帧校验和（FCS）

帧校验和是按 CCITT-CRC-16 生成的 CRC 校验和，FCS 只对地址、控制和信息三部分计算校验和。

（5）控制域（C）

HDLC 定义了三种类型的帧，每种类型都具有不同的控制域格式。三种类型的帧分别是：信息帧、监控帧和无编号帧，其格式如图 3-35 所示。

	1	2	3	4	5	6	7	8
信息帧	0	N(S)			P/F	N(R)		
监控帧	1	0	S		P/F	N(R)		
无编号帧	1	1	M		P/F	M		

N(S): 发送序号
N(R): 应答序号
S: 监控功能
M: 工作模式
P/F: 轮询/最后标志

图 3-35　控制域格式

帧的类型由第一和第二两个位确定。

信息帧也称为 I-帧，用于发送数据。

监控帧也称为 S-帧，主要用于应答、流量控制和差错控制。监控帧都不包含要传送的数据信息，不需要有发送序号 N(S)，但接收序号 N(R) 是必要的。

无编号帧也称为 U-帧，主要用于确定工作模式和链路控制，这类帧不含编号字段，也不改变信息帧流动的顺序。

各部分的含义如下。

- N(S)：表示发送帧的序号。
- N(R)：为应答序号，表示编号小于 N(R) 的帧已正确收到，下一次期望接收编号为 N(R) 的帧。
- P/F：为轮询/最后标志位，在主站发送的询问从站有无信息发送的帧中，该位表示询问（Poll），在从站发出的响应信息帧中，此位表示最后（Final）。

- P/F 的值：在正常响应方式下，主站发出的信息帧中 P/F 置 1，询问从站有无数据发送。从站如果有数据发送，则开始发送，其中最后一个帧的 P/F 位置 1，表示一批数据发送完毕，其他帧的 P/F 为 0。在异步响应方式和异步平衡方式下，P/F 位用于控制监控帧和无编号帧的交换过程。
- S：共 2 位，表示 4 种方式，表 3-1 列出了 4 种监控帧的名称和功能说明。

表 3-1　4 种监控帧的名称和功能

监控帧中 S 位		帧　名	功能说明
第 3 位	第 4 位		
0	0	RR（Receive ready） 接收准备就绪	准备接收下一帧， 确认序号为 N(R)–1 及以前的各帧
0	1	RNR（Receive Not Ready） 接收未就绪	暂停接收下一帧， 确认序号为 N(R)–1 及以前的各帧
1	0	REJ（Reject） 拒绝	从 N(R) 起的所有帧都被否认， 但确认序号为 N(R)–1 及以前的各帧
1	1	SREJ（Selective Reject） 选择拒绝	只否认序号为 N(R) 的帧， 但确认序号为 N(R)–1 及以前的各帧

REJ 相当于否定应答 NAK，而在 REJ 中的序号 N(R) 表示所否认的帧号。这种否认帧还带有某种确认的信息，即确认 N(R)–1 及其以前的各帧均已正确收到。

RR 帧和 RNR 帧具有流量控制的作用。RR 表示已做好接收帧的准备，希望对方发送。而 RNR 帧，则表示希望对方停止发送。当准备好接收后，再次发送 RR 帧通知发送方开始发送。

M：共 5 位，可定义 32 种工作模式，目前已经定义了 18 种模式，但常用的是前面已经介绍的三种（NRM、ABM、ARM）。

3. HDLC 的操作

HDLC 的操作包含在两个站之间交换信息帧、监控帧和无编号帧。HDLC 的操作涉及了三个阶段。

- 初始化：双方中有一方要初始化数据链路，使得帧能够以有序的方式进行交换。在这个阶段中，双方需要就各种选项的使用达成一致。
- 数据传送：双方交换用户数据和控制信息，并且实施流量控制和差错控制。
- 连接拆除：双方中有一方发出信号来终止操作。

从上述的三个阶段可以看出，HDLC 采用的面向连接的服务操作规程。

下面用一个例子说明 HDLC 的工作过程。

（1）链路的建立与拆除

一方向对方发出设置异步平衡方式 ABM 命令，并启动一个定时器。对方在收到这个命令 ABM 后，会返回一个无编号应答帧 UA，并将局部变量和计数器设置为初值。发起方在接收到这个无编号应答帧 UA 响应后，会设置自己的变量和计数器，并停止计时器。这时逻辑连接就被激活，并且双方可以开始帧的传输。假如计时器超时后还没有收到响应，那么发起方会重新发送设置平衡方式命令 ABM 帧，这一过程将不断重复，直至收到一个无编号应答帧 UA 或非连接方式响应帧 DM，或者在重传次数超过了规定的次数后，放弃尝试，并向管理实体报告操作失败，如图 3-36 所示。

当数据发送完毕，一方发出拆除连接命令帧 DISC，而对方用无编号应答帧 UA 确认来响应。链路的建立和拆除均采用的是无编号帧。

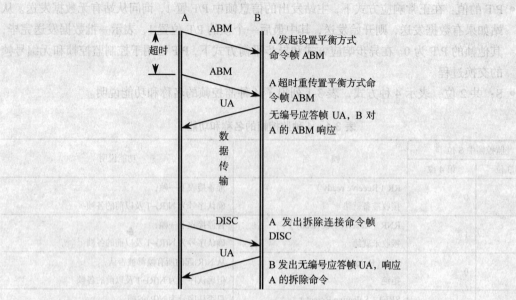

图 3-36　链路的建立和拆除过程

（2）数据传输

数据采用信息帧实现全双工的传输。当一方在没有收到任何数据的情况下连续发送若干个信息帧时，它的接收序号只是在不断地重复（如，从 A 到 B 的方向上有 I，1，1；I，2，1）。如果一方在没有发出任何帧的情况下连续收到若干个信息帧，那么它的下一个发出的帧中的接收序号必须反映这一累积效应（如，从 B 到 A 的方向上有 I，1，3）。在此例中，我们只是使用信息帧，实际上数据的交换可能会涉及使用监控帧。在图中 A 方最后发送一个监控帧 RR，4 表示接收就绪，准备接收 B 的序号为 4 的帧。

在图 3-37 中标记的表示方式为 I，N(S)，N(R)，其中 I 表示此帧是信息帧，N(S) 表示发送数据帧的序号，N(R) 表示希望接收数据帧的序号。如 I，1，2：表示发送一个信息帧，发送的序号是 1，希望接收的序号是 2。

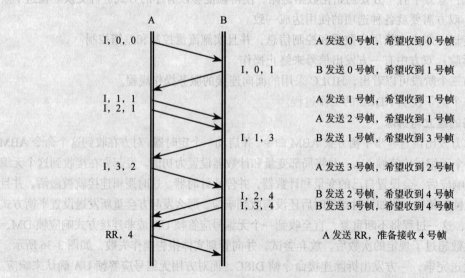

图 3-37　利用信息帧实现双向数据交换

（3）流量控制

当接收方处理信息帧的速度或高层用户接收帧的速度无法跟上这些帧到达的速度时，需要进行流量控制。实现流量控制的方法是接收方使用 RNR 命令来阻止发送方发送新的帧。

在图 3-38 中，A 发出了一个 RNR，它要求 B 停止发送信息帧。收到 RNR 的站，通常会每隔一段时间就向忙站发出询问，这是通过发送一个 P 位为 1 的 RR 来实现的，它请求对方或者用 RR，或者用 RNR 来响应。当忙状态清除后，A 返回一个 RR，这时 B 就可以继续发送信息帧。

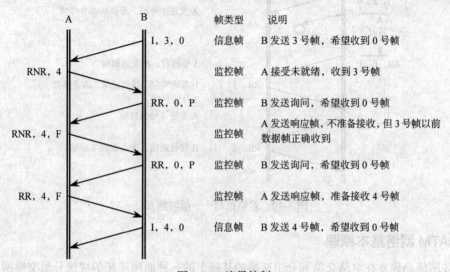

图 3-38 流量控制

（4）差错控制——拒绝的恢复

在图 3-39 中，A 传输了编号为 3，4，5 的信息帧。编号为 4 的信息帧出现差错，且被丢失。当 B 接收到编号 5 的数据帧时，因为顺序不对，而将编号 5 的信息帧丢弃，并发送一个拒绝接收帧 REJ。A 收到 REJ 后再次发送从编号 4 开始的所有信息帧。

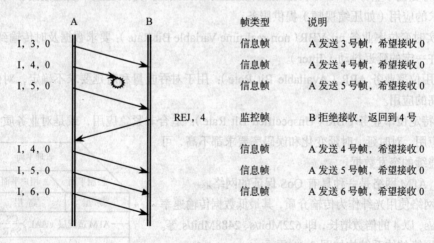

图 3-39 差错控制——拒绝的恢复

（5）差错控制——超时的恢复

在图 3-40 中，设 A 传输的信息帧序号中最后一个信息帧的编号为 3，并且出现了错误。B 检测到这个差错帧后丢弃。由于 B 不知道出差错的帧是否是信息帧，B 不能发送拒绝接收帧 REJ。

A 在发送时启动了一个计时器，在等待应答时超时，启动恢复过程。通常是通过使用 P 为 1 的接收准备就绪 RR 命令来询问对方，以判断对方所处的状态。由于这个询问要求得到响应，所以 A 会接收到一个含有 N(R)域的帧，并能根据它继续处理。在这个例子中，这个确认指出 3 号帧丢失，需要 A 重传。

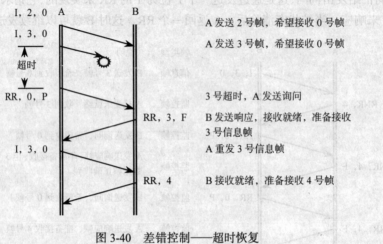

图 3-40　差错控制——超时恢复

3.7.4　ATM 网络基本原理

ATM 网络是建立在电路交换和分组交换的基础上的一种面向连接的快速分组交换网络，采用定长分组作为传输和交换的单位，这种定长分组叫信元（cell）。ATM 网络使用异步时分多路复用方式。

ATM 提供 5 个等级的服务。

1）恒定位率业务 CBR（Constant Bit Rate）：提供固定带宽连接，业务时延受到严格限制。

2）实时变位率业务 rt-VBR（real-time Variable Bit Rate）：为以变速率发送数据、同时又有严格时间要求的应用（如压缩视频）提供服务。

3）非实时变位率业务 nrt-VBR（non-real-time Variable Bit Rate）：要求数据及时传输到目的地，但可以容许一定的延迟抖动（Jitter）。

4）可用位率业务 ABR（Available Bit Rate）：用于对吞吐量和时延要求不确定，对信元丢失率要求不高的应用。

5）非特定位率业务 UBR（Unspecified Bit Rate）：适合非紧急应用，或是对业务质量没有特定要求的应用。对时延、时延变化和误码率要求都不高，可以发送不连续的突发数据。

因此，ATM 网络是一种具有 QoS 保证的网络。

ATM 网络使用光纤作为传输介质，其最低数据传输速率是 155Mbit/s，以 4 的倍数增长，即 622Mbit/s、2488Mbit/s 等。

ATM 网络的体系结构如图 3-41 所示。

ATM 适配层（AAL）：实现与高层应用的接口，将高层应用的数据分割成信元，或将信元装配成应用的数据。

ATM 层：实现信元首部的产生与提取、信元的复用与

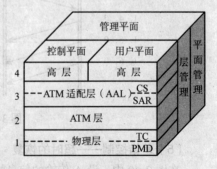

图 3-41　ATM 网络体系结构

分用、信元的 VPI/VCI 转换和流量控制。在 ATM 层，要实现虚通路 VP 与虚通道 VC 的复用。

信元由 53 字节组成，其中头部有 5 个字节，数据部分有 48 字节，根据 AAL 使用的协议的不同（AAL1~AAL5），承载用户数据的长度从 44 字节到 48 字节。

物理层：完成编码与译码、光电转换等功能。

ATM 网络与其他网络技术不兼容，这是一个很大的缺点。ATM 网络现已被淘汰。

3.8　数据链路层设备

3.8.1　网桥

1. 网桥的概念

网桥是将多个局域网互连在一起组成覆盖范围更大的局域网的设备。网桥工作在数据链路层中的 MAC 子层，因此其工作原理比网络层中的路由器要简单得多。

使用网桥的主要优点有：

1）过滤了通信量。网桥可以使局域网的一个网段上各工作站之间的通信量局限在本网段的范围内，而不会经过网桥流到其他网段上去。由于这种过滤作用，局域网上的负载就减轻了，因而减少了在扩展的局域网上所有用户所经受的平均时延。应当注意到，转发器由于没有智能，因此它没有这种过滤功能。转发器对所有帧，包括无效帧，都不进行选择而一律转发。从层次上看，转发器工作在物理层，而网桥工作在链路层的 MAC 子层。

2）扩大了物理范围，也增加了整个局域网上工作站的最大数目。

3）可使用不同的物理层。

4）可互连不同类型的局域网。

5）提高了可靠性。当网络出现故障时，一般只影响个别网段。

6）改善了性能。如果把大些的局域网分割成若干较小的局域网，并且每个小的局域网内部的通信量明显地高于网间的通信量，那么整个互联网络的性能将变得更好。

最简单的网桥有两个端口。复杂些的网桥可以有多个端口。网桥的每个端口与一个网段（这里所说的网段就是普通的局域网）相连。网桥从端口接收网段上传送的各种帧。每当收到一个帧时，就先将其存放在缓冲区中。若此帧未出现差错，且欲发往的目的地址属于另一个网段，则通过查找站表，就可将收到的帧送往对应的端口转发出去。否则，就丢弃此帧。因此，仅在同一个网段中通信的帧，不会被网桥转发到另一个网段中，因而不会加重整个网络的负担。

2. 透明网桥

透明网桥是由各网桥自己来决定路由选择，而局域网上的各站都不管完成路由选择的网桥，这种网桥的标准是 IEEE 802.1D 或 ISO 8802.1d。"透明"是指局域网上的每个站并不知道所发送的帧将经过哪几个网桥，而网桥对各站来说是看不见的。

透明网桥在收到一个帧时，必须决定：是丢弃此帧还是转发此帧。若转发此帧，则应决定转发到哪个局域网。网桥是根据网桥中的站表来作决定的。

当一个网桥刚刚连接到局域网上时，其站表是空的。显然，这时网桥暂时还无法作出决定。因此，网桥在收到一个帧时，就向所有端口转发此帧（但接收此帧的端口除外）。如果此帧到了另一个网桥（其站表也是空的），则该网桥也按同样方法转发此帧。这样一直进行下去就一定可以使该帧到达目的站。网桥在这样的转发过程中也就可逐渐将其站表建立起来。

局域网的拓扑经常会发生变化。局域网上的工作站和网桥可能时而接通电源,时而关掉电源。为了使站表能反映出整个网络的最新拓扑,应将每个帧到达网桥的时间登记下来,以便在站表中保留网络拓扑的最新状态信息。具体的方法是,网桥中的端口管理软件周期性地扫描站表中的项目。只要是在一定时间(例如几分钟)以前登记的,都一律清除。这样就使得网桥中的站表能反映当前网络拓扑状态。

到达帧的路由选择过程取决于发送的 LAN(源 LAN)和目的地所在的 LAN(目的 LAN),如下所示:

- 如源 LAN 和目的 LAN 相同,则丢弃该帧。
- 如果源 LAN 和目的 LAN 不同,则转发该帧。
- 如果目的 LAN 未知,则进行扩散。

实际这种网桥的功能是假定整个网络的数据是一个生成树,网络中不存在回路。然而实际应用中为提高可靠性网桥会产生回路。

通过观察如图 3-42 所示的如何处理目的地不明的帧 F,可以简单地了解这些问题。按照处理目的不明的帧的规则,每个网桥都要进行扩散。在本例中,只是将其复制到 LAN2 中。紧接着网桥 B1 将目的不明的 F_2 帧复制 LAN1 中,产生 F_3(图中未画出)。类似地,网桥 B2 将 F_1 复制到 LAN1 中,产生 F_4。随后,网桥 B1 转发 F_4,网桥 B2 复制 F_3,就这样无限循环下去。

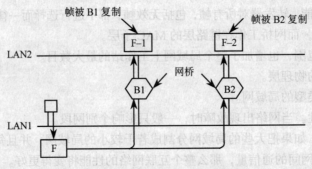

图 3-42　两个并行的透明网桥

解决这个难题的办法是让网桥相互通信,并用一棵到达每个 LAN 的生成树覆盖实际的拓扑结构。实际上,为了构造一个假想的无回路拓扑结构,LAN 间一些可能的连接都被忽略了。

为了建造生成树,首先必须选出一个网桥作为生成树的根。实现的方法是每个网桥广播其序列号(该序列号由厂家设置并保证全球唯一),选序列号最小的网桥作为根。接着,按根到每个网桥的最短路径来构造生成树。

当互联局域网的数目非常大时,用生成树算法计算时可能要花费很多时间。这时可将大的互联网划分为多个较小的互联网,然后得出多个生成树。

3. 源路径选择网桥

源路径选择的核心思想是,假定每个帧的发送者都知道接收者是否在同一 LAN 上。当发送一帧到另外的 LAN 时,源机器将目的地址的高位设置成 1 作为标记。另外,它还在帧中加进此帧应走的实际路径。

路径的构造过程是:每个 LAN 有唯一的 12 位编号,每个网桥有一个在它的 LAN 中,唯一地标识自己的 4 位编号。因此,相距甚远的两个网桥可能会有同样的编号,但在同一 LAN 上的两个网桥的编号必须不同。路径是网桥、LAN、网桥、LAN……的编号序列。

源路径选择网桥只关心那些目的地址高位为 1 的帧。当见到这样的帧时，它就扫描帧头中的路由，寻找发来此帧的那个 LAN 的编号。如果发来此帧的那个 LAN 编号后跟的是本网桥的编号，就将此帧转发到路由表中自己后面的那个 LAN 上。如果该 LAN 编号后跟的不是本网桥，则不转发此帧。

这一算法有 3 种可能的具体实现。

- 软件：网桥按混杂方式工作，它将所有帧复制到其存储中，并查看它们的目的地址高位是否为 1。如果是，就作进一步的检查。如果不是，则不再处理。
- 混合：网桥的 LAN 接口检查帧的目的地址高位，只接收该位为 1 的帧。此接口易于做成硬件，从而大大地减少了网桥必须检查的帧数。
- 硬件：网桥的 LAN 接口不仅检查帧的目的地址高位，还要扫描必须前传的路由，以便确定是否应由本网转发此帧。只有那些必须转发的帧才交给网桥。这种实现需要复杂的硬件，但节省了网桥的 CPU 时间，因为所有无关的帧都被滤掉了。

这三种具体实现的价格和性能各不相同。第一种没有接口硬件开销，但需要速度很快的 CPU 处理所有到来的帧。最后一种实现需要特殊的 VLSI 芯片，该芯片分担了网桥的许多工作，因此，网桥可以采用速度较慢的 CPU，或者可以连接更多的 LAN。

源路径选择的前提是互联网中的每台机器都知道到所有其他机器的最佳路径。如何得到这些路由是源路径选择算法的重要部分。获取路由算法的基本思想是：如果不知道目的地址的位置，源机器就发布一广播帧，询问它在哪里。每个网桥都转发该查找帧（Discovery Frame）这样该帧就可到达互联网中的每一个 LAN。当答复回来时，途经的网桥就将它们自己的标识记录在答复帧中，于是，广播帧的发送者就可以得到确切的路由，并可从中选取最佳路由。

3.8.2 局域网交换机及其工作原理

交换机是工作在数据链路层的连网设备。现在的交换机基本上都是遵循以太网标准的局域网交换机（也有其他标准的交换机），所以交换机有时也被称为局域网交换机或以太网交换机。

所谓交换是指在输入端口与输出端口之间建立一个传输通道并完成数据转发的过程。传输通道相当于一个电子开关，在需要时接通，不需要时断开。

在交换机内部，可以同时在多对端口之间同时建立传输通道，实现并行传输。

背板交换速度（背板带宽）是衡量交换机性能的一个重要指标，其含义是交换机上所有端口能提供的总带宽，计算公式为：背板带宽=端口数×相应端口速率×2（全双工模式）。

3.8.2.1 交换机的功能

交换机的功能主要包括以下 6 个方面。

（1）实现计算机连网

交换机是一个多端口的网络设备，每个端口是一个 RJ-45 接口，可通过双绞线电缆连接一台计算机或另一个交换机。通过这种方式可将多台计算机互连在一起组成一个网络，其方式与集线器一样。

（2）实现信号再生

像集线器一样，交换机可对信号进行再生和再发送，从而使得它们能够在网络上传输更长的距离。

（3）分隔冲突域，提高传输效率

交换机按交换方式工作（下面介绍），可同时在多对端口之间实现数据传输，同时，借助缓冲区的缓存功能可基本消除冲突，大大提高传输效率。

（4）实现 VLAN

利用交换机可以实现 VLAN 的功能，从而提高网络的安全性和可管理性。

（5）实现访问控制

可网管交换机具有访问控制功能，其中两个常见的访问控制是：1）对不同的 MAC 地址/IP 地址进行访问控制、针对不同的应用数据进行访问控制（例如禁止 QQ 数据、禁止 PING 数据）。2）可以对端口的数据传输速率进行配置，为不同端口上的用户分配不同的数据传输速率。

（6）实现部分路由功能

路由式交换机或三层交换机，具有部分路由功能，可提高交换性能，同时可以将局域网扩大到更大范围。

3.8.2.2　交换机的工作原理

1．二层交换机的工作原理

传统的交换机工作在第二层，所以被称为二层交换机，本节介绍二层交换机的原理，关于三层交换机的原理在下节介绍。

交换机有多个端口，每个端口连接一台计算机或另一个交换机。

交换机可以工作在半双工或全双工模式，新的高性能交换机取消了半双工模式，只支持全双工模式。

交换机都有一个地址转发表，其内容是 MAC 地址与端口的对应关系，表示在每个端口上有哪些 MAC 地址。交换机为每个端口设有缓冲区，用于暂存待转发或递交的数据帧。

交换机的工作原理可以概括为：

1）从端口 x 收到帧后，根据帧中的目的地址在转发表中查找所对应的交换机端口。

2）如果找到对应的端口 d，则转到 3），否则转到 4）。

3）如 d = x，表示在同一端口，无须本交换机转发，则丢弃此帧（这种情况发生在级联情况），转到 6）。

4）如果端口 d 输出线路空闲，则将帧交换至 d 的输出线转发出去；否则，如果 d 的输出线路忙，则将帧送往端口 d 的输出队列等待转发，转到 6）。

5）向除 x 以外的所有端口广播此帧，具体执行时需对每个输出端口采用 4）的方式进行直接输出或缓存。

6）如果源站地址不在转发表中，则将源站地址加入到转发表，登记源站地址与交换机端口 x 的对应关系。

7）交换机在转发完一个帧后，查看该端口的输出队列是否为空，若不为空，转发队列中的第一个帧。

8）转 1）。

如果交换机工作在半双工模式，发送与接收使用同一条线路，不能实现发送与接收同时进行。对于全双工交换机，发送与接收使用不同的线路，发送与接收可以同时进行。

交换机的每个端口可以认为是一个独立的冲突域（或广播域，竞争使用传输介质的节点集合）。由于采用了缓存的方式，交换机内部、交换机各端口之间不会出现冲突，因此不需要执行 CSMA/CD 过程，从而大大提高效率。

通常，交换机的端口可以用不同的数据传输速率收发数据，具体采用哪种数据传输速率，需要同与其相连的网卡或交换机进行协商，具体的协商过程在第 5 章介绍。

2. 交换机的交换方式

从上面的介绍可以看出，交换机具有直通交换与存储转发交换方式，除此之外，交换机还有碎片隔离方式。

（1）直通交换

直通交换是指交换机在接收到帧的目的地址（在帧的最前面）后，立即建立与目的端口的交换通道。如果建立成功，则在接收端口与发送端口间建立起直接的传送通道，数据帧被直接转送到输出端口的输出线上，中间没有停顿，所以被称为以线速度交换。

直通交换的主要缺点是：1）因为数据帧并没有被交换机保存下来，所以无法检查所传送的数据帧是否有误，不能提供错误检测能力。2）由于没有缓存，不能将具有不同速率的输入/输出端口直接接通。

（2）存储-转发交换

存储-转发交换是指交换机先将数据帧接收下来，暂存在缓冲区中，等待输出线路空闲时再转发出去。

存储-转发交换可以实现差错检测。在接收到帧后检测有无错误（位错），如果有错，则丢弃。像一般的存储-转发一样，存储-转发交换可以在不同数据传输速率的端口之间实现数据转发。

存储-转发交换的缺点是存在缓冲延迟。

根据需要，可以在上述两种交换方式之间实现自适应选择。当误码率很低且输入/输出端口数据传输速率相同时，可以优先实行直通式交换。否则，实行存储-转发交换。

（3）碎片隔离交换

这是介于直通式和存储-转发式之间的一种解决方案。它在转发前先检查数据帧的长度是否够 64 字节。如果小于 64 字节，说明是残帧，则丢弃；如果大于 64 字节，则发送该帧。该方式的数据处理速度比存储-转发方式快，比直通式慢，但由于能够避免残帧的转发，所以被广泛应用于低档交换机中。

使用这类交换技术的交换机一般是使用了一种先进先出（FIFO）的缓存，位流从一端进入，然后再以同样的顺序从另一端出来。当帧被接收时，它被保存在 FIFO 缓存中。如果帧以小于 64 字节的长度结束，那么 FIFO 缓存中的内容（残帧）就会被丢弃。因此，不存在直通转发交换机存在的残帧转发问题。

3. 交换机与集线器的区别

交换机与集线器的区别主要体现在如下几个方面。

（1）工作层次不同

交换机和集线器在 OSI 开放体系模型中对应的层次就不一样，集线器是同时工作在第一层（物理层）和第二层（数据链路层），而交换机至少是工作在第二层，更高级的交换机可以工作在第三层（网络层）。

（2）数据传输方式不同

集线器的数据传输方式是广播方式，而交换机的数据传输是有目的的，数据只对目的节点发送，只是在自己的 MAC 地址表中找不到的情况下第一次使用广播方式发送，然后因为交换机具有 MAC 地址学习功能，第二次以后就不再是广播发送了，又是有目的的发送。这样的好处是数据传输效率提高，不会出现广播风暴，在安全性方面也不会出现其他节点侦听的现象。

（3）带宽占用方式不同

在带宽占用方面，集线器所有端口是共享集线器的总带宽，而交换机的每个端口都具有自己的带宽，这样交换机实际上每个端口的带宽比集线器端口可用带宽要高许多，也就决定了交换机的传输速度比集线器要快许多。对于普通 10Mbit/s 的共享式以太网，若共有 N 个用户，则每个用户占有的平均带宽只有总带宽（10Mbit/s）的 $1/N$。使用以太网交换机时，虽然在每个端口到主机的带宽还是 10Mbit/s，但由于一个用户在通信时是独占而不是和其他网络用户共享传输介质的带宽，因此对于拥有 N 对端口的交换机的总容量为 $N×10Mbit/s$。这正是交换机的最大优点。

（4）传输模式不同

集线器只能采用半双工方式进行传输，因为集线器是共享传输介质的，这样在上行通道上集线器一次只能传输一个任务，要么是接收数据，要么是发送数据。而交换机则不一样，它是采用全双工方式来传输数据的，因此在同一时刻可以同时进行数据的接收和发送，这不但令数据的传输速度大大加快，而且整个系统的吞吐量比集线器至少大很多。10Mbit/s 端口事实上是 20Mbit/s 的传输能力，100Mbit/s 端口实际上是 200Mbit/s 的传输能力。

3.8.2.3　交换机的类型

为了满足各种不同应用环境的需求，出现了各种各样的交换机。

1. 根据网络覆盖范围划分

可以分为局域网交换机和广域网交换机。

局域网交换机：应用于局域网，用于连接终端设备，如服务器、工作站、集线器、交换机、路由器、网络打印机等网络设备，提供高速通信通道。局域网交换机常被简称为交换机。

广域网交换机：主要是应用于城域网互联、互联网接入等领域的广域网中，提供通信用的基础平台，如早期的 X.25 网络中的节点交换机。这种交换机现在已很少使用。

2. 根据传输介质和传输速度划分

根据交换机使用的网络传输介质及传输速度的不同，一般可以将局域网交换机分为以太网交换机、百兆（快速）以太网交换机、千兆（Gbit）以太网交换机、万兆（10Gbit）以太网交换机、ATM 交换机和令牌环交换机等。

以太网交换机：以太网交换机是最普遍和便宜的，应用领域也非常广泛。以太网包括三种网络接口：RJ-45（双绞线电缆接口标准）、BNC（细同轴电缆接口标准）和 AUI（粗同轴电缆接口标准）。所用的传输介质分别为：双绞线、细同轴电缆和粗同轴电缆。如图 3-43 所示的是一款带有 RJ-45 和 AUI 接口的以太网交换机产品示意图。

RJ-45（双绞线电缆接口标准）、BNC（细同轴电缆接口标准）和 AUI（粗同轴电缆接口标准）

图 3-43　以太网交换机

百兆以太网交换机：百兆以太网交换机所采用的介质通常是双绞线，有的百兆以太网交换机留有少量光纤接口。其外观与普通以太网交换机几乎一样。

千兆以太网交换机：千兆以太网交换机一般用于骨干网段，所采用的传输介质有光纤、双绞线两种，对应 SC 和 RJ-45 两种接口。随着千兆网卡的普及，利用千兆以太网交换机，实现千兆到桌面（用户计算机）已经越来越普遍。

万兆以太网交换机：万兆以太网交换机目前只能用于骨干网段上，实现交换机与交换机之间的万兆连接，采用的传输介质为光纤，其接口方式也就相应为光纤接口。万兆交换机一般有多个千兆、百兆接口，用于级联下级交换机。

ATM 交换机：ATM 交换机是用于 ATM 网络（广域网）的交换机，现在已经基本上被淘汰。

3. 根据应用规模划分

根据交换机所适用的规模，可以将交换机划分为企业级交换机、园区级交换机、部门级交换机、工作组交换机和桌面型交换机。

企业级交换机：企业级交换机属于高端交换机，一般采用模块化的结构，可作为网络骨干构建高速局域网，所以它通常用于企业网络的最顶层。如图 3-44 所示是一款模块化千兆以太网交换机，它属于企业级交换机范畴。

园区级交换机：这种交换机主要应用于较大型网络，且一般作为中型网络的骨干交换机。这种交换机具有快速数据交换能力和全双工能力，可提供容错等智能特性，还支持扩充选项及第三层交换中的虚拟局域网（VLAN）等多种功能。

部门级交换机：部门级交换机是面向部门级网络使用的交换机，它较前面两种交换机所能适用的网络规模要小许多。这类交换机可以是固定配置，也可以是模块配置，一般除了常用的 RJ-45 双绞线接口外，还带有光纤接口。部门级交换机一般具有较为突出的智能型特点，支持基于端口的 VLAN（虚拟局域网），可实现端口管理，可任意采用全双工或半双工传输模式，可对流量进行控制，有网络管理的功能，可通过计算机的串口或经过网络对交换机进行配置、监控和测试。如果作为骨干交换机，则一般认为支持 300 个信息点以下中型企业的交换机为部门级交换机。如图 3-45 所示是一种部门级交换机示意图。

图 3-44　模块化千兆以太网交换机　　　　　图 3-45　　部门级交换机

工作组交换机：工作组交换机一般为固定配置，配有一定数目的 10Base-T 或 100Base-TX 以太网口。工作组交换机一般是二层交换机，转发策略一般不考虑帧中隐藏的更深的其他信息。工作组交换机一般没有网络管理的功能，支持的计算机数一般在 100 个以内。如图 3-46 所示是一种工作组交换机。

桌面型交换机：这是一种最常见的最低档交换机，它区别于其他交换机的一个特点是端口数较少（一般在 8 口以内，但不是绝对的），每个端口可支持的 MAC 地址很少，只具备最基本的交换机特性，价格也是最便宜的。这类交换机虽然在交换机中是最低档的，但是它还是具有交换机的共有的优越性，况且在许多应用环境中也只需要这些基本的性能，所以它的应用还是相当广泛的。它主要应用于小组、家庭等环境。在传输速度上，目前桌面型交换机大都提供多个具有 10/100Mbit/s 自适应能力的端口。如图 3-47 所示是一种桌面型交换机。

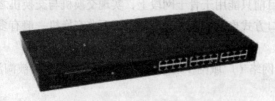

图 3-46　工作组交换机

图 3-47　桌面型交换机

4. 根据交换机的结构划分

按交换机的端口结构来分，交换机大致可分为固定端口交换机和模块化交换机。另外还有一种两者兼顾的结构，就是在提供基本固定端口的基础上再配备一定的扩展插槽或模块。

固定端口交换机：顾名思义，固定端口就是它所带有的端口是固定的，不能再扩展。目前这种固定端口的交换机比较常见，端口数量没有明确的规定，一般的端口标准是 8 端口、16 端口和 24 端口。固定端口交换机按其安装架构又分为机架式交换机和桌面式交换机。机架式交换机更易于管理，更适用于较大规模的网络。它的结构尺寸需要符合 19 英寸国际标准，它是用来与其他交换设备或者是路由器、服务器等集中安装在一个机柜中的。而桌面式交换机，由于只能提供少量端口且不能安装于机柜内，所以通常只用于小型网络。

模块化交换机：模块化交换机拥有更大的灵活性和可扩充性，用户可任意选择不同数量、不同速率和不同接口类型的模块，以适应千变万化的网络需求。在选择交换机时，应按照需要和经费综合考虑选择模块化交换机或固定端口交换机。一般来说，企业级交换机应考虑其扩充性、兼容性和冗余性，应当选用模块化交换机；而骨干交换机和工作组交换机则由于任务较为单一，故可采用简单明了的固定端口交换机。

5. 根据交换机工作的协议层划分

网络设备都是工作在 OSI 模型的一定层次上，工作的层次越高，说明其设备的技术性越高，性能也越好，档次也就越高。交换机也一样，随着交换技术的发展，交换机由原来工作在 OSI 的第二层，发展到现在可以工作在第三层、甚至第四层，所以根据工作的协议层，交换机可分第二层交换机、第三层交换机和第四层交换机，分别简称为二层交换机、三层交换机、四层交换机。

二层交换机：二层交换机只能工作在 OSI 模型的第二层，即数据链路层。第二层交换机依赖于数据链路层中的信息（如 MAC 地址）完成不同端口间的交换，主要功能包括物理编址、错误校验、帧序列以及数据流控制。目前二层交换机应用最为普遍，主要是因为它价格便宜，功能符合中、小网络实际应用需求，一般应用于小型网络或中型以上网络的桌面层次。

三层交换机：三层交换机可以工作在网络层，它比二层交换机更高档，功能更强。三层交换机因为工作于 OSI 模型的网络层，所以它具有路由功能，它能根据 IP 地址信息进行路由选择，并实现不同网段间数据的线速交换。当网络规模较大时，可以根据特殊应用需求将网络划分为小而独立的 VLAN，以减小广播所造成的影响，提高安全性。在大、中型网络中，三层交换机已经成为基本配置设备。

四层交换机：四层交换机是采用第四层交换技术而开发出来的交换机产品，它工作于 OSI 模型的第四层，即传输层，可以根据第四层的协议如 TCP、UDP 协议进行必要的处理，并支持各种应用协议如 HTTP、FTP、Telnet、SSL 等。不过四层交换机现在还基本上停留在概念阶段。

6. 根据是否支持网络管理功能划分

按交换机是否支持网络管理功能，可以将交换机分为网管型和非网管型两大类。

网管型交换机提供基于终端控制口（Console）、基于 Web 以及支持 Telnet 远程登录网络等多种网络管理方式，网络管理人员可以配置和管理所有端口的工作模式，包括访问控制、数据传输速率控制、VLAN 配置等，本地或远程实时监控交换机的工作状态、网络运行状况。

非网管型交换机不能对交换机进行配置和管理，通常被称为傻瓜型交换机，可以即插即用。

3.8.2.4 三层交换技术

三层交换技术是二层交换技术与三层路由技术的结合，实现三层交换技术的交换机称为三层交换机。

二层交换机用于小型的局域网络。在小型局域网中，广播包影响不大，二层交换机的快速交换功能、多个接入端口和低廉的价格为小型网络用户提供了很完善的解决方案。三层交换机的最重要的功能是加快大型局域网络内部数据的快速转发，加入路由功能也是为这个目的服务的。如果把大型网络按照部门、地域等因素划分成一个个小局域网，这将导致大量的网际互访，单纯的使用二层交换机不能实现网际互访；如单纯地使用路由器，由于接口数量有限和路由转发速度慢，将限制网络的速度和网络规模，采用具有路由功能的快速转发三层交换机就成为首选。

三层交换机与第三层使用的协议有关，现在的三层交换机支持 IP 协议作为第三层的协议。

与二层交换机类似，三层交换机也需要建立 MAC 地址转发表，记录 MAC 地址与端口的对应关系。

假定发送信息的站点为 A，接收信息的站点为 B，三层交换的工作原理是：

1）A 首先根据 IP 包构造数据帧，在构造帧时需要知道 B 的 MAC 地址。

2）根据 A、B 的 IP 地址判断，如果 A 与 B 属于同一网络（或子网），则转到步骤 3），否则转到步骤 4）。

3）本地查找 B 的 MAC 地址。

① A 广播一个 ARP 报文，在数据链路层构造一个广播帧发给交换机；

② 该帧到达交换机后按二层交换方式交换，同时交换机知道了 A 所在的端口；

③ B 收到 ARP 报文后应答一个报文（非广播）给 A，该报文对应的帧按二层交换方式交换，同时交换机知道了 B 所在的端口；

④ A 收到应答后知道了 B 的 MAC 地址，就可以组成正常的帧与 B 通信，交换机按二层交换方式实施交换。

4）非本地查找 B 的 MAC 地址。

① A 首先向其"默认网关"发出 ARP 请求报文，而"默认网关"的 IP 地址就是 A 所在网络的出口交换机或路由器的 IP 地址（此时交换机、默认网关都知道了 A 的端口和 MAC 地址）；

② 默认网关在本地缓存表中查找 B 的 MAC 地址，如果找到，则回复 A；否则，按第三层路由表向目的网络广播 ARP 报文；

③ B 收到 ARP 报文后应答一个报文（非广播）给 A（此时相关交换机、默认网关都知道了 B 的端口和 MAC 地址）；

④ A 收到应答后知道了 B 的 MAC 地址，就可以组成正常的帧发送，相关的交换机、默认网关由于已经知道了 B 的 MAC 地址和端口，都按二层交换方式转发。

从上面的简要介绍中可以看出，三层交换是通过一次路由，使得随后的通信变成二层交换，而二层交换是线速交换，速度快。

3.8.2.5 交换机堆叠与级联

堆叠（Stack）和级联（Uplink）是多台交换机或集线器连接在一起的两种方式，其主要目的是增加端口数量以连接更多的计算机。但它们的实现方法是不同的。简单地说，级联可通过一根双绞线在任何网络设备厂家的交换机之间、集线器之间、或交换机与集线器之间完成。而堆叠只有在相同厂家的设备之间实现，且此设备必须具有堆叠功能才可实现。级联只需单做一根双绞线（或其他介质），堆叠需要专用的堆叠模块和堆叠线缆，而这些设备可能需要单独购买。

1. 交换机堆叠

此种连接方式主要应用在大型网络中对端口需求比较多的情况下使用。交换机的堆叠是扩展端口最快捷、最便利的方式，同时堆叠后的带宽是单一交换机端口速率的几十倍。但是，并不是所有的交换机都支持堆叠的，这取决于交换机的品牌、型号是否支持堆叠，并且还需要使用专门的堆叠电缆和堆叠模块，最后还要注意同一堆叠中的交换机必须是同一品牌。

堆叠主要通过厂家提供的一条专用连接电缆，从一台交换机的"UP"堆叠端口直接连接到另一台交换机的"DOWN"堆叠端口。堆叠在一起的所有交换机可视为一个整体的交换机来进行管理。

堆叠的优点是不会产生性能瓶颈，因为通过堆叠，可以增加交换机的背板带宽。通过堆叠可以在网络中提供高密度的集中网络端口，根据设备的不同，一般情况下最大可以支持8层堆叠，这样就可以在某一位置提供上百个端口。堆叠后的设备在网络管理过程中就变成了一个网络设备，只要赋予其一个IP地址即可，方便管理，也节约管理成本。

堆叠的缺点主要是受设备限制，并不是所有交换机都支持堆叠，不同厂家、不同型号的交换并不一定能进行堆叠。堆叠还受距离限制，因为受到堆叠线缆长度的限制，堆叠的交换机之间的距离要求很近。

2. 交换机级联

级联是最常见的连接方式，就是使用网线将两个交换机进行连接。连接的结果是，在实际的网络中，它们仍然各自工作，仍然是两个独立的交换机。需要注意的是交换机不能无限制级联，超过一定数量的交换机进行级联，最终会引起广播风暴，导致网络性能严重下降。级联又分为以下两种。

（1）使用普通端口级联

所谓普通端口就是通过交换机的某一个常用端口（如 RJ-45 端口）进行连接。早期的交换机使用普通端口级联时，需要使用交叉的双绞线连接，即双绞线的两端要跳线（第 1-3 与 2-6 线脚对调），但现在新的交换机可以用正常的双绞线直接级联。

（2）使用 Uplink 端口级联

在很多交换机中（主要是较旧的交换机），有一个标为 Uplink 的端口。此端口是专门为上行连接提供的，只需通过正常的双绞线将该端口连接至其他交换机上除"Uplink 端口"外的任意端口即可（注意，并不是 Uplink 端口的相互连接）。

级联的优点是可以延长网络的距离。通过双绞线和多级级联方式（最多四级）可以延长网络距离，级联后，在网络管理过程中仍然是多个不同的网络设备。另外级联基本上不受设备的限制，不同厂家的设备可以任意级联。级联的缺点就是多个设备的级联会产生级联瓶颈。例如，两个百兆交换机通过一根双绞线级联，这时它们的级联带宽是百兆，这样不同交换机之间的计算机要通信，都只能通过这百兆带宽。

综合以上两种方式可以看出，交换机的级联方式实现简单，只需要一根普通的双绞线即可，节约成本而且基本不受距离的限制；而堆叠方式只能在很短的距离内连接，实现受到一定的限制。堆叠方式比级联方式具有更好的性能，通过堆叠方式，可以集中管理多台交换机，减化了管理工作。

习 题

1. 单项选择题

3-01 在 HDLC 帧的数据段中出现位串 "010111111001"，则填充后的输出为（ ）？

    A. 010011111001   B. 010111110010   C. 010111101001   D. 010111110001

3-02 用户 A 与用户 B 通过卫星链路通信时，传播延迟为 270ms，假设数据速率是 64kbit/s，帧长 4000bit，若采用停-等流控协议通信，则最大链路利用率为（ ）；若采用后退 N 帧 ARQ 协议通信，发送窗口为 8，则最大链路利用率可以达到（ ）。

    1）A. 0.104；0.416   B. 0.116；0.464   C. 0.188；0.752   D. 0.231；0.832

3-03 若信息码字为 11100011，生成多项式 $G(X)=X^5+X^4+X+1$，则计算出的 CRC 校验码为（ ）。

    A. 01101   B. 11010   C. 001101   D. 0011010

3-04 若采用后退 N 帧 ARQ 协议进行流量控制，帧编号字段为 7 位，则发送窗口的最大长度为（ ）。

    A. 7   B. 8   C. 127   D. 128

3-05 以太网中的帧属于（ ）协议数据单元。

    A. 物理层   B. 数据链路层   C. 网络层   D. 应用层

3-06 关于 HDLC 协议的帧顺序控制，下面的语句中正确的是（ ）。

    A. 如果接收器收到一个正确的信息帧（I），并且发送顺序号落在接收窗口内，则发回确认帧

    B. 信息帧（I）和管理帧（S）的控制字段都包含发送顺序号

    C. 如果信息帧（I）的控制字段是 8 位，则发送顺序号的取值范围是 0～127

    D. 发送器每发送一个信息帧（I），就把窗口向前滑动一格

3-07 待传输的数据长度为 10^7 位，数据发送速率为 100kbit/s，传播距离为 1000km，信号在媒体上的传播速率为 2×10^8m/s。则发送时延为（ ）秒，传播时延为（ ）毫秒。

    1）A. 50；5   B. 100；15   C. 150；20   D. 200；25

3-08 CSMA/CD 定义的冲突检测时间是（ ）。

    A. 信号在最远两个端点之间往返传输的时间

    B. 信号从线路一端传输到另一端的时间

    C. 从发送开始到收到应答的时间

    D. 从发送完毕到收到应答的时间

3-09 利用 802.3（10Mbit/s）和 802.11b（11Mbit/s）发送相同长度的数据，计算所需的时间，其结果是（ ）。

    A. 802.3 需要的时间短   B. 802.11b 需要的时间短

    C. 二者需要的时间一样长   D. 不确定（视冲突而定）

3-10 某局域网的距离为 1km，采用 CSMA/CD 方式，数据传输速率为 10Mbit/s，传播速度为 $2C/3$（C 为光速），最小帧长度为（ ）。

    A. 100 位   B. 512 位   C. 1000 位   D. 512 字节

3-11 假如以太网 A 上的通信量中的 80% 是在本地局域网内进行的，其余 20% 是在本地局域网与 Internet 之间进行的，而局域网 B 正好相反。这两个以太网一个使用集线器，另一个使用交换机，则应该放置交换机的局域网是（ ）。

A. A   B. B   C. 任一   D. 都不合适

3-12 为实现透明传输，PPP 协议使用的填充方法是（　　　）。

    A. 位填充

    B. 字符填充

    C. 对字符数据使用字符填充，对非字符数据使用位填充

    D. 对字符数据使用位填充，对非字符数据使用字符填充

3-13 HDLC 实现流量控制的主要机制是（　　　）。

    A. 发送 RNR 应答   B. 发送 RR 应答

    C. 发送 REJ 应答   D. 发送 SREJ 应答

3-14 表面上看，FDM 比 TDM 能更好地利用信道的传输能力，但现在计算机网络更多地使用 TDM 而不是 FDM，其原因是（　　　）。

    A. FDM 实际能力更差   B. TDM 可用于数字传输而 FDM 不行

    C. FDM 技术不成熟   D. TDM 能更充分地利用带宽

3-15 与 CSMA/CD 网络相比，令牌环网更适合的环境特点是（　　　）。

    A. 负载轻   B. 负载重   C. 距离远   D. 距离近

3-16 交换机能比集线器提供更好的网络性能的原因是（　　　）。

    A. 使用交换方式支持多对用户同时通信

    B. 使用差错控制机制减少出错率

    C. 使网络的覆盖范围更大

    D. 无须设置，使用更方便

3-17 无线局域网不使用 CSMA/CD 而使用 CSMA/CA 的原因是（　　　）。

    A. 不能同时收发，无法在发送时接收信号

    B. 不需要在发送过程中进行冲突检测

    C. 无线信号的广播特性使得不会出现冲突

    D. 覆盖范围很小，不进行冲突检测不影响正确性

2. 综合应用题

3-18 简述 HDLC 帧各字段的意义。HDLC 用什么方法保证数据的透明传输？

3-19 信道速率 4kbit/s。采用停止–等待协议。传播时延 $t_p=20ms$。确认帧长度和处理时间均可忽略。问帧长为多少才能使信道利用率达到至少 50%？

3-20 在停止–等待协议中，确认帧为什么不需要序号（如用 ACK0 和 ACK1）？

3-21 在选择重传协议中，接收窗口的尺寸大于 1。现有 A、B 两端通信，窗口的序列号为 3 位，接收窗口的尺寸能否为 7，为什么？

3-22 一些网络中，数据链路层通过请求重传损坏的帧来处理传输差错，如果一个帧损坏的概率为 P，在确认帧不丢失的情况下，发送一个帧需要的平均传输次数是多少？

3-23 假设一个信道的数据传输率为 5kbit/s，单向传输延迟时间为 30ms，那么帧长在什么范围内，才能使用于差错控制的停止–等待协议的效率至少为 50%？

3-24 假设一个滑动窗口协议使用的帧序号空间足够大，使得接收方能区分新帧和重复帧，那么，窗口的发送窗口大小边界以及接收窗口大小边界应该满足怎样的关系？

3-25 一个上层信息被分为 20 帧进行传送，每帧无损坏到达目的地的可能性为 85%，如果数据链路层协议不进行差错控制，那么这一信息平均需要多少次才能够完整地到达接收方？

3-26　假设帧的序号长度为 3 位，发送窗口的大小为 3，接收窗口的大小为 1，采用选择重发（selective ARQ）协议发送数据帧。请画出由初始状态出发下列事件依次发生时的发送窗口和接收窗口示意图：发送帧 0、发送帧 1、接收帧 0、接收确认帧 0、发送帧 2、接收帧 2、重发帧 1、接收帧 1、接收确认帧 2。

3-27　为什么 PPP 不使用帧的编号？

3-28　在一个采用 CSMA/CD 协议的网络中，传输介质是一根完整的电缆，传输速率为 1Gbit/s。电缆中的信号传播速度是 200000km/s。若最小数据帧长度减少 800bit，则最远的两个站点之间的距离应至少变化多少才能保证网络正常工作？

第4章 CHAPTER4

网 络 层

□4.1 网络层的功能

设置网络层的主要目的就是为分组以最佳路径通过通信子网到达目的主机提供服务，而网络用户不必关心网络的拓扑结构及使用的通信介质。网络层的主要功能如下。

1）网络连接管理：网络层实体作为数据链路层服务用户，利用各条链路上的数据链路连接服务，来为传输实体之间建立端到端的网络连接。网络连接同样可由若干个通信子网以串联形式构成。这些互连的子网可具有相同或不相同的服务能力。网络连接管理包括连接的建立、维护和拆除。

2）路由选择：路由选择是为在源结点与目的结点之间建立通路而提供一些控制的过程。这些控制过程由路由算法来实现。

3）流量与拥塞控制：流量控制是对一条路径上的流量进行控制，使得其流量不超过传送能力限制。拥塞控制是对进入网络的数据流实施有效控制，使通信子网避免发生"网络拥塞"和"死锁"现象，保持稳定运行。

4）数据传输：在网络连接建立之后，网络层实体要为上层递交下来的数据提供传输与中继功能。根据通路的类型，传送数据可能在一个子网内进行，也可能要跨越互联设备进行中继转发。传输过程包括对数据分组、排序、重组等。根据网络连接类型的不同，网络层提供两种明显不同的数据传输方式：面向连接的虚电路方式和无连接的数据报方式，它们分别向上层提供两类不同特征和服务质量的数据传输服务。

5）差错检测和恢复：网络层的差错检测用来处理并隔离来自低层的错误，同时利用其他差错检测能力来检测网络连接所传输的数据是否出现异常情况。恢复功能是指从被检测到的出错状态复位，重新开始相关工作。

6）计费：基于网络层实现计费数据的统计。

7）协议转换：实现多个协议之间的转换，例如IP、IPX之间的转换。

8）网络连接复用：多个传输连接复用到一个网络连接上。

网络层最核心的功能是实现异构网络互联、路由与转发。

4.1.1 异构网络互联

网络层实现了异构网络之间的互联，有两种实现方式，即数据报方式和虚电路方式。数据报方式是无连接的方式，虚电路方式是面向连接的方式。按数据报方式工作的通信子网简称为数据报子网，按虚电路方式工作的通信子网简称为虚电路子网。

4.1.2　路由与转发

路由与转发是网络层的基本功能。

路由也称为路由选择、路径选择，因源于英文单词 routing，所以常简称为路由。路由选择是指在通信子网传输数据包时，选择一条从源节点到目的节点的通路的过程，路由选择算法是实现路由选择功能的方法。除了采用广播通信方式外，所有网络都需要具备路由选择功能。

转发是指在节点收到数据包后依据所选择的路由将数据包转发出去的过程。转发之前可能要将所接收的数据包放入输出队列排队等待输出。

4.1.3　拥塞控制

4.1.3.1　拥塞的概念

拥塞是指在通信子网中有太多的包存在，使得网络的性能降低，甚至不能工作的状况。

通常认为，包的丢失是网络发生拥塞的征兆，即判断拥塞的标准之一。

造成拥塞的主要原因如下。

1）处理器速度太慢：处理器要执行各种管理操作，如缓冲区排队、更新表格等，如果速度太慢，使得到达节点的包不能被及时缓存、转发，则会造成包丢失或拥塞。

2）线路容量限制：当各部分线路容量不一致或尽管一致但低于数据的生成速度时，也会产生拥塞现象。这与城市交通情况非常类似。

3）节点输出包的能力小于输入包的能力：当没有足够多的缓冲区时，只能丢弃那些无法缓存的数据包，这又导致源端必须重发这些数据包。重发使更多的包进入子网，这一过程重复进行，会加重网络的拥塞状况。

4）网络流量分布不均衡：首先是资源分布的不均衡，在网络组建之前并没有经过良好的规划和设计，而是在各种不同容量、不同形式的网络都已经运行起来后才设法将它们统一连接起来，这样就必然大量存在网络带宽分布不均的情况。其次是网络流量的不均衡，在不同时刻，各种需求往往导致某些节点上的资源受到大量的访问，而大量存在的客户/服务器模式也加剧了流量分布的不均衡。

所有这些原因，都可归结为缺乏足够的缓冲区，即资源不足。理论上说，只要有足够多的缓冲区，就不会出现拥塞问题。但实际上，因为包在通信子网内的存在时间是有限制的，因而增加缓冲区并不能消除拥塞，相反可能会加重拥塞状况。因为，假如每个节点都有无穷多个缓冲区，节点输出能力小于输入能力，那么包就必须在缓冲区中排队等待，当包到达队列的前端有可能被输出时，它已经过时了，源端已经重发了该包，导致了通信子网内包的数量增加，负载加大，效率降低，拥塞更为严重。

导致拥塞的原因是多方面的，只改善网络的一部分环节如处理器或通信线路，并不能消除拥塞现象，它只是将瓶颈转移到系统的其他地方。

拥塞控制是指防止过多的包进入网络，避免网络出现拥塞状况的过程和方法。

拥塞控制的目标是：

- 防止由于过载而使吞吐量下降，损失效率。
- 合理分配、使用网络资源。

- 避免出现死锁。
- 匹配通信子网各部分的传输速度。

拥塞控制的效果如图 4-1 所示。在网络负载很轻时，不会对网络的吞吐量造成影响；当负载很重时，能使得吞吐量不断下降。

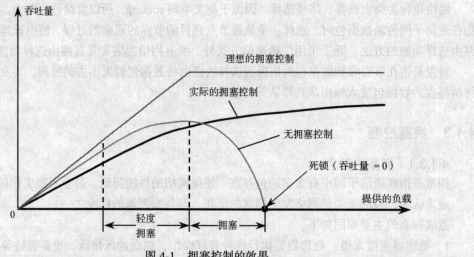

图 4-1　拥塞控制的效果

与拥塞控制相关的是流量控制。流量控制是对一条通信路径上的流量进行控制，其目的是保证发送者的发送速度不超过接收者的接收速度。流量控制只涉及一个发送者和一个接收者，是局部控制。拥塞控制是对整个通信子网的流量进行控制，其目的是保证子网的流量与资源相匹配，不出现系统性能恶化甚至崩溃的局面，是全局控制。

4.1.3.2　拥塞控制原理

理论上说，拥塞控制有两类方法：一是开环控制，二是闭环控制。

开环控制的基本思想是：通过良好的设计，避免拥塞问题的出现，确保拥塞问题在开始时就不会发生。开环控制方法包括何时接受新的通信请求（称为接纳控制），何时丢弃包，丢弃哪些包等。其特点是在作出决定时，并不考虑网络当前的状况，而是根据事先确定的原则进行。例如，虚电路方式，如果能预留资源，就建立虚电路。虚电路建立后，在该虚电路上一般不会出现拥塞问题，但资源的利用效率不能得到保障。

闭环控制是以控制论为基础，建立在反馈环路模型上的方法。基本思想是，通过反馈控制，在工作过程中动态控制拥塞。其工作包括如下 3 部分。

- 监测：检测网络发生拥塞的时间及地点。
- 报告：将此信息传送到可进行拥塞控制的结点。
- 决策：调整系统的操作行为以解决问题。

其中监测的数据可能有：因缺少缓冲区而丢弃包的比例、平均队列长度、超时和重发包的数量、包的平均延迟等。将拥塞信息向有关结点报告，需要发送特殊的包，这些包的传输会加重网络的拥塞状况。实现决策的方法有很多种，随后介绍。

闭环控制希望达到的效果是，在没有拥塞时，拥塞控制机制对网络的运行几乎没有影响，只有在拥塞出现后，拥塞控制机制才起作用，且对网络的负面影响尽量小。因此这是拥塞控制的主要方法。

4.1.3.3 拥塞控制方法

1. 拥塞预防方法

这类控制方法的基础是开环控制，其设计思想是，对产生拥塞的条件进行适当控制，不让其产生。下面简要介绍几种预防方法。

（1）预定缓冲区法

该方法适用于虚电路子网。在虚电路建立过程中，同时预定缓冲区。预定数量根据系统资源状况确定。例如，对于单工系统，每个节点为每条虚电路至少保留一个输出缓冲区；对于双工系统，则至少预留两个缓冲区；对于滑动窗口，则每个方向至少 N 个缓冲区。当系统有足够缓冲区时，就可以增加预定数量。一旦规定了预定缓冲区的最低数量，在建立虚电路时就必须满足预定要求。当没有足够缓冲区供预定时，虚电路建立失败。通过这种方式来确保虚电路有规定数量的缓冲区，基本上避免了拥塞的出现。这种方法的缺点是，降低了缓冲区和通信线路的利用率。

（2）合理分配缓冲区法

在出现拥塞时，通常需要丢弃新到的数据包，造成包丢弃的原因一般与缓冲区的分配策略有关。改善分配策略，可减少拥塞的出现。常用办法是限制每条输出线的队列长度。设一个节点有 K 个缓冲区（已分配给输入线的缓冲区除外），N 条输出线，则缓冲区的分配方法有如下几种。

- 平分法，也叫固定法。每根输出线分配的缓冲区数是 $m=K/N$，每个输出队列的长度 $n_i \leqslant m$。该方法效率低，性能差。
- 最大分配法。设输出队列最大长度为 $b_{\max}$，则有 $0 \leqslant n_i \leqslant b_{\max}$，$\Sigma n_i \leqslant K$。经验表明：$b_{\max} = K/\sqrt{N}$ 时有较好的性能。
- 最小分配法。设每根输出线的最小缓冲区数为 $b_{\min} \leqslant K/N$，则有

$$\Sigma_{\max}(0, n_i - b_{\min}) \leqslant K - N \cdot b_{\min}$$

- 最大最小分配法。n_i 须同时满足：

$$n_i \leqslant b_{\max}, \qquad \Sigma_{\max}(0, n_i - b_{\min}) \leqslant K - N \cdot b_{\min}$$

式中，$b_{\max} > K/N$，$b_{\min} \leqslant K/N$。

（3）通信量整形法

拥塞出现的原因之一是通信量具有突发性。如果主机以恒定的速率发送数据，则出现拥塞的机会就会少得多。通信量整形法的基本思想就是，强迫包以一种可预见的速率发送，其方法是调整数据传输的平均速率。主要实现算法有如下 3 种：

1）许可证方法。

该方法的基本思想是通过限制网内包的总数来避免拥塞。其办法是发放许可证，只有得到许可证的节点才能发送包。得到许可证后，可用许可证数减 1，包到达目的地后归还许可证，可用许可证数加 1。该方法存在的主要问题如下。

- 不能消除局部拥塞：当许可证聚集在局部少量节点时就会导致局部拥塞。
- 软硬件故障会导致许可证减少：持有许可证的节点出现故障后会导致许可证丢失。
- 许可证的数量、分布规则、发放规则不明确。
- 经验表明，对于 N 个节点的网络，许可证数为 $3N$ 时性能最好。

2）漏桶方法。

考虑一个底部有一小孔的桶。水从桶的上面（开口）流入。不管桶进水的速率是多少，只要

桶中有水，桶中的水从底部小孔流出的速率是恒定的。当桶空时，流出速率变为 0，当桶满时，水便溢出。将该思想用于拥塞控制，就是漏桶方法，如图 4-2 所示。其中漏桶用一个队列来实现，得到的是一个有恒定服务时间的单服务器排队系统。实现时，规定节点每隔固定的时间（称为时间片）向网络发送一个包，保证包流往通信子网的速率是恒定的。对于输入包，如果队列有空位置，就将包置于队尾，否则，丢弃包。

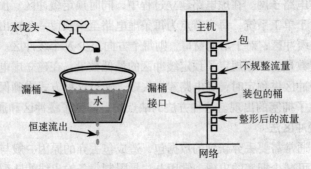

图 4-2　漏桶方法示意图

3）令牌桶方法。

漏桶方法强迫保持恒定的输出速率，而不管突发通信量的大小。在实际应用中，我们希望当突发通信量到来时，相应增大输出速率，以保证输入数据不会丢失。令牌桶方法就是满足这一要求的方法。假定要向通信子网发送一个包，就必须得到一个令牌，而得到一个令牌只能发送一个包。网络根据通信能力保证每隔一个固定的时间 τ 就产生一个令牌，置于令牌桶中。如果包的生成速度超过了令牌的生成速度，当消耗完令牌桶中所有令牌后，就无法及时得到令牌，因而所生成的包就不能传送，于是令牌桶方法通知主机延缓包的生成，从而保证进入子网的通信量与通信能力相匹配。令牌桶方法原理如图 4-3 所示。

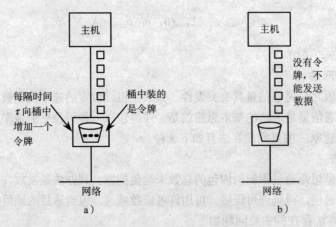

图 4-3　令牌桶原理

令牌桶方法与漏桶方法的区别是漏桶方法不允许空闲主机保留发送权，而令牌桶方法却允许，其允许发送的包的数量最大可达令牌桶的大小 n，即允许 n 个包的突发通信量同时传送，使得输出装置具备一定的处理突发通信量的能力，能对输入的突然增长提供更快的反应。另一区别是令牌桶方法在桶满时丢失的是令牌，而不是数据包，而漏桶方法在桶满时丢失的是数据包。

漏桶方法与令牌桶方法可以结合使用，以达到更好的控制效果。

2. 拥塞抑制方法

拥塞抑制方法是一种基于闭环控制原理的动态控制拥塞的方法，基本思想是，在拥塞出现或即将出现时，采取适当的措施进行控制，直到消除拥塞。

拥塞抑制方法比较多，这里只介绍一种方法，称为阻塞包算法。

好的拥塞控制算法应该是在拥塞发生时起作用，而在没有拥塞时不起作用，以最大限度地提高系统的吞吐量和效率。阻塞包算法就是这样一种方法。

设每条输出线有两个变量 μ 和 f，μ 为近期利用率，其值为 $0 \leqslant \mu \leqslant 1$，$f$ 为瞬时利用率，其值为 0 或 1。定义公式

$$\mu_{新} = \alpha \mu_{旧} + (1-\alpha) f$$

式中，α 取 0～1 之间的数值，反映输出线利用率修改的周期。可为 μ 定义一个阈值，当 μ 大于此值时，进入报警状态，否则算法不起作用。

阻塞包算法的工作过程可描述为：

1）（测量）节点收到包，重新计算 μ 值。

2）（判断）根据 μ 值判断是否为报警状态。

若不是，则转发包，转到步骤（1）处理下一个包。

若是，则转到步骤（3）。

3）（报警）判断该包在其他节点上是否触发发送过阻塞包。

若没有，则向源节点发送一个阻塞包，同时在收到的数据包上填入已发阻塞包标志。

转发包，转到步骤（4）。

4）（抑制）源节点在收到阻塞包后，将发送包的速度降低 X%。当在规定的时间间隔 τ 内如果没有收到新的阻塞包，就将发送速度提高 Y%（$Y < X$）。

上述算法在没有拥塞出现时，只进行步骤 1）和 2），对系统效率的影响完全可以忽略不计。在拥塞出现后，就通过让源节点减慢发送速度即减少网内包的数量的方式来缓解直至消除拥塞为止。此算法有如下 3 点需要强调：

- 对于一个包，在某处被发现有拥塞可能时，即做好标记，使其只发送一个阻塞包，不至于在每个节点都要发送阻塞包。否则，将会加重阻塞状况。
- 源节点每收到一个阻塞包（一定是针对不同数据包的）就将当前发送速度降低 X%，根据经验，X 一般取 50，即每次将发送速度减半。
- 源节点需增设一种新的功能，即每隔时间 τ 检查在该时间段内是否收到过阻塞包，以确定是否改变发送速度。通常，提高发送速度比减慢发送速度幅度小，即 $Y < X$。经验值取 Y 为 25。

上述算法仍有不足之处：

- 对阻塞包的处理。如果必须等到源节点收到阻塞包后才降低发送速度（减少发送包的数量），则在从发出阻塞包到最终减少的数据包到达相应节点的时间内，拥塞仍然存在且无任何改善。极端情况是同时有多个数据源的情况，当发现拥塞并发送完阻塞包之后，数据源的数据包已经全部发送到网上，此时降低发送速度已无任何意义而拥塞却没有解决。对此问题的一种改进是每个中间节点在收到阻塞包后都降低自己的转发速度。但这又可能导致中间节点输出速度小于输入速度，因此，要求每个中间节点要有适当多的缓冲区缓存收到的数据包。

- 公平性问题。源端主机在收到阻塞包后需要降低发送速度，但是可能会因某种原因导致多个数据源收到阻塞包的时间上有差异，使得有些源端因发送速度快已发送完而没有降低发送速度，有些源端因发送速度慢或数据多没有发送完而降低了发送速度，从而可能造成一种更慢的发送速度更慢，这对各主机来说是不公平的。对此问题的一种解决办法是在每个节点的每条输出线设置多个队列，对应每个源端有一个队列。在输出时轮流选择各队列中的包转发，以保证各源端数据转发机会的均等性。

3. 负载丢弃法

当上述所有办法都不能消除拥塞时，负载丢弃法就成为唯一可用的方法了。其基本思想是，当拥塞变得难以控制时，丢弃部分包，以使网内包的数量与通信能力相匹配。但任意丢弃包会给网络带来不利后果。例如，对于文件传输，如果丢弃的是前面的包，则会导致所有包重发；对于多媒体应用，如果丢弃后面的包，则保留下来的可能是无关紧要的信息。因此，如果能够针对不同的应用选择那些可丢弃的包丢弃，则可以解决拥塞问题。反之，可能不但不能有效解决拥塞问题，反而会加重随后的拥塞状况。

为了实现选择性丢弃策略，网络系统必须给包标上优先级或类型，让节点在决定丢弃包时可作出有利的选择。

4.2 路由算法

不同的网络对路由选择算法的要求也不一样，如军用网络要求可靠，一般网络要求经济，实时网络要求快速。但不论是什么网络，其路由选择算法都应满足以下一些基本要求。

- 正确性：路由选择算法应能使数据包迅速、正确地传送。
- 简单性：算法应尽量简单，易实现，开销小。
- 健壮性：算法能适应网络拓扑结构及流量的变化，在外部条件发生变化时仍能正确地完成要求的功能。
- 可靠性：不管运行多长时间，均应保持正确。例如，计数器必须要有足够的位数等。
- 公平性：各节点具有均等的发送信息的机会。

评价路由选择算法优劣的标准会因用户的不同而有所不同。总的来说，路由选择算法最好能找到一条从源节点到目的节点的最优路径。对最优的定义可能是经过的节点数或链路数最少、经过的距离最短、占用的系统带宽最少、路径具有的带宽最宽、所用的传输时间最短、通信费用最低等。

对最优路径作如下断言：如果节点 X 是从节点 I 到节点 J 的最优路径上的一个节点，那么该路径上从 X 到 J 的那段路径也必然是从 X 到 J 的最优路径。该断言称为最优化原则。可用反证法证明最优化原则的正确性，假定从 I 到 X 的路径为 R_1，从 X 到 J 的路径为 R_2，并假定 R_1-R_2 为最优路径。如果从 X 到 J 有一条比 R_2 更好的路径 R_2'，则路径 R_1-R_2' 应比 R_1-R_2 更好，这与 R_1-R_2 为最优路径相矛盾，故 R_2 必为从 X 到 J 的最优路径。后面介绍的距离-向量路由算法的选择策略就应用了最优化原则。

很多时候路由算法都以路径包含的链路数作为路径长度，显然长度越短，就认为越优。一条链路经常被称为一跳（hop）。在下面的介绍中，经过一个节点与经过一跳（一条链路）被当成是同等的。

4.2.1 静态路由与动态路由

按照实现方法的不同，可将路由选择算法分为静态路由选择算法与动态路由选择算法两大类。

1. 静态路由

静态路由选择算法是指不考虑网络的状态，只根据事先确定的规则进行路由选择的算法。主要包括随机路由选择算法、扩散路由选择算法、固定路由选择算法。这类算法的共同特点是实现简单、性能差、效率低。

静态路由选择算法只考虑了网络的静态状况，且主要考虑的是静态拓扑结构。在一个实际网络中，网络节点众多，随时都有节点开始或停止工作，网络的拓扑结构随时都有可能发生变化，同时各节点的通信请求也是不可预知的，网络上的负载状况也是动态变化的，因而采用静态路由选择算法一般不能很好地满足路由选择的基本要求，甚至根本就不能找到一条路径。因此研究既考虑拓扑结构又考虑通信负载的动态路由选择算法就十分必要。

典型的静态路由选择算法有以下 4 种。

（1）随机路由选择算法

当数据包到达一个节点后，该节点随机选择一条输出链路转发该数据包。有两种方法实现随机选择：一是完全随机法，假定与该节点相连的链路有 N 条，则产生一个从 1 到 N 之间的随机数 i，把数据包从第 i 条链路上转发。二是轮选法，即对所有输出链路排序，每来一个数据包，依次选一条输出链路转发。

不论采用什么方法，随机路由选择算法都有可能将所收到的数据包又从输入链路上转发出去，即将数据包原路返回。

该方法实现简单，但有可能使数据包在网络中循环传送而无法到达目的地。这不仅会大大延误传送时间，而且还占用了系统的资源。解决办法之一是采用计程法，即在数据包中增加一个字段，记录包经过的节点的数目，初值设为某个较大的值，如实际距离的两倍值，每经过一个节点，其值减 1。当值变为 0 时若还未到达目的节点，就丢弃该数据包。这种方法有明显的缺点，就是一个包已经经过 $2N$ 个节点转发后，可能下一步就会到达目的地，但却被丢弃了，这样可能会使系统资源的浪费和延迟更为严重。

（2）扩散路由选择算法

静态路由选择算法也称为洪泛（flooding）算法，其思想是节点将接收的包从输入链路之外的所有链路转发，即数据包每次都被复制多份。

该方法会产生大量的重复包，包的数目可能会呈指数规律增长。如果网络节点多，网络的速度较大，拓扑结构较复杂，则包的数目会达到难以控制的程度。解决这一问题有两种基本方法：

- 站计数法。在每个包中增加一个站点计数字段，初值设为从源节点到目的节点的路径长度，在不知道此值的条件下，一般设其为源节点到达目的节点的可能最多节点数（网络中的节点总数）。数据包每经过一个节点，站计数器减 1。当该值变为 0 时，若还未到达目的节点，就丢弃该数据包。
- 首次登录法。在每个包中增加一个序号字段，每个节点设置一张表记录首次到达本节点的包的序号。当收到一个包时，检查相应源节点发送的该包是否首次到达本节点。若是，则登录序号，并扩散转发；否则，丢弃该包。

扩散法的一种改进称为选择性扩散法。其思想是在转发时，并不是将数据包从所有输出链路上转发，而是选择那些与目的节点方向接近的链路转发。

扩散法具备一些特殊的用途，包括：

- 在广播式网络中，需要将信息发送到所有节点。
- 在军事网络中，由于网络系统在战时随时可能遭到破坏，拓扑结构随时可能发生变化，采用扩散法可以提高系统的可靠性和可用性。
- 在分布式数据库应用系统中，扩散法可用于并行更新所有数据库的内容。
- 作为评价其他路由选择算法的标准。采用扩散路由选择算法传输数据时，至少有一个包是经最优路径到达目的地。该数据值可用来评判各种路由选择算法的优劣。
- 在无线网络中，大多数无线网络都采用广播方式传输信息。
- 作为其他路由算法的辅助功能。

（3）固定路由选择算法

固定路由选择算法的思想是：每个节点保存一张从本节点到其他所有节点的输出线选择表，表中可以规定多条输出线，一般至少两条，分别称为主路径和辅路径。也可以规定更多的路径，称为备用路径。该表由网络管理人员指定，在网络运行前确定具体内容，在运行中一般不作修改。路由选择过程是：当节点收到数据包后，检查目的地址，然后在输出线选择表中查找到该目的地址的主路径输出线并从该输出线上转发数据包。该方法运行速度快，开销小。但固定路径由网络管理人员指定，一旦网络本身出现故障或其他原因导致拓扑结构发生变化，则原来指定的路径就可能走不通，数据包无法到达目的地，必须重新指定路径。对一个庞大而复杂的网络来说，任意两个节点之间的路径都由网络管理人员来指定，有时几乎是不可能的。即使可以指定，所指定的路径，也可能是非常低效的。

（4）最短路由选择算法

最短路由选择也叫标值试探法，其基本思想是，将网络表示成一个无向图，图中每条边表示一条链路，其上标出表示度量的数据，可以是链路的物理长度（节点间的距离）、通信延迟、带宽、平均通信量、队列平均长度、平均吞吐量等。然后每个节点据此计算从本节点到其他各节点的最优路径，并记录计算结果。当节点收到一个数据包需要转发时，通过包中的目的地址查找计算结果即可知道转发的输出链路并进行转发。最优路径的计算可通过Dijkstra算法实现。

2. 动态路由

动态路由也叫自适应路由选择算法，其工作过程包括如下4部分。

- 测量：测量并感知网络状态，主要包括拓扑结构、流量及通信延迟。
- 报告：向有关进程或节点报告测量结果。
- 更新：根据测量结果更新路由表。
- 决策：根据新路由表重选合适路径转发数据包。

根据测量方法与范围的不同，动态路由选择算法可分为孤立自适应路由选择算法和分布式自适应路由选择算法。

孤立自适应路由选择算法只根据本节点获知的网络信息确定数据包的输出链路，节点之间不交换路由信息。

典型的孤立自适应路由算法有如下2种。

（1）热土豆算法

热土豆算法的由来是源于当人拿到一个热土豆时，因害怕手被烫伤，总想尽快地将其丢出去。在网络中，每条输出链路都有若干缓冲区，供等待输出的数据包排队之用。热土豆算法的思想是，每收到一个数据包，总是选择队列最短的输出链路转发数据包，以求最快输出。

热土豆算法在转发数据包时，只考虑了队列的长度即包的数量，没有考虑网络的带宽及全网的负载状况。当网络每部分的带宽不一样时，该算法不能保证转发的路径是最优路径。

（2）反向探知算法

当一个节点首次转发到某一节点的数据包时，由于此前没有进行过相应的路由选择，因而要选择一条到该节点的路径并不是一件简单的事。但是如果碰巧本节点先前转发过从该数据包中所记录的目的节点到源节点的数据包，即当前数据包的反向路径，则本节点就可利用该信息，试探着沿原路径的反向路径转发数据包。反向探知算法就是采用这种方法来寻找路径的。

反向探知算法的明显缺点是：1）路径信息是间接的，不可靠的；2）当没有反向路径信息时，正常的路由选择就难以完成。

分布式自适应路由选择算法的共同特点是在进行路由选择时，不仅要利用本身获知的网络状态信息，而且还要同其他节点交换路由信息。主要有距离-向量路由算法和链路状态路由算法。下面用两小节重点介绍这两种算法。

4.2.2　距离-向量路由算法

距离-向量路由算法也叫分布式 Bellman-Ford 算法，或简称分布式路由选择算法，其基本思想是，每个节点保存一张距离-向量表，记录本节点到每个目的节点的最短距离和对应路径上的下一节点，通过与相邻节点交换信息来更新表中的内容。该算法被 Internet 中 RIP 路由协议使用。

距离向量表的基本内容为：

目的节点	最短距离	下一节点
…	…	…

表中每行表示到一个目的节点的路由。目的节点表示从本节点要到达的目的节点，最短距离表示到该目的节点的最短距离，下一节点表示从本节点出发到达目的节点的下一个转发节点。度量标准可以是延迟时间，也可以是跳数、等待输出的包的数量或其他值。如果度量标准为延迟时间，则每个节点都要定期向邻节点发送一个回声消息，邻节点在收到该消息后立即回送应答消息，据此测量它到邻节点的延迟时间。每个节点根据自己获知的信息计算到其他各节点的最优路径及距离，并传送给邻节点。

距离-向量算法在实际实现时，一般以经过的节点数或链路数（称为 hop 数或跳数）作为距离。实现过程可简要描述如下：

1）每个节点周期性地将自己的距离向量表发送给邻节点。

2）若某节点在给定的期间未收到邻节点的距离向量表，就将到该邻节点的距离设为∞（表示不可到达）。

3）节点收到邻节点的距离向量表后，根据最优化原则，更新自己的距离向量表。

例如，设某节点 S 经邻节点到达目的节点 Y，S 的邻节点为 X_1，X_2，…，X_n，则 S 需要从邻节点 $\{X_1, X_2, …, X_n\}$ 中选择之一进行转发。选择前先计算 S 经各邻节点到目的节点 Y 的最短距离：

$$D_{SYmin} = \min\{D_{SX1}+D_{X1Y}, D_{SX2}+D_{X2Y}, …, D_{SXn}+D_{XnY}\}$$

式中，D_{SX1}，D_{SX2}，…，D_{SXn} 是 S 到邻节点的距离值，当前已知；D_{X1Y}，D_{X2Y}，…，D_{XnY} 是各邻节点到目的节点 Y 的距离，通过交换信息后得到的值。找出 D_{SY} 最小的一条路径，如 X_i，作为转发节点。

下面通过一个具体的例子，说明距离-向量算法更新距离向量表的过程。

假定某时刻节点 A、B 的距离向量表分别如下所示。

A

目的节点	距 离	下一节点
A	0	A
B	1	B
C	2	D
D	1	D
E	2	D
F	∞	
G	∞	
H	∞	

B

目的节点	距 离	输出节点
A	1	A
B	0	B
C	∞	
D	2	A
E	∞	
F	∞	
G	2	H
H	1	H

A、B 交换距离向量表之后，分别更新自己的距离向量表，得到的结果如下。

A

目的节点	距 离	输出节点
A	0	A
B	1	B
C	2	D
D	1	D
E	2	D
F	∞	
G	3	B
H	2	B

B

目的节点	距 离	输出节点
A	1	A
B	0	B
C	3	A
D	2	A
E	3	A
F	∞	
G	2	H
H	1	H

距离-向量算法理论上能有效工作，但有诸多缺点，主要有如下 5 个方面。

1）爱听好消息，即对好消息反应快，对坏消息反应慢。例如，对于如图 4-4 所示的网络，开始时 A 与 B 未连接。此时当 B 要向 A 发送信息时，无法完成。在某时刻，A 与 B 连通，交换信息后，C 得知它可以到达 A，距离为 2。以后 D、E 依次得知分别有距离为 3、4 的路径到达 A。B 很快就获知到 A 的路径，这是好消息。若在某个时刻，A 与 B 断开了（可能是 A、B 间线路断开），这时 B 不能直接与 A 通信，但知道 C 与 A 间有通路（B 并不知道 C 与 A 间的具体路径是什么），于是就将信息发送给 C，由 C 转发；C 通过 B 无法转发，又会通过 D 转发（C 知道 D 与 A 间有路径），依此类推，直到经若干次交换信息，E 报告与 A 无法通信。这时 B 才断定与 A 不能通信。对这一坏消息，网络反应很慢。事实上是在测试了所有可能性后才知道，因为各节点间交换路径和延迟信息是逐步进行的。当网络很大时，这个过程是缓慢的。在这个例子中采用的测量标准是跳数，它存在一个上限值，容易判断什么时候停止测试。但是如果改用延迟时间作为测量标准，因为上限值无法确定，因而终止条件难以确定，只得让算法一直测量或等待下去。

图 4-4 对坏消息反应慢

2）无穷计算问题。如图 4-5 所示，A 的距离向量表记录的是经过 C 可以到达 D，距离为 2，

B 的距离向量表记录的是经过 C 可以到达 D，距离为 2。在某时刻，C、D 之间的链路断开，A、B 都不能经过 C 到达 D。但 A 会认为，B 可以到达 D，距离为 2，所以 A 可以经过 B 到达 D，距离为 3。而 B 会据此作出判断，因 A 可以到达 D 距离为 3，所以 B 可以经过 A 到达 D，距离为 4。这样，A、B 都认为可以经过对方到达 D，且距离越加越大。事实上，A、B 都不能到达 D。

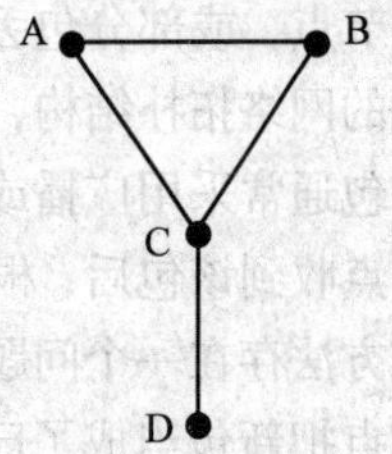

3）开销大。每个节点不仅要记录大量数据，而且还要周期性地与邻节点交换信息，增加大量通信开销。

4）可能造成阻塞。由于网络的延迟及路由信息的传播是通过邻节点间交换信息实现的，而这一过程是按周期分步完成的，使得网络中各节点获知网络状态的时间有先有后，导致大量数据包选择了先前是较优路径、而当前已不再是较优甚至是不通的路径转发，从而影响路由选择，最终导致网络阻塞。

图 4-5　无穷计算问题

5）没有考虑网络的带宽。早期的网络比较简单，各部分带宽是一致的，但现在网络已变得十分复杂，各部分性能可能相差甚远，带宽已是一个不可忽视的因素。

4.2.3　链路状态路由算法

链路状态路由选择算法是针对距离向量算法缺点提出的一种算法。

链路状态路由选择算法要求每个节点保存一张链路状态表，就是一个链路状态矩阵，其结构如表 4-1 所示。

表 4-1　链路状态表

	节点 1	...	节点 n
节点 1			
⋮			
节点 n			

其中交叉点的元素（节点 i，节点 j）的值表示从节点 i 到节点 j 的链路的状态值。

最简单的状态值是：1 表示节点 i 到节点 j 之间有链路存在，∞ 表示无链路。也可以用具体数值表示带宽、延迟时间、成本等。这样，链路状态路由算法的度量标准就比较灵活。

由此可知，每个节点保存的是整个网络的拓扑结构信息。

链路状态路由选择算法规定每个节点的工作分为如下 4 部分：

1）发现邻节点：任何节点工作时，都须知道邻节点是谁。其方法是向每个链路发送一个特殊的信息包，由链路另一端的节点回送一个应答包，节点据此知道邻节点是谁。

2）测量到邻节点的延迟

发送一个特殊的测量包到各邻节点，各邻节点收到该包后，必须立即应答。待收到应答后用所需时间除以 2 作为到相应节点的延迟。在测量延迟时，可考虑带宽因素对延迟的影响。一种方法是，测量多次，然后取平均值作为延迟，但在一个巨型网络中，一般不这样做；另一种方法是，测量延迟时把所有时间开销，如等待时间全部计算在内，这样一般能更真实地反映网络的状态。但这样做的缺点是，可能造成振荡，即在多条路径中在某个时刻一条路径延迟小，使得全部包都选择该路径，导致该路径堵塞，再测量时发现另外路径延迟小，所有包又选择到另外路径，使系统来回更换路径，即形成振荡，却不能均匀地分配这些通信负载到各路径上。

3）报告测量结果当一个节点测量到所有邻节点及延迟信息后，就用一个特殊的包（称为链路状态包）将测量的结果广播给网络上的所有节点。

链路状态包的内容包括：源节点，顺序号，{<邻节点，距离>}"

链路状态包的传送对算法的运行有着重要影响。因为，如果链路状态包以不同的延迟到达其他节点，或部分包丢失，就可能导致其他节点会使用不同版本的信息。而这些信息可能对应着不同的网络拓扑结构，从而可能导致路径的不一致性、死循环、不可到达及其他问题出现。链路状态包通常采用广播或扩散的方式传送。链路状态包中应包括一个序号，以区别不同的链路状态包。节点收到该包后，根据序号作相应处理。若该包已收到过，就丢弃；否则，记录该包并进行扩散。该方法存在一个问题，就是某节点在工作过程中因故复位，重新工作后序号从头开始，使得其他节点把新包当成了已接收过的旧包而丢弃掉。

为了减少广播链路状态包的数量，中间节点在收到链路状态包后可以先暂存一段时间，如果在这段时间内收到新的链路状态包，就丢弃先前暂存的旧包，把新收到的包继续扩散出去。如果没有收到新包，就把暂存的包扩散出去。这里需要解决的一个问题是暂存时间长度如何确定。

4）重新计算路由每个节点收到其他节点发送的链路状态包后，更新自己的链路状态表。当需要选择路由时，节点根据链路状态表使用 Dijkstra 算法计算到达任意节点的最优路径。

链路状态路由选择算法是 Internet 中 OSPF 路由协议所使用的算法。由于其链路状态包比较小（一个节点的邻节点很少），所以一次传送的路由信息比距离向量算法的少，并且没有无穷计算的问题。由于每个节点保存整个网络的拓扑结构图，因此，链路状态路由算法不能在规模很大的网络中使用。

4.2.4 层次路由算法

随着网络的增大，路由表会急剧增大。这些表格不仅占用大量存储器空间，更严重的是，测量、计算、交换网络状态及路由信息会占用大量的时间和带宽。当网络节点数达到一定规模后，再以节点为单位进行路由选择已变得不可能。层次路由选择算法就是针对这一情况而采取的解决方法。

层次路由选择算法也叫分级路由选择算法，其基本思想是先将网络分成区域，将区域分成簇，再将簇分成区，区分为组，直到最后每个单位内节点数较少为止。具体分多少层，要视网络的规模而定。在进行路由选择时，在每一层上，都以该层的划分单位作为一个虚拟节点进行路由选择，当包到达该虚拟节点后，再以下级划分单位进行路由选择，直到最后到达实际的目的节点为止。例如，在第一层，以区域为单位进行路由选择，而区域数可能较少，实现起来相对容易，到达一个区域后，再以簇为单位进行路由选择，依此类推。如对于 Internet，可将一个国家分为一个区域，这样在顶层就只有 200 多个虚拟节点，在每一个国家（区域）内，根据规模大小可进一步分成簇、区、组等。如在中国某处的一个节点要向美国的某节点发送信息，当进行路由选择时，不是直接找到达对方节点的路由，而是先找到达美国的路由。到达美国之后，路由由位于美国的节点依据相同的算法完成。

层次路由选择算法在每一层上的选择算法可采用前面已经介绍的方法实现。层数的多少，对路由选择的效率、性能会有不同的影响。Kamoun 和 Kleinrock 已证明，对于 N 个节点的网络，最优层数为 lnN，每个节点需要的表项总数为 $elnN$。

4.2.5 广播与组播路由选择算法

对于一些特定的应用，如天气预报、股市行情或电视节目等，一个节点需要将数据发送到其他所有节点。将数据同时发送给所有节点的方式称为广播。在有些应用中，一个节点需要将信息发送给网内部分节点，这种方式称为组播（Multicast）。为了方便，有时将这两种情况统称为广播。

1. 广播路由选择算法

实现广播的算法有多种，主要包括如下内容。

- 独立发送方法：这种方法不需要子网具有特殊的广播功能。当需要广播信息时，广播节点采用点对点传送策略将广播信息向每个节点发送一遍。这种方法不仅需要广播节点知道所有节点的地址，而且也非常浪费带宽，还导致目的节点接收信息的时间差。
- 扩散方法：用前面介绍的扩散方法发送。扩散方法的显著缺点是，产生太多的重复包，浪费带宽。因此必须采取控制策略，以防产生广播风暴。
- 多目的路由选择：让每个包都包含一张目的地址清单。每个中间节点根据地址清单确定输出链路集合，并复制包，制作新的目的地址清单。依照此过程，直到到达最后一个节点即目的地址清单为空为止。对于一个大型网络或者不知道目的节点地址的情况，此方法不适用。
- 生成树方法：生成树是子网的子集，包括所有节点，但不包含回路。该方法以源节点作为生成树的根，采用扩散方法转发数据包，是一种高效的实现方法。但问题是每个节点都需要知道相应的生成树。
- 逆向转发方法：近似于生成树方法但不需要事先知道生成树。该方法的基本思想是，当节点收到一个广播包时，就检查该包是否来自通常用于从本节点发送包到广播源的链路。若是，则此广播包极可能是从源节点来的第一个包，这时，本节点复制该包并将其从输入线外的所有链路转发；如果该广播包不是来自从本节点到达广播源的链路，即输入线不是从本节点到广播源的路径的初始输出线，就丢弃该包。

2. 组播路由选择算法

组播是一种更通用的情况，因为当只有一个目的节点时，就变成了点到点通信，当目的节点包括除源节点外的所有节点时，就变成了广播通信。

为了实现组播，需要计算一棵以源节点为树根、覆盖所有目的节点的生成树，这样的树被称为 Steiner 树。实现组播的方法有很多，这里介绍两种最常见的方法。

（1）最短路径树方法（SPT）

设目的节点为 d_1，d_2，…，d_n，源节点为 s，建立路径 s-d_1 作为原始的树，然后依次对 d_i，如果 d_i 不在树中，则计算 d_i 到已有的树的最短路径，并加入树中。最终得到一棵以 s 为树根的树。

（2）核心树方法（CBT）

确定一个到所有 d_i 的平均距离最短的节点 u，以 u 为树根，建立一棵包含所有目的节点 d_i 的树，组播时，s 先把信息发送给 u，u 通过组播树组播到所有目的节点。

CBT 方法特别适合组组播应用。组组播是指每个节点都要把信息组播到其他节点。

4.3 IPv4

IPv4 协议，俗称 IP 协议，是网络层的核心协议，也是 TCP/IP 协议簇的核心协议。IP 协议包含功能众多，是 TCP/IP 协议簇中最复杂的协议之一。Internet 的数据几乎都是通过 IP 协议传送的，IP 协议将其传送数据的单位称为 IP 数据报（IP Datagram），简称为数据报。在介绍 IP 协议时，我们将不加区分地使用 IP 数据报、IP 包、IP 分组三个概念。

4.3.1 IPv4 分组

4.3.1.1 IP 分组格式

IP 分组的格式如图 4-6 所示。

<table>
<tr><td colspan="6">32 位</td></tr>
<tr><td>版本</td><td>首部长度</td><td>服务类型</td><td colspan="3">总长度</td></tr>
<tr><td colspan="3">标识</td><td>标志</td><td colspan="2">片偏移</td></tr>
<tr><td colspan="2">生存时间</td><td>协议</td><td colspan="3">首部检验和</td></tr>
<tr><td colspan="6">源地址</td></tr>
<tr><td colspan="6">目的地址</td></tr>
<tr><td colspan="5">可选字段（长度可变）</td><td>填充</td></tr>
<tr><td colspan="6">数据部分</td></tr>
</table>

图 4-6 IPv4 分组格式

- 版本：4 位，指 IP 协议的版本，IPv4 协议版本号为 4 。
- 首部长度：4 位，可表示的最大数值是 15 个单位（一个单位为 4 字节），因此 IP 的首部长度的最大值是 60 字节。
- 服务类型： 8 位，用来表示不同的服务质量。格式为 PPPDTR00，PPP 定义优先级，D 为延迟，T 为吞吐量，R 为可靠性。D、T、R 的值取 0 表示低，取 1 表示高。在相当长一段时期内并没有人使用服务类型字段，1998 年这个字段改名为区分服务，只有在使用区分服务（DiffServ）时，这个字段才起作用。
- 总长度：16 位，指首部加上数据部分的总长度，单位为字节，因此分组的最大长度为 65 535 字节。但在实际应用中，每个网络都有一个允许传送的最大分组长度，称为最大传送单元 MTU，总长度必须不超过 MTU。
- 标识：16 位，可以看成是 IP 分组的编号。
- 标志：3 位，目前只定义了两位。标志字段中间的一位是 DF （Don't Fragment）。只有当 DF = 0 时才允许分片。不同的网络允许 IP 分组的长度不同，当一个具有较大长度的 IP 分组发送到一个具有较小分组长度的网络时，需要将前者网络中大的 IP 分组分解成可在后者网络中传送的小分组，这个小分组被称为分片。DF=1 表示该 IP 分组不允许被分片，此时，只有把该 IP 分组丢弃，传送失败。标志字段的最低位叫 MF（More Fragment）。如果原来一个分组被分解成多个数据片，MF = 1 表示后面还有属于同一 IP 分组的分片，MF = 0 表示这是最后一个分片。属于同一 IP 分组的所有分片到达目的地后，重新组装成一个 IP 分组。这些分片的识别和组装，就靠 16 位的标识，属于同一 IP 分组的所有分片，其标识字段的值相同。
- 片偏移：12 位，表示本分片在原分组中的相对位置。片偏移以 8 个字节为偏移单位。
- 生存时间：8 位，记为 TTL，表示分组在网络中的寿命，初始值设置为允许经过的跳数，一般为 15，即一个 IP 分组在网络最多允许经过 16 段链路。每经过一个转发节点，将该值减 1，如果减到 0 还没有到达目的地，就将其丢弃。
- 协议：8 位，指出此分组携带的数据使用何种协议，以便目的主机的 IP 层将数据部分上交给某一个处理过程。其对应关系为：ICMP：1，IGMP：2，TCP：6，EGP：8，IGP：9，UDP：17，IPv6：41，OSPF：89。

- 首部检验和：16 位。对分组的首部（不包括数据部分）产生的校验和。其生成方法是 16 位为一个字，按字进行补码加法，再将和取反。因为每经过一个中间节点，TTL 都会变化，所以校验和也要重新计算。
- 源地址：4 字节，源主机的 IP 地址。
- 目的地址：4 字节，目的主机的 IP 地址。
- 可选字段：用来增加 IP 分组的功能。
- 填充：任意数据，使头部的总位数为 32 位整数倍。
- 数据部分：具体的数据，其内容和协议字段有很大的关系。假如协议字段指明是 TCP 协议，那么数据部分就是一个 TCP 报文的内容。

4.3.1.2　IP 分组的封装与分片

IP 分组分片除了前述因为不同网络 MTU 大小不同外，还有一个原因是 I 分组太长不能封装到较短的数据链路层帧中传送。如果 IP 分组传送时进行了分片，IP 首部的"总长度"字段不是指未分片前的分组长度，而是指分片后每片的首部长度与数据长度的总和。

也就是说 IP 分组的长度一定不能超过数据链路层的最大传送单元 MTU。以太网的 MTU 为 1518B（数据部分为 1500B），PPP 的 MTU 为 296B，FDDI 的 MTU 为 4352B，令牌环的 MTU 为 4464B。图 4-7 给出了一个数据部分为 3800 字节的 IP 分组的分片与封装结果。

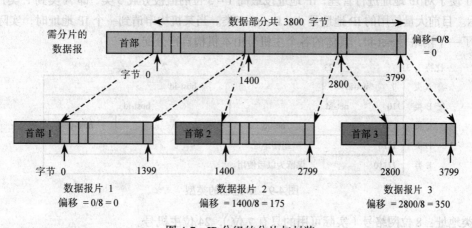

图 4-7　IP 分组的分片与封装

4.3.2　IPv4 地址与 NAT

4.3.2.1　IP 地址

1. IP 地址及其表示

Internet 中有数以亿计的主机和路由器，为了实现彼此之间的通信，需要用一种方法识别和区分它们。IP 协议识别和区分这些设备的方法就是规定每台设备需要有一个统一格式的、全球唯一的地址，该地址被称为 IP 地址。一台设备至少拥有一个 IP 地址，任何两台设备的 IP 地址不能相同，但是允许一台设备拥有多个 IP 地址。

IP 地址是人为分配的一个号码，与硬件没有任何关系，所以也称为逻辑地址。

IP 地址由 Internet 名字与号码分配公司 ICANN（Internet Corporation for Assigned Names and

Numbers）进行分配。实际上 ICANN 只负责按国家或地区分配地址区间，而由相应国家或地区的网络管理机构具体进行其内部的 IP 地址分配。

IP 地址由 32 位二进制数，即 4 个字节组成，通常用句点表示法表示，记为 XX.XX.XX.XX，如 192.168.1.254。

IP 地址的主要特点是：

- IP 地址表示一台主机或路由器与一个网络之间的连接，如果一台主机与多个网络连接，就需要多个 IP 地址。例如一个路由器至少连接到两个网络，因此一个路由器至少应当有两个不同的 IP 地址。
- 所有网络都是平等的。

2. IP 地址结构及类别

IP 地址由网络号和主机号两部分组成，这样的 IP 地址是两级 IP 地址，如图 4-8 所示。IP 地址的这种结构使我们可以在 Internet 上很方便地进行寻址，这就是：先按 IP 地址中的网络号（net-id）把网络找到，再按主机号（host-id）把主机找到。所以 IP 地址并不只是一个计算机的代号，而是指出了连接到某网络上的某计算机。

比特 31   0

网络号（net-id）	主机号（host-id）

图 4-8 IP 地址结构

为了便于对 IP 地址进行管理，IP 地址按最高 1～5 位的值被分成 5 类，即 A 类到 E 类，如图 4-9 所示。目前大量使用的 IP 地址是 A、B、C 三类。当某机构申请到一个 IP 地址时，实际上只是获得了一个网络号 net-id，具体的各个主机号由本机构自行分配。

比特 31   23   15   7   0

A 类	0 net-id	host-id
B 类	10 net-id	host-id
C 类	110 net-id	host-id
D 类	1110 组播地址	
E 类	11110 保留为以后使用	

图 4-9 IP 地址的类型

A 类地址：8 位网络号（实际可用的只有 7 位），24 位主机号。

B 类地址：16 位网络号（实际可用的只有 14 位），16 位主机号。

C 类地址：24 位网络号（实际可用的只有 21 位），8 位主机号。

各类地址的地址范围如表 4-2 所示。

表 4-2 各类 IP 地址范围

类别	范围	可用首网络号	可用末网络号	网络数	网内主机数
A	0.0.0.0 ~ 127.255.255.255	1	126	$126(2^7-2)$	16 777 214
B	128.0.0.0 ~ 191.255.255.255	128.0	191.255	$16\,384(2^{14})$	65 534
C	192.0.0.0 ~ 223.255.255.255	192.0.0	223.255.255	$2097\,152\ (2^{21})$	254
D	224.0.0.0 ~ 239.255.255.255				
E	240.0.0.0 ~ 255.255.255.255				

全 0、全 1 的地址不能作为普通地址使用，因此表 4-3 中所列数据扣除了这些特定地址。

3. 特殊 IP 地址

IP 定义了一套特殊地址，称为保留地址。这些特殊地址具有特殊用途，如表 4-3 所示。

表 4-3 特殊 IP 地址

net-id	host-id	源地址	目的地址	含　义
0	0	可	不可	本网上的本机
0	xx	可	不可	本网上的某主机
全 1	全 1	不可	可	本网内广播
Xx	全 1	不可	可	对目的网络广播
127	xx	可	可	Loopback 测试
169.254	xx.xx			DHCP 因故障而分配的一个地址
10	xx.xx.xx			
172.16～172.31	xx.xx			私有地址，用于内部网络
192.168.xx	xx			

4.3.2.2　NAT

Internet 的 IP 地址有本地地址和全球地址两类。本地地址仅在机构内部使用，由本机构自行分配，而不需要向 Internet 的管理机构申请。全球地址顾名思义是在全球唯一的，必须向 Internet 的管理机构申请。由于本地地址可以由机构自行分配，所有人都可以同时使用，在一定程度上缓解了 IP 地址不足的问题。但 Internet 中的所有路由器对目的地址是本地地址的数据包一律不进行转发。这就需要使用 NAT（Network Address Translation，网络地址转换）。通常由路由器或专用 NAT 设备担任 IP 地址转换的功能，且要在专用网连接到 Internet 的路由器或专用设备上安装 NAT 软件，装有 NAT 软件的路由器叫做 NAT 路由器，它至少有一个有效的外部全球地址。其实现模型如图 4-10 所示。

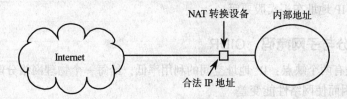

图 4-10　NAT 模型

NAT 有三种实现方式：静态 NAT、动态 NAT、端口地址转换 PAT。

静态 NAT：实现起来最为简单和容易，内部网络中的每个主机都被永久映射成某个全球地址。

动态 NAT：设有一个地址池，地址池中有多个全球地址用来对内部地址进行映射，但不固定绑定。

端口地址转换 PAT：一个外网地址可以和多个内网地址（如一个网段）进行映射，同时在该地址上加上一个由 NAT 设备指定的 TCP/UDP 的端口号来进行区分。通过使用 PAT 可以让成百上千的本地地址节点使用一个全球地址访问 Internet。PAT 普遍应用于接入设备中，它可以将中小型的网络隐藏在一个合法的 IP 地址后面。通过这种方式把内部主机隐藏起来，从而实现了内部主机的安全性。

PAT 的实现方案。设内部地址分别为 A1、A2、A3、…，在每个 Ai 上有多个应用，其端口号为 P1、P2、…，PAT 的全球地址为 B。建立一张对照表，其结构如表 4-4 所示。

表 4-4　对照表

内部 IP	端 口 号	变换端口号
A1	P1	30000
A1	P2	30001
…	…	…

"内部 IP+端口号"为关键字。

以 A1 为例，A1 组成一个 IP 包，其目的地址和目的端口号指向一个合法的服务器地址，其源地址为 A1，源端口号为 P1。如果该 IP 包直接发送给服务器，则服务器送回的应答包中的目的地址为 A1，路由器不会转发，A1 不可能收到这个包。所以 A1 不能实现与 Internet 的通信。现在，A1 的包经过 PAT 时，PAT 对该包进行了修改。修改方法是：

1）PAT 查找转换表，看 A1+P1 是否存在；

2）若不存在，生成一个新的变换端口号（比如 30000），将 A1、P1、新的变换端口号存入对照表，转到步骤 3）；

3）（此时已存在）取出变换端口号 P，将 IP 包中的源地址改为 B，源端口号改为 P，发送出去；

4）PAT 收到一个应答包后，用包中的目的端口号 P（目的地址肯定是 B）到对照表中查找对应的内部 IP 和端口号；

5）将该包的目的地址改为查到的内部 IP，目的端口号改为查到的端口号，然后将修改后的 IP 包发送到内部网上。

通过这种方式，内部网只需要有一个合法的 IP 地址就能实现全网访问 Internet。

PAT 的一个附带的功能是可以对所有包（进而对所有人）进行监控，比如某个 IP 地址在进行 MSN 聊天，某个 IP 地址在买卖股票等。

4.3.3　子网划分与子网掩码、CIDR

两级 IP 地址有两个缺点：IP 地址空间的利用率低；给每一个物理网络分配一个网络号会使路由表变得太大因而使网络性能变差。

为此，可将一个规模较大的网分成相对独立的部分（称为子网），子网之间的通信类似于不同网络之间的通信。划分子网的优点如下。

- 减轻网络的拥塞状况：原来在一个网络的主机分散到多个子网（相当于独立的网络），借助路由器隔离，大大减少每个子网内传输的信息量。
- 方便使用多种通信介质：每个子网可使用不同的通信介质。
- 减轻 CPU 负担：子网之间有路由器隔离，减少了子网内广播消息的数量，因为每个广播消息都需要 CPU 处理，所以这样就减轻了 CPU 负担。
- 容易排错：将错误控制在子网范围内。
- 提高安全性：一个子网的广播消息不会轻易到达其他子网，降低了信息泄露的机会。

划分子网的方法是：将主机号进一步分成子网号和新的主机号两部分：

$$\text{IP 地址}=\text{网络号（net-id）}+<\text{子网号（subnet-id）}+\text{主机号（host-id）}>$$

如图 4-11 所示。

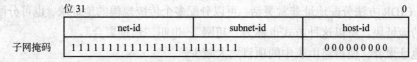

图 4-11　三级 IP 地址的类型及子网掩码

为了区分 net-id 和 subnet-id，定义了子网掩码（mask，亦称屏蔽码）。所谓子网掩码是指格式与 IP 地址相似、对应 net-id 和 subnet-id 部分为全 1、对应 host-id 部分为全 0 的 32 位整数。子网掩码采用句点法表示，例如 255.255.255.0。

划分子网纯属机构内部的事情，对外仍然表现为没有划分子网的网络。

划分子网后，同一子网内所有主机的网络地址、子网地址、子网掩码必须相同。在转发分组时，将网络地址和子网地址合并在一起，我们称之为广义网络地址。广义网络地址的计算方法如下：

广义网络地址=（IP 地址）AND（子网掩码）

采用分类的 IP 地址，带来了一些比较严重的问题，比如：

- A 类地址早已分配完，B 类地址在 1992 年已分配了近一半，按当时的发展速度，B 类地址将在 1994 年 3 月全部分配完毕，只剩下一部分 C 类地址。
- Internet 主干网上的路由表中的项目数急剧增长（从几千个增长到几万个）。
- 整个 IPv4 的地址空间最终将全部耗尽。

1987 年，RFC1009 指明在一个划分子网的网络中可同时使用几个不同的子网掩码。使用变长子网掩码 VLSM（Variable Length Subnet Mask）可进一步提高 IP 地址资源的利用率。

在 VLSM 的基础上又进一步研究出无分类编址方法，并正式命名为无分类域间路由选择 CIDR（Classless Inter-Domain Routing）。

CIDR 将 IP 地址看成两级结构，其格式为：

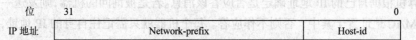

CIDR 采用"IP 首地址/网络前缀位数"的方法表示 IP 地址，如 128.14.32.0/20，即在 IP 地址后面加上一个斜线"/"，然后写上网络前缀所占的位数。

CIDR 把网络前缀相同的连续的 IP 地址组成的地址区间称为 CIDR 地址块。根据 CIDR 地址表示方法，可以方便地知道一个 CIDR 地址块中的最小地址和最大地址。其方法是首先计算出主机地址的位数 n（=32–前缀位数），再将 IP 地址中后 n 位分别设置成全 0、全 1，就得到该地址块的最小地址和最大地址。

CIDR 除了上述记法外，还经常使用下述几种简化记法：

1）省掉地址中低位为 0 的部分。例如，128.14.32/12。

2）前缀后面加星号，例如 0000101000*，表示前缀为 10 位，其余 22 位表示主机。

可以看出，传统的二级地址结构，前缀是 8 位、16 位或 24 位，因此地址的分配分别对应于 24 位主机地址块、16 位主机地址块、8 位主机地址块。如果一个机构只需要 30 个地址，最坏情况是为其分配一个 A 类地址，其中浪费的地址数巨大，最好的情况是分配一个 C 类地址，也会浪费 200 多个地址。如果用 CIDR 方法分配，可以为其分配一个前缀 27 位，具有 32 个地址的地址块，这样几乎不浪费地址。

因此，CIDR 方法分配地址非常灵活，可以分配多个传统规模的地址块，也可分配 1/n 个传统网络规模的地址块。所以这种方式也称为"超网"，也叫"地址聚合"。

通过地址聚合，使得路由表中的项目大大减少。

在 CIDR 法中，不再使用子网掩码。但因为习惯原因，还是经常把前缀部分对应全 1、主机部分对应全 0 的一个传统子网掩码称为掩码（去掉"子网"二字）。

4.3.4 ARP、RARP、ICMP 和 DHCP 协议

4.3.4.1 ARP 协议

网络中的一个主机既有逻辑地址（IP 地址）也有物理地址（MAC 地址）。逻辑地址是为了管理方便而设置的，就像一个学生的学号，在小学有一个学号，在初中、高中和大学也各有不同的学号。而物理地址就像一个人的姓名是与生俱来的，对一个主机来说，如果不换网卡那么它永远就是网卡上那个地址。逻辑地址是网络层的协议使用的地址，物理地址是数据链路层的协议使用的地址。

在通常情况下，当要访问一个主机时可以知道它的 IP 地址，而 MAC 地址就不一定知道。如果不知道 MAC 地址，那么就不能把网络层的数据包封装成 MAC 帧，完不成通信。ARP 协议正是为了解决这个问题而设置的。ARP 协议的功能就是通过已知的 IP 地址找到自己的 MAC 地址。

1. ARP 的实现方法

实现从 IP 地址寻找 MAC 地址，有 3 种可能的方法：

1）对照表方法。建立一个 IP 地址与 MAC 地址的对照表，并将其存放于每台机器上。这样，每当需要从 IP 地址转换成 MAC 地址时，就去查找对照表。

这种方法的优点是实现简单，缺点却很多。主要缺点有：要人工建立、分发对照表，容易出错；建立、分发对照表具有滞后效应，实时性满足不了要求。

2）广播询问方法。当需要获取 MAC 地址时，就广播一个包含 IP 地址的消息，收到该消息的每台计算机根据自己的 IP 地址确定是否应答该消息。若是被询问的机器，则发送一个应答消息，将自己的 MAC 地址置于其中，否则不作应答。每个机器就只需记住自身的 IP 地址，且该地址可动态改变。

该方法的缺点是：广播消息在 Internet 上只能在本网范围内传送，当要查询的 MAC 地址不在本网内时，该方法就失效了。

3）ARP 服务器法。在网络上设立一个 ARP 服务器，在其上自动建立 IP 地址与 MAC 地址的对照表，当某台主机需要查询 MAC 地址时，就向 ARP 服务器发送一个查询消息，ARP 服务器应答一个包含对应 MAC 地址的消息。

ARP 使用的是第 2）种方法。

为了提高获取 MAC 地址的速度，ARP 协议在本地设置有一个 IP 地址和 MAC 地址对应关系的高速缓存。当需要 MAC 地址时，首先在高速缓存中查看有无需要的 MAC 地址，若有，则直接使用该 MAC 地址。若无，ARP 协议则在本网上广播一个 ARP 请求分组。当收到应答后，将对应关系写入高速缓存供以后使用。同时，对方也修改高速缓存，记录发送请求者的 MAC 地址。

该方法的一个缺点是，如果在工作过程中某台主机更换了网卡（MAC 地址）或更换了 IP 地址，则会导致错误。因此高速缓存的内容要经常更新。

2. ARP 包格式

ARP 包的格式如图 4-12 所示。

位 31		16	0
硬件类型			协议类型
硬件地址长度	协议长度		操作
发送方 MAC 地址（字节 0-3）			
发送方 MAC 地址（字节 4-5）		发送方 IP 地址（字节 0-1）	
发送方 IP 地址（字节 2-3）		目标 MAC 地址（字节 0-1）	
目标 MAC 地址（字节 2-5）			
目标 IP 地址（字节 0-3）			

图 4-12　ARP 包格式

硬件类型：发送方想知道的硬件接口类型，以太网的值为 1。

协议类型：发送方提供的高层协议地址类型，IP 地址为 0806H。

操作：ARP 请求 1），ARP 响应 2），RARP 请求 3），RARP 响应 4）。

协议长度：高层协议地址长度。

发送方 MAC 地址：发送方的 MAC 地址。

目标 MAC 地址：接收方（要查询的）MAC 地址。

在 ARP 请求包中，发送方的 IP 地址、发送方 MAC 地址、目标 IP 地址都写入已知的数据，要寻找的目标 MAC 地址写入全 0。

4.3.4.2　RARP 协议

1. RARP 的功能

有时候，一个主机虽然已经有合法的 IP 地址，但却不知道自己的 IP 地址，只知道自己的 MAC 地址，这时，就不能与外界通信。

这种情况主要发生在无盘工作站的环境。因为主机没有外存，本地不能存放 IP 地址，所以需要一个 RARP 服务器来存放 IP 地址和硬件地址的对应关系。当一台主机想要连接 Internet 时，它需要用自己网卡上的 MAC 硬件地址到 RARP 服务器上取回自己的 IP 地址。

RARP 的功能就是通过 MAC 地址获取已分配给自己的 IP 地址。

2. RARP 的实现

RARP 协议建立一个 RARP 服务器，其中存放 MAC 地址与 IP 地址的对照表。当一台主机查询 IP 地址时，向 RARP 服务器发送一个 RARP 包，服务器应答一个包含其 IP 地址的包。

4.3.4.3　ICMP 协议

1. ICMP 的目的

IP 数据报在传送过程中可能会出现各种不同的情况，比如目的主机不可达或不存在、TTL 过期（减到 0 了）、IP 头部校验错等。这时一个最简单的处理方案是发现错误的主机或路由器直接把 IP 数据报丢弃，其他什么都不做。但这显然不是最好的方案，因为源主机发送数据后没有得到任何回应，不知道该如何继续。

ICMP（Internet 控制报文协议）就是为了解决上述问题而提出的一种协议。ICMP 协议用于主机或路由器在出现错误时向其他主机或路由器报告所出现的错误或异常情况。

一般认为 ICMP 是网络内部的功能，不提供给用户使用。

2. ICMP 报文及其传送

ICMP 报文分为 ICMP 差错报告报文和 ICMP 询问报文两类。ICMP 报文格式如图 4-13 所示。表 4-5 给出了几种常用的 ICMP 报文类型及其用途。

表 4-5　几种 ICMP 报文及功能

ICMP 报文类型	类型的值	ICMP 报文的含义	功　能
差错报告报文	3	目的站不可达	当路由器不能把数据报转交给目的站时，就向源站发送终点不可达报文
	4	源站抑制	当路由器由于拥塞而丢弃数据报时，就向源站发送源站抑制报文，使源站放慢数据报的发送速度
	5	改变路由	当路由器发现主机可以把数据报发送给另外一个路由器，使数据报沿着更短更好的路由被转发时发送此报文
	11	时间超时	当路由器收到一个 IP 数据报，发现它的生存时间为零，或主机在预订的时间内无法完成数据报的重装时，则向源站发送时间超时报文
	12	参数问题	当路由器或目的站发现收到的数据报首部字段中有不正确的字段时，就向源站发送参数问题报文
询问报文	8 或 10	回送请求或回答	当需要测试某一目的站点是否可达时，就发送一个 ICMP 回送请求报文，然后目的站点会向发送站回送一个 ICMP 回答报文
	13 或 14	时间戳请求或回答	当需要每个路由器或主机给出当前的日期和时间时，就发送时间戳请求报文，然后被请求方会回送一个时间戳回答报文，告知自己当前的日期和时间。这样可以用来测试通信延迟

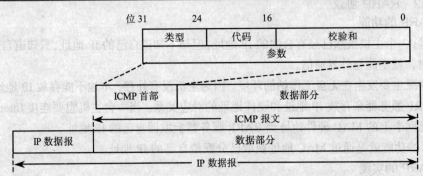

图 4-13　ICMP 报文格式

代码值是对类型的细化，二者共同确定一个 ICMP 报文的功能。下面列出一些常见的代码。

类型=3（目的站不可达），代码值的范围是 0~15：

0：网络不可达

1：主机不可达

2：协议不可达

3：端口不可达

5：源路由选择不能完成

6：目的网络不可知

7：目的主机不可知

类型=12（参数问题），代码值为 0 或 1：

0：报头的一个字段出错

1：缺少所需要的选项

类型=5（改变路由），代码值为 0~3：

0：对特定网络的路由改变

1：对特定主机的路由改变

2：对服务类型和特定网络的路由改变

3：对服务类型和特定主机的路由改变

其他情况，代码值一般设为 0。

3. ICMP 的应用

ICMP 有很多应用，这里给出几个应用的例子。

（1）分组网间探测 PING（Packet InterNet Groper）

PING 是常用的测试两台主机是否连通的工具。其实现方法是：

测试方发送一个类型值为 13 的请求报文，被测试方回送一个类型值为 14、且包含时间戳的应答报文。测试方据此确定被测试方是否连接到网上、到对方所需要的时间。PING 一般连续进行三次。PING 直接使用 ICMP 而不经过 TCP 或 UDP。

（2）路径跟踪（traceroute/tracert）

前者为 UNIX 使用的名字，后者是 Windows 使用的名字。它是用于跟踪一个分组从源点到目的点的传送路径。

其实现方法是：

源主机向目的主机发送一连串的 IP 数据报 P1，P2，……其中封装的是错误的 UDP 报文（IP 地址正确，端口号不正确）。P1 的 TTL=1，当到达第一个路由器 R1 时，被丢弃，R1 回送一个超时 ICMP 报文。P2 的 TTL=2，第二个路由器将其丢弃，回送一个超时的 ICMP 报文。接下来重复这一过程，直到第 n 个包 Pn，Rn 回送目的主机不可达报文。由此可以跟踪到从源主机到目的主机所要经过的一系列路由器。

（3）拓扑发现

在一个网络内有很多主机，现在需要知道究竟有哪些主机（IP 地址）。实现方法是：

从指定网络内的第一个主机地址开始，依次向每个地址发送一个回送请求报文（类型=8），如果收到回答（类型=10），表明该地址当前连在网络上。

如果实现将所有主机在网络上的位置做成一个地图（地理位置图），并记录下每个位置的 IP 地址，这样通过上述测试，就可以把连通的主机用一种方式（比如亮灯）显示出来，能直观地看到网络的连接状况。

4.3.4.4　DHCP 协议

1. DHCP 的功能

在大型网络中，为每台设备分配 IP 地址是一件麻烦的事情。另外，可能没有足够多的 IP 地址为每台设备固定一个 IP 地址，按需申请、用完归还的方法，可以缓解 IP 地址不够的问题。DHCP（动态主机配置协议）是一种集中管理和自动分配 IP 地址的协议。DHCP 使网络管理员能从中心节点监控和分配 IP 地址。当某台计算机移到网络中的其他位置时，能自动收到新的 IP 地址。

DHCP 使用一个 IP 地址池记录所管理的 IP 地址，分配时从地址池中取一个地址分配给特定设备，用完后回收，加进地址池。不采用将硬件地址映射到 IP 地址的静态表。

DHCP 使用了租约的概念，表示 IP 地址的有效期。租用时间是不定的，主要取决于用户在某地连接 Internet 的时间。

DHCP 分配 IP 地址有 3 种方式。

（1）人工分配

也称为静态分配，利用 DHCP 为设备分配一个固定的 IP 地址。这在有些条件下是必要的。例如，有一个内部局域网，使用保留 IP 地址 192.168.0.1 ~ 192.168.0.254，通过一个带 DHCP 的路由器连接到 Internet 上，局域网中有一个 Web 服务器和一个 FTP 服务器，要求能被 Internet 上的用户访问，路由器有一个合法的 IP 地址 A。由于 Web 服务器和 FTP 服务器没有合法的 IP 地址，不能被 Internet 访问。现在利用路由器和 DHCP 的功能，可以为 Web 服务器和 FTP 分配一个固定的 IP 地址，例如，192.168.0.1 和 192.168.0.2，然后利用路由器的功能，将 A 映射到 192.168.0.1 和 192.168.0.2，这样内网上的 Web 服务器和 FTP 服务器就能被 Internet 访问了。

（2）动态分配

DHCP 从地址池中分配一个 IP 地址给申请者，并在租约结束后收回该地址。动态分配的特点是：可以实现 IP 地址的共享、动态使用；实现自动操作，无须人工干预；实现地址集中管理；避免地址分配冲突；移动更加方便。

（3）自动分配

从可用地址池中选择一个地址，自动地将其永久地分配给一台设备。这种方式适合有足够多的 IP 地址、每台设备又需要有固定地址的情况。

2. DHCP 消息类型

DHCP 的消息类型如表 4-6 所示。

表 4-6　DHCP 消息类型

消　息	功　能
DHCPDISCOVER	客户进行广播以确定本地可用的服务器
DHCPOFFER	服务器给客户的应答，在其中包括了配置参数
DHCPREQUEST	客户发送给服务器：客户从一台服务器上请求配置信息；在系统重新启动后，利用这个消息确认原来分配的网络地址仍然有效；客户要求对特定的网络地址租用时间延期
DHCPACK	服务器发向用户的消息，包括了配置参数和网络地址
DHCPNAK	服务器发向用户的消息，告知客户当前使用的网络地址无效或租期已满
DHCPDECLINE	客户发向服务器的消息，告知服务器此地址已被使用
DHCPRELEASE	客户发向服务器的消息，告知服务器此地址不再使用
DHCPINFORM	客户发向服务器的消息，要求服务器发送本地配置信息，客户已经配置好了网络地址，不需要再发送网络地址了

3. DHCP 的工作过程

DHCP 采用客户/服务器的工作方式，其工作过程如下：

1）DHCP 服务器打开 UDP 67 端口，监听请求；

2）DHCP 客户从端口 68 利用 UDP 向服务器发送 DHCPDISCOVER 报文，寻找 DHCP 服务器；

3）收到 DHCPDISCOVER 报文的 DHCP 服务器都发出 DHCPOFFER 报文作为应答；

4）DHCP 客户从多个 DHCP 服务器中选择一个，然后向其发送 DHCPREQUEST 报文；

5）DHCP 服务器回送 DHCPACK，包含分配的 IP 地址；

6）租用期过了一半，DHCP 客户发送请求报文 DHCPREQUEST 要求更新租用期；

7）DHCP 服务器若同意，则发回确认报文 DHCPACK。DHCP 客户得到了新的租用期，重新设置计时器；

8）DHCP 服务器若不同意，则发回否认报文 DHCPNACK。这时，DHCP 客户必须立即停止使用原来的 IP 地址，而必须重新申请 IP 地址（回到第 2）步）；

9）DHCP 客户可随时提前终止服务器所提供的租用期，这时只需向 DHCP 服务器发送释放报文 DHCPRELEASE 即可。

另外，若 DHCP 服务器不响应第 6）步的请求报文 DHCPREQUEST，则在租用期过了 87.5% 时，DHCP 客户必须重新发送请求报文 DHCPREQUEST（重复第 6）步），然后又继续后面的步骤。

4.4 IPv6

4.4.1 IPv6 的主要特点

IPv4 经过 20 多年的使用，逐步暴露出自身的问题，主要表现在：

- 地址空间不足，导致 IP 地址成为稀缺资源。虽然 CIDR、NAT 等技术推迟了 IP 地址耗尽的时间，但不能从根本上解决问题。
- IPv4 的地址分配与路由方案，使得路由器中路由表规模过大，降低了响应速度；同时地址分配机制不灵活，配置过程复杂。
- 不能提供服务质量保证，使大量要求有服务质量保证的应用难以推广。
- 不能提供安全措施，这是导致现在的网络不安全的原因之一。

上述问题显然不可能通过修改 IPv4 的实现方式而得到彻底解决，因此需要一种全新的解决方案。IPv6 就是在这个背景下诞生的。IPv6 发展历程中的重要事件包括：

1993 年，IETF 成立 IPng（下一代 IP）工作组。

1994 年，IPng 工作组提出下一代 IP 的推荐版本。

1995 年，IPng 工作组提出 IPv6 的协议版本。

1996 年，IETF 发起建立全球 IPv6 实验床 6BONE。

1998 年，IETF 启动 IPv6 教育研究网 6REN。

1999 年，完成 IPv6 协议审定，成立 IPv6 论坛，正式分配 IPv6 地址，IPv6 成为标准草案。

2001 年，主要的操作系统开始支持 IPv6。

2003 年，主要网络设备厂商开始推出支持 IPv6 的产品。

IPv6 不是一个单一的协议，而是包括 ICMPv6 在内的一组协议的总称。

与 IPv4 相比，IPv6 具有如下主要特点。

- 更大的地址空间。IPv6 将地址从 IPv4 的 32 位增大到了 128 位，使得地球表面每平方米大约可分得 6.6×10^{23} 个 IP 地址。因此，再也不用担心 IP 地址不够用的问题。
- 有效的分级寻址和路由结构。128 为地址可以将其分成多个部分，相应地可将路由结构分成多个层次，更好地满足 ISP 层次结构的需要。
- 简洁的首部格式。新的更简洁的首部格式，减少了协议的开销，处理效率更高。

- 增强的安全性。IPv6 内置了安全机制，能更好地保证网络安全。
- QoS 支持。可区分流和优先级，提供 QoS 支持，满足各种应用的需求。
- 自动地址配置。可以自动配置 IPv6 地址，简化网络配置和管理。

4.4.2　IPv6 地址

4.4.2.1　IPv6 地址结构

IPv6 将 128 位地址分为两部分。第一部分是可变长度的类型前缀，它定义了地址的目的。第二部分是地址的其余部分，其长度也是可变的，如图 4-14 所示。

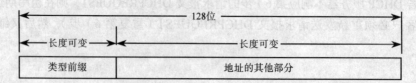

图 4-14　IPv6 地址格式

表 4-7 列出了 IPv6 地址的划分。

表 4-7　IPv6 地址划分

类型前缀	地址类型	占地址空间的比例
0000 0000	保留	1/256
0000 0001	保留	1/256
0000 001	保留	1/128
0000 01	保留	1/64
0000 1	保留	1/32
0001	保留	1/16
001	全球单播地址	1/8
010	保留	1/8
011	保留	1/8
100	保留	1/8
101	保留	1/8
110	保留	1/8
1110	保留	1/16
1111 0	保留	1/32
1111 10	保留	1/64
1111 110	唯一本地单播地址	1/128
1111 1110 0	保留	1/512
1111 1110 10	链路本地单播地址	1/1024
1111 1110 11	站点本地单播地址	1/1024
1111 1111	组播地址	1/256

这里涉及几个概念。

- 站点本地（Site Local）：相当于 IPv4 中的 192.168。
- 链路本地（Link Local）：单一链路上的双方通信用的地址，自动配置。

- 节点：指任何运行 IPv6 协议的设备，如主机、路由器和 PDA 等。
- 接口：节点连接到网络的设备，典型的接口是网卡。

4.4.2.2　IPv6 地址的表示方法

IPv6 地址用 32 个十六进制位表示，每 4 个十六进制位分为一组，两组之间用冒号分隔，因此也称为冒号记法。

例如，21DA：0000：0000：1234：789A：CCCC：ABCD：F0F0

当 IPv6 地址中有连续多组 0 时，可以使用零压缩法表示，即用一对冒号表示多组 0。例如 0021::2345：789A 是一个合法的 IPv6 地址。

使用压缩法时应注意：一组内部的 0 不能压缩；压缩（即冒号）只能使用一次，例如 2122::1111::2345 就是非法的表示。

4.4.2.3　IPv6 地址类型

IPv6 地址被分为单播地址、组播地址、泛播地址、特殊地址等四类。

（1）单播地址（Unicast）

一个区域中的唯一地址，也称为点到点地址。单播地址又分为可聚集全球单播地址、本地单播地址。

1）可聚集全球单播地址。

具有可聚集全球单播地址的分组可在全球范围内 IPv6 网络中传送。

可聚集全球单播地址的构成如图 4-15 所示。

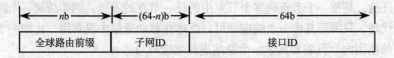

图 4-15　可聚集全球单播地址结构

全球路由前缀：由 IANA 管理，一般分配给大的、永久性的 ISP。

子网 ID：ISP 在自己的网络中建立多级结构所使用的区分 ID。

接口 ID：节点与子网的接口地址，EUI-64 地址（目前主要用于将 48 位的 MAC 地址映射为 EUI-64 地址，映射方法是用首字节第 7 位取反，第 3、4 字节之间插入 FF-FE）。

该结构可实现三层路由结构：第一层为公共拓扑，表示多个 ISP 的集合。第二层为站点拓扑，表示一个机构内部子网的层次结构。第三层唯一标识一个接口。

2）本地单播地址。

本地单播地址分为链路本地单播地址和站点本地单播地址，后者后来被废除了，所以不再介绍。

链路本地单播地址用于同一链路上相邻节点之间的通信，其作用范围是本地链路，是自动配置。其结构如图 4-16 所示。可记为 FE80::/64。

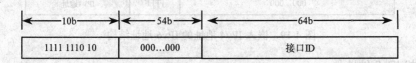

图 4-16　链路本地单播地址结构

（2）组播地址（Multicast）

组播地址实现一个分组分发给多个节点的通信。其地址结构如图 4-17 所示。

图 4-17　组播地址结构

标记：共 4 位，组成为 0RPT，R 表示是否为内嵌汇聚点地址的组播，P 表示是否为基于单播网络前缀的组播地址，T 为暂时态标记，0 为 IANA 分配的永久性地址，1 表示临时型地址。

范围：表示 IPv6 组播分组传送的范围，规定为：0-保留，1-节点本地范围，2-链路本地范围，5-站点本地范围，8-机构本地范围，E-全球范围，F-保留。

组 ID：目前规定前 80 位为 0，后 32 位为 ID。

IPv6 规定的特殊组播地址如下所示。

- FF01::1：节点本地范围所有节点的组播地址。
- FF02::1：链路本地范围所有节点的组播地址。
- FF01::2：节点本地范围所有路由器的组播地址。
- FF02::2：链路本地范围所有路由器的组播地址。
- FF05::2：站点本地范围所有路由器的组播地址。

（3）泛播地址（Anycast）

泛播也叫任播，是指一个节点向多个节点中的任一节点的发送，例如访问一个网站，该网站有多个镜像或代理，只需要其中一个响应即可。泛播在移动通信中更常用，比如一个移动节点同时在多个基站的范围内，只需要其中一个基站进行响应即可。

泛播地址只能用作目的地址，且只分配给路由器。泛播地址结构如图 4-18 所示。

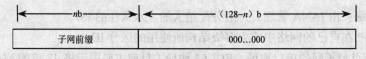

图 4-18　泛播地址结构

（4）特殊地址

IPv6 地址空间中有一些特殊地址具有特殊的作用。

- 全 0：0：0：0：0：0：0：0：0：0 或::，与 IPv4 中的 0.0.0.0 作用相同。
- 回送地址：::1，与 IPv4 的 127.0.0.1 作用相同。
- IPv4 映射地址：嵌入 IPv4 地址的 IPv6 地址，其结构如图 4-19 所示。

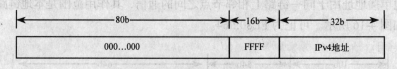

图 4-19　嵌入 IPv4 地址的 IPv6 地址结构

（5）主机 IPv6 地址

在 IPv4 中，如果主机通过一个网卡接入网络，则只需要给该网卡分配一个 IP 地址。但在 IPv6

中，则一个网卡至少具有三个 IPv6 地址：接口的链路本地地址，用于接收本地链路上的单播通信；接口的全球单播地址，用于接收数据；1，用户回环测试。

因此，主机要随时侦听的地址类型有：

- 节点本地范围内所有节点的组播地址（FF01::1）
- 链路本地范围内所有节点的组播地址（FF02::1）
- 以本节点的单播地址为目的地址的地址
- 同组组播地址

（6）路由器 IPv6 地址

路由器可能具有的单播地址与主机相同。同时，还具有两种泛播地址：子网-路由器泛播地址；附加泛播地址。

因此，路由器要随时侦听的地址类型有：

- 节点本地范围内所有节点的组播地址（FF01::1）
- 节点本地范围内所有路由器的组播地址（FF01::2）
- 链路本地范围内所有节点的组播地址（FF02::1）
- 链路本地范围内所有路由器的组播地址（FF02::2）
- 站点本地范围内所有路由器的组播地址（FF05::2）
- 全球单播地址
- 同组组播地址

（7）IPv6 接口标识符

在 IPv4 中，接口用 48 位表示（前 24 位为机构唯一标识符 OUI，后 24 位为扩展唯一标示符 EUI），称为 MAC 地址，也称为 MAC-48 或 EUI-48 地址。IPv6 的单播地址（前缀 001 到 111）的后 64 位为接口 ID，其命名规范称为 EUI-64。EUI-48 到 EUI-64 存在一个简单的映射方法，如图 4-20 所示。就是在原 OUI 和 EUI 之间增加 16 位 0xFFFE（1111 1111 1111 1110）。

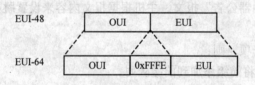

图 4-20　EUI-64 结构

IPv6 接口 ID 的生成方法：先生成 EUI-64 地址，再将 OUI 部分首字节的第 7 位（从左往右数，即 U/L 标识）位取反。

4.4.2.4　IPv6 地址自动配置

在 IPv4 中配置一个 IP 地址就是分配一个 IP 地址和制定一个掩码，在 IPv6 中，配置一个 IPv6 地址就是分配一个 IPv6 地址，同时指定前缀长度。但因 IPv6 地址很长，且每个节点存在多个 IPv6 地址，因此使用自动配置机制是非常必要的。在默认状态下，主机的地址是自动配置，路由器除链路本地地址是自动配置外，其他类型地址和参数必须手工配置。

IPv6 中地址自动配置有两种方式：有状态地址自动配置和无状态自动配置，当节点并不是特别关心所使用的确切地址，只要求地址是唯一的，并且是可路由的，就能使用无状态方式；当节点严格控制地址分配时，就使用有状态方式。

1. 有状态地址自动配置

在这种模式下，主机从专用地址分配服务器获得接口地址，也可以从服务器上获得配置信息和参数。服务器中维护着一个数据库，其中记录着主机和地址分配的列表。标准的自动配置协议是 DHCPv6 协议。它基于 UDP 和客户/服务器结构，其工作过程可以简述为：

1）主机发送一个 DHCP Server Solicitation 报文给特定组播地址，以发现 DHCP 服务器。

2）DHCP 服务器使用 UDP 端口 547 来监听 DHCPv6 报文，当收到上述报文后，返回一个 Unicast Reply 报文，其中包括分配的 IPv6 地址及配置参数。

3）主机使用 UDP 端口 546 来监听报文，当收到应答报文后，利用收到的参数进行自动配置。

2. 无状态地址自动配置

无状态地址自动配置的要求是 IPv6 地址由 64 位前缀和 64 位 EUI-64 接口 ID 组成；本地链路支持组播，且网络接口能够发送和接收组播包。采用这种方式可以为任意主机配置一个 IPv6 地址，这个地址内嵌一个由以太网地址生成的 EUI-64 接口 ID，由于以太网地址全球唯一，因此获得的 IPv6 地址也是唯一的。

具体过程如下：

1）根据链路本地前缀 FE80：/64 与 EUI-64 接口标识符生成临时链路本地地址。

2）通过发送"邻节点请求"报文，进行重复地址检测，以确定临时链路本地地址的唯一性。如果接收到响应"邻节点公告"报文，表明已经有节点在使用该临时链路本地地址，地址自动配置停止；如果没有收到响应"邻节点公告"报文，表明临时链路本地地址是唯一的，可以使用该链路本地地址。

3）发送"路由器请求"报文，要求本链路的路由器发送带有各种路由器信息的"路由器公告报文"，其中包括主机配置需要的信息，如链路前缀、链路 MTU、特定路由、是否使用地址自动配置、由地址自动配置协议所创建地址的有效期与优先级等。在默认的情况下，最多发送 3 个"路由器请求"报文；路由器周期性地发送"路由器公告"报文。

4）如果接收到"路由器公告"报文，主机根据报文内容来设置跳数限制、可到达时间、重发定时器和 MTU。

5）如果有地址前缀选项，则：

① 若链路标识为 1，将前缀添加到前缀队列。

② 若自治标识为 1，用前缀和 EUI-64 接口标识符生成一个临时地址，并检测其唯一性。

6）如果"路由器公告"报文中的管理地址配置标识为 1，则使用有状态地址自动配置方式获取其他地址。

7）如果"路由器公告"报文中的有状态配置标识为 1，则使用有状态地址自动配置方式获取其他配置参数。

4.4.3 IPv6 分组格式

IPv6 不再像 IPv4 那样将分组称为数据报，而是称为 IPv6 分组，或 IPv6 包。

1. IPv6 分组格式

IPv6 分组的格式如图 4-21 所示。

IPv6 分组由基本首部、扩展首部、数据三部分构成。基本头部固定为 40 字节，扩展头部放在数据区域作为数据对待。

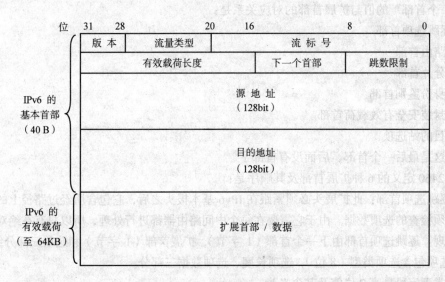

图 4-21　IPv6 分组格式

2. IPv6 基本首部

- 版本（version）：4 位，指明协议的版本，对 IPv6 该字段总是 6。
- 流量类型（Traffic Class）：8 位，这是为了区分不同的 IPv6 分组的类别或优先级。已经定义了 0~15 共 16 级优先级，0 的优先级最低。0~7 表示允许延迟，8~15 表示高优先级，需要固定速率传输。
- 流标号（Flow Label）：20 位，用于源节点标识 IPv6 路由器需要特殊处理的包序列。
- 载荷长度（Payload Length）：16 位，指明 IPv6 分组除基本首部以外的字节数（所有扩展首部都算在有效载荷之内），其最大值是 64 KB。现在的协议规定，整个 IPv6 分组的长度固定为 576 字节。
- 下一个首部（Next Head）：8 位。如果存在扩展首部（用特定的首部值表示），该字段表示下一个扩展首部的类型。如果不存在扩展首部，该字段表示所对应的协议类型：4：IP；6：TCP；8：EGP；9：IGP；17：UDP；46：RSVP；58：ICMPv6。
- 跳数限制（Hop Limit）：8 位。源站在分组发出时即设定跳数限制。路由器在转发分组时将跳数限制字段中的值减 1。当跳数限制的值为零时，就要将此分组丢弃。
- 源地址（Source Address）：128 位，指明生成数据包的主机的 IPv6 地址。
- 目的地址（Destination Address）：128 位，指明数据包最终要到达的目的主机的 IPv6 地址。

3. IPv6 的扩展首部

IPv6 将原来 IPv4 首部中选项的功能都放在扩展首部中，并将扩展首部留给源站和目的站的主机处理。分组途中经过的路由器都不处理这些扩展首部（只有一个首部例外，即逐跳选项扩展首部）。这样就大大提高了路由器的处理效率。

每一个扩展首部都由若干字节组成，其字节数必须为 8 的倍数。扩展首部的第一个字节都是"下一个扩展"，表示下一个扩展首部的类型。当有多个首部时，各首部按下述给定的顺序排列。

通常，一个 IPv6 分组并不需要这么多扩展首部，只有在需要一些特殊处理时发送主机才添加一个或几个扩展首部。

"下一个首部"的值与扩展首部的对应关系是：

0：逐跳选项首部

43：路由首部

44：分片首部

50：身份鉴别首部

51：封装安全有效载荷首部

60：目的站选项

59：这是最后一个首部，后面没有首部了

RFC 2460 定义的 6 种扩展首部及其顺序是：

1）逐跳选项首部：此扩展头必须紧跟在 IPv6 基本报头之后，它包含所经过路径上的每一个节点都必须检查的选项数据。由于它需要在每个中间路由器都进行处理，所以只有在绝对必要的时候才出现。逐跳选项首部由下一个首部（1 字节）、扩展首部（1 字节）和选项三部分组成（N 字节）。选项包含选项类型（8 位）、选项长度、选项数据三部分。

选项类型字段最高 2 位值及其含义为：

00：可跳过该选项

01：丢弃该分组

10：丢弃该分组，如果目的地址为单播或组播地址，则向源站发送一个 ICMPv6 参数错误报文

11：丢弃该分组，如果目的地址不是组播地址，则向源站发送一个 ICMPv6 参数错误报文

选项类型字段的第 3 位表示本节点可否更改分组到达目的节点的路由（0 表示不可，1 表示可以）。

2）目的站选项：目的站选项首部中携带仅需要由最终目的节点检验的可选项。

3）路由首部：此扩展首部指明分组在到达目的地途中将经过的各节点的地址列表。

4）分片首部：当 IPv6 源地址发送的数据包比到达目的地址所经过的路径上的最小 MTU 还要大时，这个数据包就要被分成几段分别发送，这时就要用到分片首部。

5）身份鉴别首部：鉴别头的功能是实现了数据的完整性和对数据来源的认证。

6）封装安全有效载荷首部：封装安全有效载荷首部提供数据加密功能，实现端到端的加密，提供无连接的完整性和防重发服务。封装安全载荷首部可以单独使用，也可以在使用隧道模式时嵌套使用。

4.4.4　ICMPv6 协议

ICMPv6 具备 ICMPv4 的所有基本功能，但进行了修改：一是删除了所有不再使用的报文类型，并定义了新的报文类型，二是合并了 ICMP、IGMP、ARP 等多个协议的功能，因此在 IPv6 下，没有了 ARP 与 RARP。像 ICMPv4 一样，ICMPv6 需要通过 IPv6 传送，似乎是 IPv6 的上层协议，但实际上它是 IPv6 的一部分，二者配合完成规定的功能。

1. ICMPv6 报文类型

ICMPv6 的报文分为差错报文和信息报文两类。

差错报文用于报告 IPv6 分组在传输过程出现的错误，包括目的不可达、分组过大、超时、参数错误。

信息报文用于提供网络诊断功能和附加的主机功能，包括组播侦听发现与邻节点发现。

2. ICMPv6 报文格式

ICMPv6 的报文格式如图 4-22 所示。

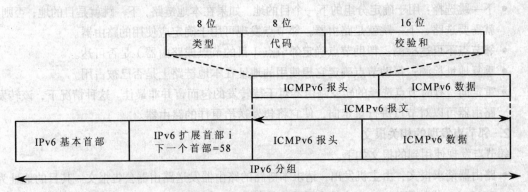

图 4-22 ICMPv6 报文格式

类型：指出 ICMPv6 报文的类型。常见类型如下。

1：目的不可达

2：包过大

3：超时

4：参数问题

128：回送请求

129：回送应答

130：组成员查询

131：组成员报告

132：组成员消减

133：路由器请求

134：路由器公告

135：邻节点请求

136：邻节点公告

137：重定向

前 4 个属于差错报文，后 10 个属于信息报文。

代码：从属于类型，进一步细分类型。

校验和：对 IPv6 头部和 ICMPv6 类型、代码部分计算的校验和。

4.4.5 邻节点发现

1. 邻节点发现的功能

邻节点发现是指用一组 ICMPv6 信息报文来确定邻节点之间的关系。这些关系部分被用于进行 IPv6 地址分配。邻节点发现实现的功能如下。

- 路由器发现：帮助主机来识别本地链路上的路由器。
- 前缀发现：节点使用此机制来确定本地链路上的网络前缀以及必须发送给路由器转发的地址前缀。

- 参数发现：帮助节点确定诸如本地链路 MTU 之类的信息。
- 地址自动配置：用于 IPv6 节点自动配置。
- 地址解析：替代了 ARP 和 RARP，可以得到相邻结点的 IPv6 地址及其对应的 MAC 地址。
- 下一跳选择：用于确定分组的下一个目的地。如果在本地链路，下一跳就是目的地；否则，就需要选路，下一跳就是路由器，邻节点发现可用于确定应使用的路由器。
- 邻节点不可达检测：帮助节点确定邻节点（目的节点或路由器）是否可达。
- 重复地址检测：帮助节点确定它想使用的地址在本地链路上是否已被占用。
- 重定向：有时节点选择的转发路由器对于待转发的包而言并非最佳。这种情况下，该转发路由器可以对节点进行重定向，使它将包发送给更佳的路由器。

2. 邻节点发现的相关报文

邻节点发现使用到的报文如下。

- 路由器请求报文：由主机发出，请求本链路的路由器发送路由器公告报文。其目的地址为 FF02::2，跳数值为 255。这是为了防止外部攻击，因为外部来的跳数值一定小于 255，不予处理。
- 路由器公告报文：由路由器发出（主动发出或应答），包括链路前缀、MTU 等一系列参数。
- 邻节点请求报文：由主机发出，用于解析链路上其他 IPv6 主机接口卡的 MAC 地址，检查邻节点是否可达。
- 邻节点公告报文：邻节点发出。
- 重定向报文：由路由器发出，通知主机对指定的目的节点有一个更好的路由。

4.4.6　IPv6 分组转发过程

IPv6 分组的转发过程大致为：

1）检验版本字段的值，确定所使用的协议。

2）递减跳数字段的值，如果=0，丢弃该分组，并向源节点发送超时 ICMPv6 报文。

3）检查下一个首部的值，如果为 0，则处理逐跳选项首部。

4）进行路由选择，使用目的地址字段中的值和本地路由表中的内容进行比较，确定转发接口和下一跳 IPv6 地址。如果没有找到路由，则向源地址发送"目的不可达"ICMPv6 报文，丢弃该分组。

5）处理有效载荷长度字段，如果转发接口链路的 MTU 小于有效载荷长度字段值加上 40 之和，则向源地址发送"包过大"ICMPv6 报文，丢弃该分组。

6）根据路由选择结果转发分组。

❏ 4.5　路由协议

IP 协议规定 IP 数据报按数据报方式传送（这也是 IP 数据报被称为数据报的原因之一），每个包都是一个独立的传送单位，单独选择路由。

在 Internet 上实现路由选择的设备是路由器。路由器以网络（间接地是指路由器）而不是以主机作为路由选择的单位。路由器根据路由协议生成路由表，而路由协议是依据特定的路由算法实现的。路由器收到 IP 数据报时查找路由表进行转发。

4.5.1 自治系统

由于 Internet 规模太大，按照前面介绍的路由算法实现路由选择，将会遇到很大的困难。为了实现方便，把 Internet 划分成许多较小的部分，称为自治系统（Autonomous System，AS）。在 AS 内部，可以使用前面介绍的路由算法，每个 AS 可以使用与其他 AS 不同的路由协议。通常把自治系统内部的路由协议称为内部网关协议，自治系统之间的协议称为外部网关协议。常见的内部网关协议有 RIP 协议和 OSPF 协议，外部网关协议有 BGP 协议。

4.5.2 域内路由与域间路由

自治系统有时也被称为路由域，自治系统内的路由称为域内路由，自治系统之间的路由称为域间路由。

域内路由可依据前面介绍的路由算法实现，但域间路由要考虑更多的因素，主要是策略问题。例如，一个简单的策略可能是：只能通过自治系统 A 的路由器 X 转发本网络的信息，在自治系统 A 的路由器 X 不能工作时，使用自治系统 B 的路由器 Y 转发本网络的信息。域间路由必须实现这样的策略。

4.5.3 RIP 路由协议

1. RIP 的原理及规定

RIP 是 Routing Information Protocol 的简称，是一个基于距离向量路由算法的路由协议。

RIP 要求每个路由器保存一张从本路由器到其他每个网络的地址表，其表结构可简化为如表 4-8 所示。

表 4-8　简化的 RIP 路由表

目的网络	距　离	下一跳路由器地址
202.114.72.0	2	202.114.71.2
…	…	…

RIP 规定从一个路由器到直接相连的网络的距离为 1，到非直接相连的网络的距离为经过的路由器数加 1。RIP 的距离俗称为跳数，可简单地理解为链路数。

在图 4-23 中，有 3 个网络，其网络地址分别为 202.114.70.0、202.114.71.0、202.114.72.0，两个路由器 R1、R2 各连接两个网络，因此每个路由器需要两个 IP 地址。R1 到网络 1 或网络 2 的距离定义为 1，到网络 3 的距离定义为 2。一般情况下，为简便起见，将一个网络抽象为一条链路，一个路由器抽象为一个节点。这样，一个互联的网络就变成了一个抽象的图。

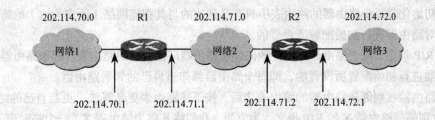

图 4-23　一个网络：RIP 关于距离的定义

RIP 规定，一个 IP 数据报的 TTL 初始值为 15，每经过一个路由器就将其减 1，如果 TTL 等于 0 还没有到达目的地,该路由器就将该 IP 数据报丢弃。因此,可以认为一个 IP 数据报在 Internet 上能够经过的最大链路数是 16。

现在新的路由器,允许 TTL 的最大值为 31。

即使存在多条路由,RIP 规定在路由表中也只为每个目的网络保存一条路由。

2. RIP 路由信息的传送

RIP 规定:每个路由器周期性地将自己保存的路由表广播给相邻的路由器。该周期一般为 30 秒,但当一个路由器发现网络拓扑发生变化时,会及时向相邻路由器广播自己的路由表。

如果一个路由器在 180 秒内未收到邻居路由器的路由表,就将到邻居路由器标记为不可达。

路由器使用 RIP 报文发送路由表,RIP 报文借助 UDP 协议发送,其格式如图 4-24 所示。

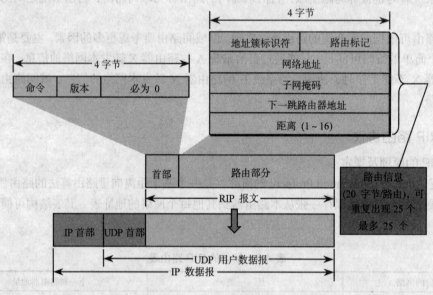

图 4-24　RIP 报文格式

RIP 报文由首部和路由部分组成。首部中的命令字段指出报文的意义,例如,1 表示请求路由信息,2 表示对请求的响应或无请求的路由更新报文。

地址簇标识符指出所使用的地址协议,当使用 IP 地址时,该字段的值为 2。路由标记字段应该写入自治系统号 ASN(由 IANA 分配的一个 16 位号码)。一个 RIP 报文最大长度为 504 字节,这是因为一个 RIP 报文的路由部分最多可包含 25 个路由信息。当超过 504 字节的最大长度时,就应该再用一个 RIP 报文来传送。

3. RIP 路由表的生成与更新

系统初始化时每个路由器的路由表中只有已到达的与其相连网络(距离为 1)的路由信息,该信息是对路由器进行初始配置所设置的。

根据 RIP 规定,每个路由器周期性地向邻居路由器广播自己的路由表。邻居路由器的地址也是对路由器进行初始配置所设置的,即每个路由器都知道自己的邻居路由器。

一个路由器收到邻居路由器的路由表之后,按下述路由表更新算法、更新自己的路由表:

1)收到邻居路由器 X 的 RIP 报文,为方便,我们将其称为路由表 X(一个临时表)。将路由表 X 中"下一跳路由器地址"字段都改为 X,将所有"距离"都加 1(含义是:假定本路由器的下一跳为 X,原来从 X 到达的网络的距离加上从本路由器到 X 的距离);

2）对修改后的路由表 X 的每一行，重复以下过程：

① 若目的网络不在本地路由表中，则将该行添加到本地路由表中；

② 否则，若下一跳的内容与本地路由表中的相同，则替换本地路由表中的对应行；

③ 否则，若该行的"距离"小于本地路由表中相应行的"距离"，则用该行更新本地路由表中的相应行；

④ 否则，返回；

3）若 180 秒未收到邻居 X 的路由表，则将到邻居路由器 X 的距离置为 16。

4. RIP 的问题及解决

RIP 是基于距离向量路由算法的协议，具有距离向量路由算法固有的问题，主要是：

- 好消息传得快，坏消息传播得慢。
- 存在无穷计算问题。

针对无穷计算的问题，可以采用下述几种方案加以克服。

（1）设置最大距离值

允许最大距离值为 15，16 表示不通。在修改路由表时，距离值大于 16 后不再增加，也不要选择距离值大于 15 的路由更新本地路由表。在查找路由表进行数据包转发时，增加一个判断，如果距离值大于 15，不选择转发。

（2）水平分割

其含义是：从一个路由器学来的路由信息，不能再放入发回那个路由器的更新包中又发回去。这里提出两种可能的实现方法。

实现方法 1：修改路由表更新算法，不要先将"下一跳"修改为 X，而是先判断收到的路由表 X 中"下一跳"是否为本路由器，若是，则忽略该行。否则，将该行中的"下一跳"值修改为 X，再按原方法处理（即每次只对一行判断后再修改为 X，而不是先将所有行修改为 X）。

实现方法 2：在路由表中增加一个字段"来源"，如何记录该行信息是根据哪个路由器发来的消息确定的。当要把路由表发给邻居路由器时，先排除掉"来源"为该路由器的表行再发送。

当然，后有其他实现方法。

（3）路由中毒

当路由器发现自己直接连接的网络不通时，通知反方向的邻居路由器该网络不可达（比喻为给该不通的网络下毒）。

实现方法：将本地路由表中到该网络的距离设为 16，不删除路由信息，并及时向邻居路由器广播路由信息。

（4）反向下毒

向毒源（故障）方向反向下毒。

（5）保持时间

当路由器知道网络故障后，保持一段时间不更新到该网络的路由。这样可以避免发生振荡。

（6）触发更新

网络故障触发路由器立即发送更新包，而不是等到下一个周期。

采用上述措施后，并没有解决所有问题。

4.5.4　OSPF 路由协议

1. OSPF 的原理及规定

OSPF 是 Open Shortest Path First 的缩写，是一个基于链路状态算法的协议。

OSPF 是协议的名字，并不说明其他协议不具有最短路径。

OSPF 规定每个路由器保存一个链路状态数据库（一张链路状态表，即一个矩阵），其中链路状态值（cost）一般设置为链路通断，实际上就是 1（表示链路通）或 ∞（表示无链路或链路不通）。路径的计算采用 Dijkstra 最短路径算法。

2. OSPF 路由信息的传送

OSPF 规定：

- 每个路由器向 AS 内的所有路由器广播路由信息，而不是只向邻居路由器广播路由信息。
- 所广播的路由信息是本路由器到邻居路由器的链路状态信息。
- 只有链路状态发生变化时才广播。
- 不同链路可使用不同的成本度量值，但通常是链路数（1 或 ∞）。

OSPF 根据接收到的路由信息，生成新的路由。当经过多次交换路由信息后，每个路由器上保存的就是整个网络或 AS 的拓扑图。

当 AS 规模很大时，OSPF 需要计算的路径可能很长，计算量很大。因此 OSPF 一般适用于 AS 不太大的网络。为了能用于规模很大的网络，OSPF 将一个自治系统再划分为若干个更小的范围，叫作区域。每一个区域都有一个 32 位的区域标识符（用点分十进制表示）。上层的区域叫主干区域（backbone area），标识符规定为 0.0.0.0，用来连通其他在下层的区域。区域不能太大，通常在一个区域内的路由器最好不超过 200 个。区域的划分示例如图 4-25 所示。

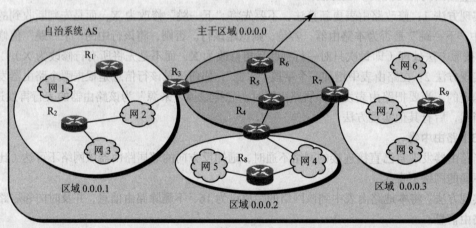

图 4-25   OSPF 划分的区域

OSPF 协议规定路由器不使用 UDP 而直接使用 IP 数据报传送路由信息（IP 数据报中的协议字段值为 89，称为 OSPF 分组）。OSPF 分组的首部固定为 24 字节，分组很短，其格式如图 4-26 所示。

OSPF 分组中各部分的含义如下：

- 版本：现在的版本号为 2。
- 类型：5 种类型之一。

  Hello。用于测试到邻居的可达性。

  DB Description。向邻居路由器报告自己链路状态数据库中所有链路状态的摘要信息。

  Link State Request。请求对方发送某些链路状态项目的详细信息。

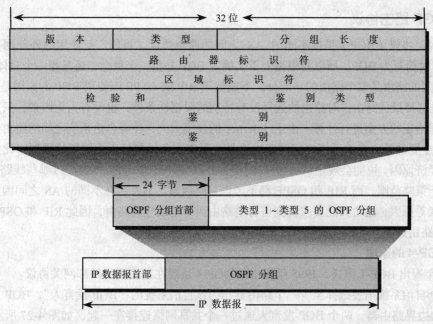

图 4-26　OSPF 分组格式

Link State Update。用扩散法对全网更新链路状态。

Link State ACK。对 Link State Update 分组的确认。

- 分组长度：包括首部在内的分组长度，以字节为单位。
- 路由器标识符：发送该分组的路由器端口的 IP 地址。
- 区域标识符：所属区域的标识符。
- 检验和：用补码加法生成的校验和。
- 鉴别：鉴别口令。鉴别类型为 0 时，填入 0，鉴别类型为 1 时，填入 8 字节口令。

OSPF 使用扩散法发送链路状态信息，收到信息的节点需要发送确认，因此这种扩散是可靠的扩散。

3. OSPF 链路状态表的生成与更新

系统初始化时每个路由器的链路状态表中只有已到达的与其相邻路由器的链路状态信息，该信息是对路由器进行初始配置时所设置的（不是最新的）。路由器会按照下面介绍的方法测试到邻路由器的链路状态，并更新链路状态表。

为了及时了解链路的状态，每个路由器需要定期（10 秒）向邻居路由器发送 Hello 分组。如果 40 秒钟都还没有收到邻居的 Hello 信息，则认为该邻居是不连通的，立即修改链路状态数据库中所对应的记录，扩散相应的链路状态信息，并重新计算路由。

由于一个路由器扩散的信息可能不能同时到达所有路由器，这样各路由器上保存的数据库就可能不一致。OSPF 规定，使用 DB Description 分组交换状态信息，使双方的状态达到一致，从而保持同步。

OSPF 规定，即使没有链路的状态发生变化，每隔 30 分钟也要进行一次全网同步，以确保状态一致。

OSPF 根据链路状态数据库使用 Dijkstra 算法计算到目的路由器的最短路径。

4.5.5 BGP 路由协议

外部网关协议（BGP）是指不同的 AS 之间的路由协议。目前广泛使用的外部网关协议是 BGP-4，有时简写为 BGP。所以要根据上下文确定 BGP 是指一个概念，还是指一个具体的协议。

AS 之间的路由是整个路由的一部分，不能使用 RIP 或 OSPF 而使用 BGP 的原因是：RIP 和 OSPF 都是选择最佳路由，对路由的选择没有特别的限制性条件，也没有人为因素，只是根据路由信息依据给定的方案进行计算。由于 Internet 的规模太大，使得自治系统之间的路由选择非常困难。更主要的是，自治系统之间的路由选择要受很多条件包括人为因素的限制，比如因为政治原因或经济原因，可能会规定从 A 到 B 的信息必须经过哪些线路、不能经过哪些线路等，所有这些都属于策略范围，而 RIP 和 OSPF 都不考虑策略因素。另外，在不同的 AS 之间因为规模、限制性因素等原因，通常只能要求找到可行的路由而不是最佳的路由，因此 RIP 和 OSPF 不适合 AS 之间的路由选择。

1. BGP-4 的原理

1989 年提出 BGP-1 协议，1995 年提出的 BGP-4 是现在正使用的外部网关协议。

每一个自治系统需要选择至少一个路由器作为该自治系统的"BGP 发言人"，BGP 发言人一般是 AS 的边界路由器。两个 BGP 发言人通过一个共享网络连接在一起，如图 4-27 所示。

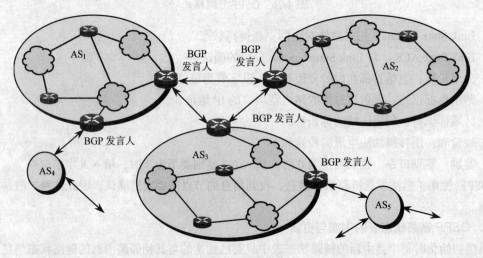

图 4-27　BGP 发言人

当一个 BGP 发言人与其他自治系统中的 BGP 发言人交换路由信息时，首先要建立 TCP 连接，然后在此连接上交换 BGP 报文以建立 BGP 会话（session），利用 BGP 会话交换路由信息。

BGP 路由表类似于 RIP 的路由表，但 BGP 计算出的路由，不像 RIP 只是下一跳地址，而是一条完整的路径，所以这种协议也称为路径向量协议。

BGP 发言人互相交换从本 AS 到邻居 AS 的可达信息，随着该信息的传播，从一个 AS 到其他 AS 的可达信息就被记录下来，从而形成了不同 AS 之间的一条路径信息。因此 AS 之间的路由包含了一系列 AS 地址，表示从源 AS 到目的 AS 之间经过的 AS 的列表。

BGP 路由选择的工作就是在这些可达的路由中选择确定一条较好的路径。

BGP 与 RIP、OSPF 的另一个重要区别是：BGP 能够选择多条路径，把负载分摊到多条路径上传送，从而更好地利用网络带宽，提高传输效率。

BGP 发言人既需要运行 BGP 协议，也需要运行 AS 内路由协议如 RIP、OSPF。

2．BGP-4 路由信息的传送

BGP-4 协议利用 TCP 传输路由信息，其报文格式如图 4-28 所示。

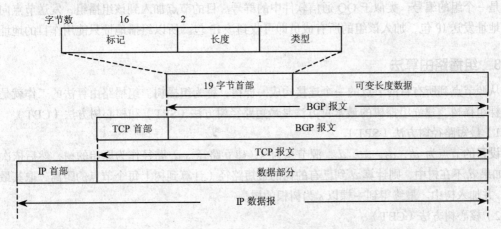

图 4-28　BGP-4 报文格式

各字段的含义如下。

标记：用于鉴别收到的 BGP 报文。当不使用鉴别时，该字段置为全 1。

长度：整个 BGP 报文的长度，单位为字节，最小值为 19，最大值为 4096。

类型：1~4 的一个值，代表 4 种报文类型。

- Open。用来与相邻的另一个 BGP 发言人建立联系，初始化通信。
- Update。用来发送某一路由的信息，列出要撤销的多条路由。
- Keepalive。用来确认 Open 报文和周期性地证实邻站的连通性。
- Notificaton。用来发送检测到的差错。

3．BGP-4 工作过程

1）当一个 BGP 发言人需要与另一个 AS 的 BGP 发言人通信时，首先向其发送 Open 报文，对方确认后，双方即称为邻居，只有邻居之间才能发送路由信息。

2）一个 BGP 发言人可向邻居发送 Update 报文，告知对方路由信息，同时也可撤销先前的路由。

3）收到 Update 报文的 BGP 发言人，记录或更新路由信息，并将这些信息发往自己的其他邻居。

4）每个 BGP 发言人根据自己保存的路由信息，为两个不同的 AS 确定一条可行的路由。

4.6　IP 组播

4.6.1　组播的概念

所谓组播（Multicast）是指一个源节点将信息发送到多个目的节点。多个目的节点组成一个目的节点集合，简称为组播组。当组播组只有一个成员时，就是通常的点到点通信（Unicast），当组播组包含网络中除源节点之外的所有节点时，就是广播。因此，组播可看成是网络中的一种通用的通信方式，也是最难实现的一种通信方式。

4.6.2 IP 组播地址

IP 协议规定 1110 开始的 D 类地址为组播地址，除 4 位标志外有 28 位定义组播地址。IP 组播地址是一个组的编号，类似于 QQ 通信软件中的群号。目的节点加入到该组播组，发送节点向该组播地址发送 IP 包，加入该组的所有成员即可收到该 IP 包。所以组播地址只能用作目的地址。

4.6.3 组播路由算法

从源节点到所有目的节点的一个连接构成一棵树，称为组播树。组播路由算法的工作就是建立这棵组播树。建立组播树的最常见方法是最短路径树方法（SPT）和核心树方法（CBT）。

1）最短路径树方法（SPT）。

设目的节点为 d_1, d_2, ..., d_n，源节点为 s，建立路径 s-d_1 路径作为原始的树，然后依次对 d_i，如果 d_i 不在树中，则计算 d_i 到已有的树的最短路径（计算到树上每个节点的距离，取其最小者），并加入树中。最终得到一棵以 s 为树根的树。

2）核心树方法（CBT）。

确定一个到所有 d_i 的平均距离最短的节点 u，以 u 为树根，建立一棵包含所有目的节点 d_i 的树，组播时，s 先把信息发送给 u，u 通过组播树组播到所有目的节点。

CBT 方法特别适合组组播应用，组组播是指每个节点都要把信息组播到其他节点。

常见的 IP 组播协议有如下内容。

1）PIM（Protocol-Independent Multicast）。

PIM 是一种组播传输协议，能在现有 IP 网上传输组播数据。PIM 是一种独立于路由协议的组播协议，可以工作在两种模式：密集模式（PIM-DM）和疏松模式（PIM-SM）。所谓密集模式是指在一个区域里多数节点都是组播组成员，而稀疏模式正相反。在 PIM 密集模式下，分组默认向所有端口转发，直到发生裁减和切除。在密集模式下假设所有端口上的设备都是组播成员，可能使用组播包。疏松模式与密集模式相反，只向有请求的端口发送组播数据。

● PIM-SM（Protocol-Independent-Multicast-Sparse-Mode）。

PIM-SM 围绕一个被称为集中点（RP）的路由器构建组播树。RP 是所有叶子路由器都知道的点。当某个叶子路由器直接相连的网络中如果有主机希望加入 RP 所代表的组播组时，该叶子路由器沿着到达 RP 的最短路径向 RP 发出加入消息，所经过的路径构成基于 RP 的单向生成树的一个新枝。一旦形成新枝，叶子路由器将获得该组播源的信息。当源发出的信息速率超过给定的阈值，则叶子路由器可以切换至最短路径树的其他连接点上去，当然叶子路由器要向 RP 方向发出剪枝消息。

PIM-SM 协议最初先为组播组构建一个组共享树。这个树由连接到集中点的发送者和接收者共同构建，就像 CBT 协议围绕着核心路由器构建的共享树一样。共享树建立以后，一个接受者（实际上是最接近这个接收者的路由器）可以选择通过最短路径树改变到发送源的连接。这个操作过程是通过向发送源发送一个 PIM 加入请求完成的。一旦从发送源到接收者的最短路径建立了，通过 RP 的外部分枝就被修剪掉了。PIM-SM 结构同时支持共享树和最短路径树。

● PIM-DM（Protocol-Independent Multicast-Dense Mode）。

PIM-DM 协议使用了反向路径组播机制来构建组播树。PIM-DM 的运行方式是当源端发出组播信息时，它会使用先扩散再剪枝的方式来建立树，路由器某个接收端口接收到的组播数据包被发送到所有下行接口。当末端路由器收到这个组播消息后，如果该路由器没有属于组播组的成员，这个路由器就会向上游发出剪枝的消息，而上游路由器收到这个消息时，首先记录该信息，下次就不会把信息从这个端口转发。如果该路由器也没有属于这个组播组的成员，那么这个路由器又会向上游传送；反之如果该路由器有属于该群组的成员，那么这个剪枝的信息就不会再往上游传送。

2）MOSPF（Multicast OSPF）。

MOSPF 是为单播路由组播使用设计的，属于密集模式的组播路由协议。MOSPF 依赖于 OSPF 作为单播路由协议，在一个 OSPF/MOSPF 网络中每个路由器都维持一个最新的全网络拓扑结构图。这个"链路状态"信息被用来构建组播分布树。每个 MOSPF 路由器都通过 IGMP 协议周期性地收集组播组成员关系信息。这些信息和这些链路状态信息被发送到其路由域中的所有其他路由器。路由器将根据它们从邻近路由器接收到的信息更新其内部连接状态信息。由于每个路由器都清楚整个网络的拓扑结构，所以能够独立地计算出一个最小开销扩展树，将组播发送源和组播组成员分别作为树的根和叶。这个树就是用来将组播流从发送源发送到组播组成员的路径。

□ 4.7　移动 IP

4.7.1　移动 IP 的概念

随着无线通信技术的进步，笔记本电脑、PDA、移动电话等借助移动通信手段接入计算机网络已经成为越来越重要的通信和应用模式。

移动节点在初始时获得一个 IP 地址，随着位置的移动，接入点会不断改变。最初分配的 IP 地址已经不能表示当前的位置，如果继续使用原来的 IP 地址，路由器就不能为其提供路由服务。

在不改变 IPv4 协议的条件下解决这个问题，有两种可能的选择：一是每次改变接入点时就改变 IP 地址，二是改变接入点时不改变 IP 地址，而是在整个网络中加入该主机的特定路由信息。第一种方案在每次改变 IP 地址时都会中断原来的通信过程，获取到新 IP 地址后再开始通信。第二种方案路由器需要处理大量的特定路由信息，不堪重负。

移动 IP 的目标就是解决上述问题，达到：

- 移动节点可以通过一个永久的 IP 地址连接到任何链路上。
- 移动节点切换到新链路后，保持与对方主机的通信不中断。

移动 IP 涉及的主要术语如下。

- 移动节点：可移动的主机或路由器，移动前后连接到不同的链路上。
- 家乡网络（home network）：为移动节点分配长期 IP 地址的网络，通常是指在一段时间内移动节点首次接入的网络。
- 外地网络（foreign network）：移动节点离开家乡网络后接入的非家乡网络。
- 家乡地址（home address）：家乡网络为移动节点分配的一个 IP 地址，是识别移动节点的永久性（永久性是相对而言的）IP 地址。
- 转交地址 CoA（Care of address）：移动节点接入一个外地网络时，被分配的一个临时 IP 地址。如果转交地址是从外地代理获得的，则称为外地代理转交地址 ACoA。如果转交地址是从 DHCP 服务器获得的，则称为配置转交地址 CCoA。
- 家乡链路：移动节点在家乡网络接入的链路。
- 外地链路（foreign link）：移动节点在访问外地网络时接入的链路。

- 家乡代理：移动节点的家乡网络连接到 Internet 的路由器。当移动节点离开家乡网络时，它能够将发往移动节点的数据包传给移动节点。家乡代理广播对移动节点家乡地址的可达性，从而接收并解析送往移动节点的家乡地址的数据包，并将它们通过隧道技术传送到移动节点的转交地址上。

- 外地代理：移动节点访问的外地网络连接到 Internet 的路由器。其作用是为移动节点提供路由服务，并且对经家乡代理封装后发给移动节点的数据包进行解封装，然后转发给移动节点。

移动 IP 的逻辑结构如图 4-29 所示。

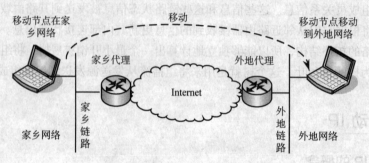

图 4-29　移动 IP 的逻辑结构

4.7.2　移动 IP 的通信过程

1）家乡代理和外地代理周期性发送组播或广播报文，以此向它们所在的网络中的节点通告它们的存在，移动节点据此获知外地代理的地址。

2）移动节点向外地代理发送"代理请求"报文，以获得外地代理返回的"代理通告"报文。外地代理（或家乡代理）也可以通过"代理通告"报文，通知它所访问的当前网络的外地代理信息。移动节点在接收到"代理通告"报文后，确定它是在外地网络上。如果移动节点不是连在外地网络而是连在家乡网络上，则采用传统的 IP 通信方式而不使用移动 IP 的功能。

3）移动节点通过步骤（2）获得一个"转交地址"。

4）移动节点向家乡代理发送"注册请求"报文，注册它获得的转交地址。家乡代理对移动节点的注册请求进行鉴权、认证，然后发送"注册应答"报文给转交地址，完成注册。

5）家乡代理截获发送到移动节点家乡地址的数据包，将截获的数据包按照"转交地址"通过隧道技术发送给移动节点。如果转交地址是代理转交地址，外地代理再把数据包转发给移动节点。

6）移动节点至此已经知道通信对端的地址，它将通信对端地址作为目的地址、转交地址作为源地址，与对方按正常的 IP 路由机制进行发送操作。

4.8　网络层设备

4.8.1　路由器的组成和功能

4.8.1.1　路由器的功能
路由器主要有以下几种功能。

（1）网络互连
路由器具有局域网和广域网接口，主要用于互连局域网和广域网。

常见的连接方式有：

1）连接交换机。计算机通过交换机连接成局域网，局域网通过路由器连接成广域网。如图 4-30 所示。

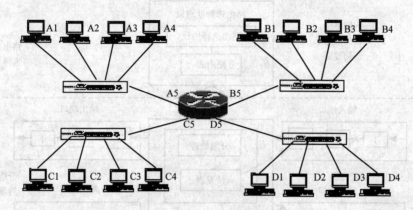

图 4-30　路由器连接交换机

2）连接远程计算机。远程的计算机（如家庭中的计算机）通过 Modem、远程线路连接到接入路由器（前端有 Modem 池）上实现连网，如图 4-31 所示。

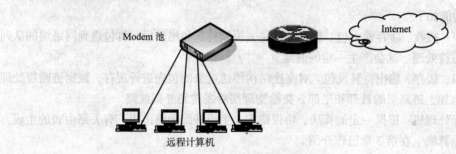

图 4-31　路由器连接远程计算机

3）混合式连接。组合使用前述两种连接方式。

（2）路由选择

通过路由器互连在一起的网络，如果一个网络中的主机要向另一个网络的主机发送数据包，路由器就会分析源地址和目的地址，找出一条最佳通信路径。

（3）分组转发

对接收到的数据包，根据数据包中的源地址和目的地址，查找路由表，把数据包从给定的输出路径转发出去。

（4）拆分和组装数据包

由于各网络中包的长度不同，路由器在转发数据包的过程中，需要按照预定的规则把大的数据包分解成适当大小的数据包，到达目的地后再把分解的数据包还原成原有形式。

（5）拥塞控制

为了保证整个网络的传输效率，路由器防止过多的数据注入网络。

（6）计费数据记录

路由器记录用户访问网络的有关数据，如每次访问的源地址、目的地址、持续时间、发送字节数、接收字节数等，这些数据可作为计费的依据。

4.8.1.2　路由器的组成

路由器有输入端口、输出端口、路由选择处理机和交换结构四部分组成,如图 4-32 所示。

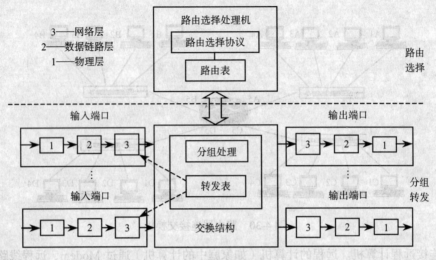

图 4-32　路由器的组成

各部分的功能如下。

- 输入端口:接收、缓存输入包。数据链路层去掉帧首部和尾部后,将包送到网络层的队列中排队等待处理。这会产生一定的时延。
- 输出端口:缓存、输出待转发包。对交换结构传送过来的包先进行缓存,数据链路层处理模块将包加上链路层的首部和尾部,交给物理层后发送到外部线路。
- 路由选择处理机:根据一定的算法、协议确定、生成并维护路由表。有关路由表的生成方法(路由算法)在第 3 章已作介绍。

交换结构:将输入端口中的包送到输出端口。交换结构主要有三种实现方法。

1)通过存储器实现交换:输入端口收到包后通知路由选择处理机,路由选择处理机将其复制到存储器,并根据头部信息查找路由表,将其复制到相应的输出端口。

2)通过总线实现交换:输入端口中的包送到总线上,通过总线送到输出端口。

3)通过 Crossbar(交叉开关矩阵,用于构建大容量系统)实现交换:通过 $N \times N$ 交叉开关,可以实现 N 个通路同时转发。

4.8.2　路由表与路由转发

路由器中保存路由表的信息,其内容因路由协议不同而不同,例如,RIP 协议保存距离向量表,OSPF 协议保存链路状态表。路由器实现包转发的过程如下。

1)路由器收到数据包后,根据网络物理接口的类型,调用相应的链路层功能模块,以解释处理此数据包的链路层协议头部信息,主要是对数据的完整性进行验证,如 CRC 校验、帧长度检查等。

2)在链路层完成对数据帧的完整性验证后,路由器开始处理此数据帧的 IP 层,这一过程是路由器功能的核心。根据数据帧中 IP 包头的目的 IP 地址,路由器在路由表中查找下一跳的 IP 地址;同时,IP 数据包头的 TTL(Time To Live)域开始减数,并重新计算校验和(Checksum)。

3）根据路由表中所查到的下一跳 IP 地址，将 IP 数据包送往相应的输出端口，被封装上相应的链路层包头，最后经输出网络物理接口发送出去。

4.9　IPv4 向 IPv6 的过渡

由于 IPv4 和 IPv6 在很长一段时期内会共存，因此需要解决 IPv4 和 IPv6 之间相互通信的问题。在 IPv4 向 IPv6 过渡时，只能采用逐步演进的办法，整个过渡需要一个比较漫长的过程。

目前 IPv4/IPv6 过渡技术主要有 3 种方案：双协议栈技术、隧道技术和地址协议转换（NAT-PT）。

1. 双协议栈

双协议栈是指主机或路由器装有 IPv4 和 IPv6 两个协议栈。

对于主机而言，双协议栈是指其可以根据需要来对上层协议所产生的数据进行 IPv4 封装或者 IPv6 封装。

对于路由器而言，分别支持独立的 IPv6 和 IPv4 路由协议，IPv4 和 IPv6 路由信息按照各自的路由协议进行计算，维护两张不同的路由表。

双协议栈的工作原理示意图如图 4-33 所示。

双协议栈技术只对新设备是可行的，但对已经在用的大量旧设备是不可行的。因此，需要其他技术以解决大量旧设备适应 IPv6 的问题。

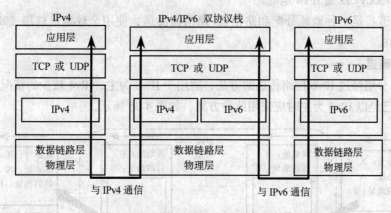

图 4-33　双协议栈从 IPv4 到 IPv6 过渡

2. 隧道技术

隧道经常是 IPv4/IPv6 过渡中经常使用到的一种机制。隧道技术的工作原理是：在 IPv6 分组进入 IPv4 网络时，将 IPv6 分组作为 IPv4 分组的数据封装成 IPv4 分组在 IPv4 网络中传送，在离开 IPv4 网络时，还原为 IPv6 分组在 IPv6 网络中传送。IPv4 分组的源地址和目的地址分别是 IPv4 网络入口和出口的 IPv4 地址。这样，好像在 IPv4 网络中开辟了一条隧道，传送 IPv6 分组。对 IPv4 分组在 IPv6 网络中的传送，方法类似。

隧道技术能够充分利用现有的网络投资，因此在过渡初期是一种简单方便的选择。但是，在隧道的入口处会出现负载协议数据包的拆分，在隧道出口处会出现负载协议数据包的重组。

按照隧道的主体不同，可以分为 IPv4 隧道、IPv6 隧道两种。

（1）IPv4 隧道

提供 IPv6 分组经过 IPv4 网络传送的方法，适用于 IPv4 为主、IPv6 较少的情况，在 IPv6 使用初期应采用此种方案，如图 4-34 所示。

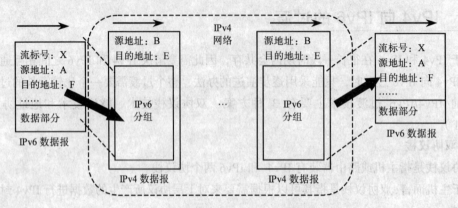

图 4-34　IPv4 隧道实现从 IPv4 到 IPv6 过渡

实际的隧道可能是路由器-路由器隧道、主机-路由器隧道、主机-主机隧道。

按照隧道的性质，可以分为 6over4 隧道、6to4 隧道两种。

- 6over4 隧道：也称为 IPv4 组播隧道，将每个 IPv4 网络看作具有组播能力的单独的链路。默认情况下，6over4 主机为每个 6over4 接口分配一个 FE80::wwxx：yyzz 的链路本地地址，其中 ww.xx.yy.zz 是 IPv4 地址。

- 6to4 隧道：是一种地址分配和路由器-路由器隧道，使用全球地址前缀 2002：wwxx：yyzz::/48。

（2）IPv6 隧道

提供 IPv4 分组经过 IPv6 网络传送的方法，适用于 IPv6 为主，IPv4 较少的情况，在 IPv4 使用晚期、网络已经以 IPv6 为主时应采用此种方案，如图 4-35 所示。

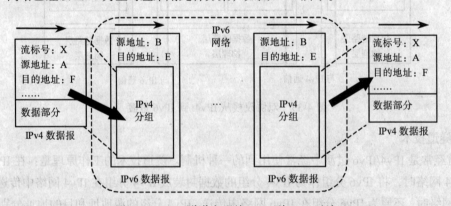

图 4-35　IPv6 隧道实现从 IPv4 到 IPv6 过渡

3. NAT-PT

NAT-PT（网络地址转换-协议转换）包括两个组成部分：网络地址转换和协议转换。其中地址转化是指通过使用 NAT 网关将一种 IP 网络的地址转换为另一种 IP 网络的地址，它允许内部网络使用一组在公网中从不使用的保留地址。在使用这项技术时可以将 IPv6 网视为一个独立而封闭的局域网，它需要使用一个地址翻译器进行地址翻译。

协议转换是指根据 IPv6 和 IPv4 之间的差异对数据包的首部做相应的修改以符合对方网络的格式要求，并且由于网络层协议的改变要对上层的 TCP、UDP 和 ICMP 等数据做相应的修改。将网络地址转换机制与协议转换机制相结合而产生的 NAT-PT 可以通过对协议、地址的转换实现 IPv6 和 IPv4 之间的相互通信。

NAT-PT 的优点是所有地址转换和协议转换都在 NAT-PT 服务器上完成，而子网内部的主机不需要做任何改动，就可以实现两个不同子网之间的相互访问。同样由于所有 IP 数据包都要在 NAT-PT 服务器上做数据包的修改，使得它们常常会破坏端到端服务（如端到端的安全），这一点和 IPv4 中的 NAT 类似（在第 5 章介绍）。同时，翻译器还会造成网络潜在的单点故障。另外，NAT-PT 实现起来比较复杂，牵涉到如何简单快速地实现网络地址和端口分配和数据包的快速修改。由于有大量的数据包在 NAT-PT 服务器上处理，因此 NAT-PT 服务器的处理能力成为两个网络之间通信的瓶颈。

习　题

1. 单项选择题

4-01　如果互联的局域网高层分别采用 TCP/IP 协议与 SPX/IPX 协议，那么我们可以选择的多个网络互联设备应该是（　　）。
　　　A. 中继器　　　　　　　B. 网桥　　　　　　　C. 网卡　　　　　　　D. 路由器

4-02　在路由器互联的多个局域网中，通常要求每个局域网的（　　）。
　　　A. 数据链路层协议可以不同，而物理层协议必须相同
　　　B. 数据链路层协议和物理层协议都必须相同
　　　C. 数据链路层协议必须相同，而物理层协议可以不同
　　　D. 数据链路层协议和物理层协议都可以不同

4-03　一个路由器的路由表通常包含（　　）。
　　　A. 所有目的主机和到达该目的主机的完整路径
　　　B. 目的网络和到达该目的网络的完整路径
　　　C. 目的网络和到达该目的的网络路径上的下一个路由器的 IP 地址
　　　D. 互联网中所有路由器的 IP 地址

4-04　要控制网络上的广播风暴可以采用（　　）。
　　　A. 用路由器将网络分段
　　　B. 用网桥将网络分段
　　　C. 将网络转接成 10Base-T
　　　D. 用网络分析仪跟踪正在发送广播信息的计算机

4-05　一个 B 类地址的子网掩码是 255.255.255.224，可以划分（　　）个子网。
　　　A. 8　　　　　　　　B. 32　　　　　　　C. 1024　　　　　　D. 2048

4-06　某一个子网中给 4 台主机分配 IP 地址（子网掩码均为 255.255.255.224），其中一台因 IP 地址分配不当而存在通信故障。这一台主机 IP 地址为（　　）。
　　　A. 200.10.1.60　　　　B. 200.10.1.65　　　　C. 200.10.1.70　　　　D. 200.10.1.75

4-07　一个网段的网络号为 198.90.10.0/27，子网掩码固定为 255.255.255.224，最多可以分成（　　）

个子网，而每个子网最多具有（　　　）个有效的 IP 地址。

    A．8，30   B．4，62   C．16，14   D．32，6

4-08 位于不同子网中的主机之间相互通信，下面说法中正确的是（　　　）。

    A．路由器在转发 IP 数据报时，重新封装源 IP 地址和目的 IP 地址

    B．路由器在转发 IP 数据报时，重新封装目的 IP 地址和目的硬件地址

    C．路由器在转发 IP 数据报时，重新封装源硬件地址和目的硬件地址

    D．源站点可以直接进行 ARP 广播得到目的站的硬件地址

4-09 某单位分配了一个 B 类地址，计划将内部网络分成 35 个子网，将来要增加 16 个子网，每个子网的主机数目接近 800 台，可行的掩码方案是（　　　）。

    A．255.255.248.0   B．255.255.252.0   C．255.255.254.0   D．255.255.255.0

4-10 对于 IP 分组的分片和重组，正确的是（　　　）。

    A．IP 分组可以被源主机分片，并在中间路由器进行重组

    B．IP 分组可以被路径中的路由器分片，并在目的主机进行重组

    C．IP 分组可以被路径中的路由器分片，并在中间路由器上进行重组

    D．IP 分组可以被路径中的路由器分片，并在最后一跳的路由器上进行重组

4-11 下列地址中，属于子网 86.32.0.0/12 的地址是（　　　）。

    A．86.33.224.123   B．86.79.65.126   C．86.79.65.216   D．86.68.206.154

4-12 动态路由选择和静态路由选择的主要区别是（　　　）。

    A．动态路由选择需要维护整个网络的拓扑结构信息，而静态路由选择只需要维护有限的拓扑结构信息

    B．动态路由选择需要使用路由选择协议去发现和维护路由信息，而静态路由选择只需要手动配置路由信息

    C．动态路由选择的可扩展性要大大优于静态路由选择，因为在网络拓扑结构发生了变化时，路由选择不需要手动配置去通知路由器

    D．动态路由选择使用路由表，而静态路由选择不使用路由表

4-13 下列不属于 ICMP 报文的是（　　　）。

    A．掩码地址请求和应答报文   B．改变路由报文

    C．流量调整报文   D．源站抑制报文

4-14 如果路由器有通过以下 3 种方式都可以到达目的网络：通过 RIP，通过静态路由，通过默认路由。那么路由器会优先根据哪种方式进行转发数据分组（　　　）？

    A．通过 RIP   B．通过静态路由   C．通过默认路由   D．随机选择

4-15 提供虚电路服务是网络层向传输层提供的一种服务，在进行数据交换的两个端系统之间（　　　）。

    A．只能有一条虚电路，但能为不同的进程服务   B．可以有多条虚电路为不同的进程服务

    C．只能有一条虚电路为一个进程服务   D．可以有多条虚电路为一个进程服务

4-16 一个 IP 地址为 255.255.255.255，其作用为（　　　）。

    A．有限广播地址，用于本网广播   B．Internet 全网上广播

    C．对 IP 为 255.255.255.255 的主机寻址   D．一个无效的 IP 地址

4-17 RIP 协议中交换路由信息的方式是（　　　）。

    A．向邻结点广播整个路由表   B．向整个网络广播整个路由表

C．向邻结点广播相邻的链路信息 D．向整个网络广播相邻的链路信息

4-18 路由器中计算路由信息的是（ ）。

A．输入队列 B．输出队列

C．交换结构 D．路由选择处理机

4-19 一个 IPv6 包中"流量类型"（Traffic Class）字段的值为 0，表明（ ）。

A．该包优先级最低，拥塞时可以被丢弃

B．该包优先级最高，拥塞时不能被丢弃

C．该包中没有用户数据，只有包头

D．该包没有定义类型，可以按任意方式处理

4-20 PING 命令实现的功能是（ ）。

A．RIP B．TCP C．PPP D．ICMP

4-21 NAT 实现内网主机访问 Internet 的主要方法是（ ）。

A．为每个内网主机分配一个唯一的端口号以相互区别

B．为每个内网主机分配一个唯一的 IP 地址以相互区别

C．为每个内网主机分配一个唯一的子网掩码以相互区别

D．利用内网每台主机的 MAC 地址以相互区别

4-22 IP 地址（ ）能用于 Internet 上的主机通信。

A．192.168.120.5 B．172.30.10.78 C．186.35.40.25 D．10.24.25.9

2．综合应用题

4-23 为什么要划分子网？子网掩码的作用是什么？

4-24 在某个网络中，R1 和 R2 为相邻路由器，R1 的原路由表和 R2 广播的距离向量报文<目的网络,距离>如下所示，根据 RIP 协议更新 R1 的路由表，并写出更新后的 R1 路由表。

R1 的原路由表

目的网络	距 离	下 一 跳
10.0.0.0	0	直接
30.0.0.0	7	R7
40.0.0.0	3	R2
45.0.0.0	4	R8
180.0.0.0	5	R2
190.0.0.0	10	R5

R2 的广播报文

目的网络	距 离	目的网络	距 离
10.0.0.0	4	41.0.0.0	3
30.0.0.0	4	180.0.0.0	5
40.0.0.0	2		

4-25 现有一个公司需要创建内部的网络，该公司包括工程技术部、市场部、财务部和办公室 4 个部门，每个部门约有 20~30 台计算机。试问：

（1）若要将几个部门从网络上进行分开。如果分配该公司使用的地址为一个 C 类地址，网络地址为 192.168.161.0，如何划分网络，才可以将几个部门分开？

（2）确定各部门的网络地址和子网掩码，并写出分配给每个部门网络中的主机 IP 地址范围。

4-26 假设有两台主机，主机 A 的 IP 地址为 208.17.16.105，主机 B 的 IP 地址为 208.17.16.185，它们的子网掩码为 255.255.255.224，默认网关为 208.17.16.160。试问：

（1）主机 A 能否和主机 B 直接通信？

（2）主机 B 不能和 IP 地址为 208.17.16.34 的 DNS 服务器通信。为什么？

4-27 （1）假设一个主机的 IP 地址为 192.55.12.120，子网掩码为 255.255.255.240，求出其子网号、主机号以及直接的广播地址。（2）如果子网掩码是 255.255.192.0，那么下列的哪些主机（　　）必须通过路由器才能与主机 129.23.144.16 通信？

A. 129.23.191.21　　　　B. 129.23.127.222　　　　C. 129.23.130.33　　　　D. 129.23.148.122

4-28 Internet 中的一个自治系统的内部结构如图 4-36 所示，如果路由选择协议采用 OSPF 协议，试计算 R6 的路由表。

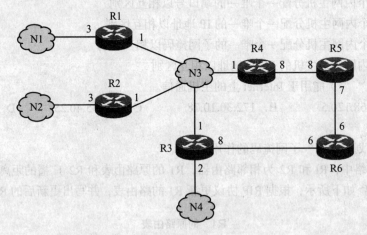

图 4-36　自治系统内部结构

4-29 某个单位的网点由 4 个子网组成，结构如图 4-37 所示，其中主机 H1、H2、H3 和 H4 的 IP 地址和子网掩码如表 4-9 所示。

表 4-9　主机 IP 地址和子网掩码对应表

主　机	IP 地址	子网掩码
H1	202.99.98.18	255.255.255.240
H2	202.99.98.35	255.255.255.240
H3	202.99.98.51	255.255.255.240
H4	202.99.98.66	255.255.255.240

（1）写出路由器 R1 到 4 个子网的路由表。

（2）试描述主机 H1 发送一个 IP 数据报到主机 H2 的过程（包括物理地址解析过程）。

4-30 网络地址转换（NAT）的主要目的是解决 IP 地址短缺问题以及实现 TCP 负载均衡等。在图 4-38 的设计方案中，与 Internet 连接的路由器采用网络地址转换。请根据路由器的 NAT 表 4-10 和图中给出的网络结构、IP 地址，简要叙述主机 B 向内部网络发出请求进行通信时，边界路由器实现 TCP 负载均衡的过程。

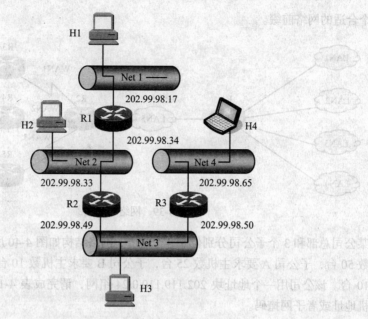

图 4-37　网络互联结构

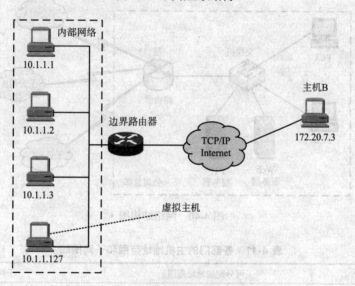

图 4-38　网络互联图

表 4-10　路由器的 NAT 表

协　议	内部局域网地址及端口号	内部全局 IP 地址及端口号	外部全局 IP 地址及端口号
TCP	10.1.1.1:80	10.1.1.127:80	172.20.7.3:3058
TCP	10.1.1.2:80	10.1.1.127:80	172.20.7.3:4371
TCP	10.1.1.3:80	10.1.1.127:80	172.20.7.3:3062

4-31　一个大公司有一个总部和 3 个下属部门。公司分配到的网络前缀是 192.77.33/240。公司的网络布局下图所示。总部共有 5 个局域网，其中的 LAN1~LAN4 都连接到路由器 R1 上，R1 再通过 LAN5 与路由器 R2 相连。R2 和远地的 3 个部门的局域网 LAN6~LAN8 通过广域网相连。每一个局域网旁边标明的数字是局域网上的主机数。试给每一个局域网分配一

个合适的网络前缀。

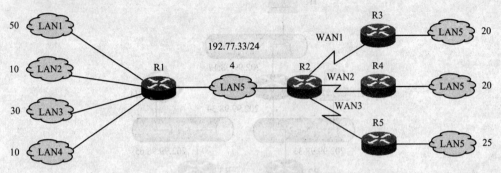

图 4-39 网络布局图

4-32 某公司总部和 3 个子公司分别位于 4 个地方，网络结构如图 4-40 所示，公司总部要求主机数 50 台，子公司 A 要求主机数 25 台，子公司 B 要求主机数 10 台，子公司 C 要求主机数 10 台。该公司用一个地址块 202.119.110.0/24 组网，请完成表 4-11 中标出的①~⑥处的主机地址或者子网掩码。

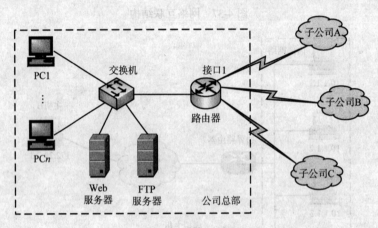

图 4-40 网络结构图

表 4-11 各部门的主机地址范围和子网掩码

部　门	可分配的地址范围	子网掩码
公司总部	202.119.110.129~①	255.255.255.192
子公司 A	②~202.119.110.94	③
子公司 B	202.119.110.97~④	255.255.255.240
子公司 C	⑤~⑥	255.255.255.240

传　输　层

□5.1　传输层提供的服务

传输层是资源子网和通信子网的接口与桥梁，它是面向应用的高层协议和面向通信的低层协议之间的接口，起到承上启下的作用。传输层向高层用户屏蔽了低层通信子网的细节（如网络的拓扑、所采用的协议等），它使应用进程看见的就好像是在两个传输层实体之间有一条端到端的逻辑通信信道一样。传输层的位置如图 5-1 所示。

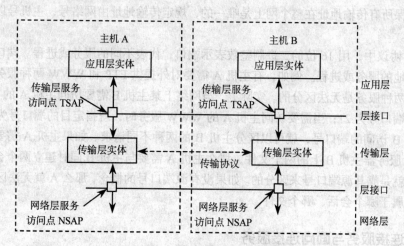

图 5-1　传输层与应用层和网络层之间的关系

5.1.1　传输层的功能

传输层在两个应用实体之间实现可靠的、透明的、有效的数据传输，其主要功能是：

- 连接管理：包括端到端连接的建立、维持和释放。传输层可同时支持多个进程的连接，即将多个进程连接复用在一个网络层连接上。
- 优化网络层提供的服务质量：传输层优化网络服务质量，包括检查低层未发现的错误，纠正低层检测出来的错误，对接收到的数据包重新排序，提高通信可用带宽，防止无访问权的第三者对传输的数据进行读取或修改等。
- 提供端到端的透明数据传输：传输层可以弥补低层网络所提供服务的差异，屏蔽低层网络的细节操作，对数据传输进行控制，包括数据报文分段和重组、端到端差错检测和恢复、顺序控制和流量控制等。
- 多路复用和分流：当传输层用户进程的信息量较少时，将多个传输连接映射到一个网络连接上，以便充分利用网络连接的传输速率，减少网络连接数。

- 状态报告：使用户能够获得或者说被告知一些有关传输层实体或者传输连接的状态或属性的信息。这些状态信息包括连接的性能特征（如吞吐量、平均延迟等）、地址、使用的协议类别、当前计时器值、所请求的服务质量等。
- 安全性：传输层实体可以提供多种多样的安全服务。对接入的控制是以发送方的本地证实以及接收方的远程证实的形式提供的，传输服务在需要的时候，也可能会包括数据加密/解密。传输层实体可能具有选择经过安全的链路和节点的能力，前提是传输设施可以提供这种服务。
- 加速交付：在接收端，传输层实体中断用户的工作，通知它接收到了紧急数据，也不需要等待后继数据到达就立即提交。例如，终端发出中断字符或警告状态。

5.1.2 传输层寻址与端口

传输层要在用户之间提供可靠和有效的端-端服务，必须把一个用户进程和其他用户进程区分开来，这是由传输地址来实现的。目标用户需要这样的说明：用户标识、传输层实体、主机地址和网络号码。传输层定义一组传输地址，以供通信选用。传输地址用传输服务访问点（TSAP）来描述。为确保所有传输地址在整个网上是唯一的，规定传输地址由网络号、主机号以及主机分配的端口组成。

TCP/IP 协议中，用 16 位的二进制整数表示端口，代表不同的服务或进程。端口只有本地含义，表示本地的服务或进程。例如，有主机 A 需要对外提供 FTP 和 WWW 两种服务，如果没有端口号，这两种服务是无法区分的。实际上，当网络上某主机 B 需要访问主机 A 的 FTP 服务时，就指定目的端口号为 21；当需要访问主机 A 的 WWW 服务时，就指定目的端口号为 80。这样，A 根据主机 B 访问的端口号，就可以区分主机 B 的两种不同请求。如果主机 A 需要同时下载网络上某 FTP 服务器主机 B 上的两个文件，那么主机 A 需要与主机 B 同时建立两个会话，而这两个传输会话就是靠其源端口号来区分的。如果没有源端口号的概念，那么 A 就无法区分 B 传回的数据究竟是属于哪个会话、哪个文件。

5.1.3 无连接服务与面向连接服务

传输层提供两类传输服务：无连接的传输服务和面向连接的传输服务。无连接的传输服务比较简单，发送数据之前不需要事先建立连接。而对于面向连接的传输服务，两个用户（或进程）相互通信之前，必须先建立连接。一次完整的数据传输包括建立连接、传输数据、释放连接三个阶段。

在连接建立过程中，根据用户对服务质量的要求，相互协商服务的功能与参数，如选择合适的网络服务、协商传输协议数据单元的大小、确定是否使用多路复用和流量控制等。

一个传输实体向目的主机发送一个连接请求的报文，待接收到对方连接的应答就可以建立连接了。这个过程通常称为"二次握手"。

但当网络可能丢失、存储、出现重复分组时，这种简单的方法就很不可靠。为了解决这些问题，提出了三次握手的方法。三次握手时建立连接需要三个步骤：

1）发送方发送一个连接请求报文到接收方。
2）接收方回送一个接收请求报文到发送方。
3）发送方再回送一个确认报文到接收方。

一旦连接建立，两个对等实体就可以开始交换数据了。如果用户的数据超过了最大报文尺寸，发送方传输实体需要将数据分段，每一个分段都有一个序列号，这样，接收方就能按照正确的顺序还原数据。

数据传送完毕，应释放传输连接。

释放连接包括正常释放和非正常释放（突发性终止）两种情况，后者指在遇到异常情况时终止连接，这种情况非常突然，可能会导致数据丢失。

按释放连接的方式，可分为对称释放和非对称释放。对称释放方式在两个方向上分别释放连接，一方释放连接后，只是不能发送数据，但可以继续接收数据。非对称释放指单方面终止连接。

释放连接一般也使用三次握手方法。

5.2 UDP 协议

5.2.1 UDP 数据报

1. UDP 协议的功能与特点

UDP 只在 IP 的数据报服务之上增加了很少的功能，即端口的功能和差错检测的功能。UDP 几乎就是一种包装协议，为应用进程提供一种访问 IP 的手段，即接收应用进程的数据，封装成 UDP 报文，交给 IP 传送。UDP 不需要创建连接，传输是不可靠的，没有自动应答。但 UDP 有其特殊的优点：

- 提供无连接的服务，简单、快速。
- UDP 的主机不需要维持复杂的连接状态表。
- UDP 报文只有 8 个字节的首部开销。
- 网络出现的拥塞不会使源主机的发送速率降低。这对某些实时应用是很重要的。

2. UDP 端口

UDP 常用的端口号有：

- 53：DNS
- 69：TFTP
- 123：NTP
- 161：SNMP
- 162：SNMP
- 520：RIP

3. UDP 报文格式

UDP 报文格式如图 5-2 所示。

4. UDP 应用

有很多应用适合采用 UDP 传输数据，主要有：

- 不太关心数据丢失，如传输视频或多媒体流数据。
- 每次发送很少量数据。
- 有自己的全套差错控制机制。
- 实时性要求较高、差错控制要求不高。

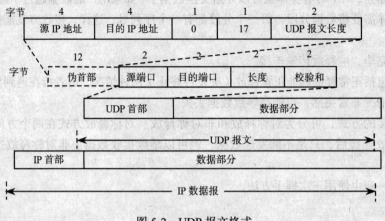

图 5-2　UDP 报文格式

5.2.2　UDP 校验

　　校验和的计算包括伪首部，校验和的初始值为全 0 参与计算校验和，采用按 16 位字反码加法再取反的方法计算。

□ 5.3　TCP 协议

5.3.1　TCP 协议概述

5.3.1.1　TCP 协议的功能
TCP 协议的主要功能是：

- 寻址与复用：对从不同应用进程收到的数据进行复用，同时利用端口进行寻址，标识不同的应用进程。
- 创建、管理与终止连接。
- 处理并打包数据：将用户数据分解、封装成报文。
- 传输数据：概念上将数据传输给对方，实际上是交给下层完成具体的传输。
- 提供可靠性和传输质量保证。
- 提供流控制和拥塞控制。

5.3.1.2　TCP 协议的特点
　　TCP 是面向连接的协议，提供可靠的、全双工的、面向字节流的、端到端的服务。TCP 协议的主要特点如下。

　　（1）提供可靠传输

　　TCP 是一种可靠的传输协议，主要措施是应答机制和对数据完整性的检查，对于传错、丢失、重复或顺序错误的数据，采用超时重传、错误重传的方法，保证数据正确地传输。

　　（2）提供点到点传输

　　TCP 提供点到点传输，不支持组播或广播传输。

　　（3）提供面向连接的服务

　　TCP 规定通信双方在进行实际的数据传输之前，需要在源进程与目的进程之间建立传输连接。如果建立连接不成功，是不会发送数据的。发送方将用户数据分解成一个个的传输单元（称为段，俗称报文）进行发送，接收方对每一个报文需要发送确认。

（4）提供流传输

流（stream）是指无报文丢失、重复和失序的正确的数据序列，相当于一个管道，从一端流入，从另一端流出。

为了实现流传输，发送方和接收方都使用缓存。发送方用缓存来收集发送应用进程所产生的数据，组成报文后发送。接收方将接收到的报文存储在缓存中，供接收应用进程读取。由于应用进程读取数据的速度可能低于接收的速度，所以缓存中可能会暂存很多数据。在没有被读取之前，不能清空缓存。

（5）提供全双工服务

TCP 支持全双工传输，两个应用进程在已经建立的 TCP 连接上可以同时发送和接收数据，并且 A 向 B 发送数据时还可以携带对从 B 收到的数据的应答信息。

5.3.1.3　端口与套接字

1. 端口号的概念

TCP 一般由操作系统实现。TCP 的实现中包含大量进程，分别完成不同的功能，如完成文件传输的进程 FTP、完成邮件发送功能的进程 SMTP、完成远程登录虚拟终端功能的进程 Telnet 等。为了识别这些不同的进程，TCP 为每个进程分配一个 16 位的号码，称为端口号（port number）。

2. 端口号的范围

在 TCP/IP 协议中，端口号的取值范围是 0～65 535 之间的无符号整数。

3. 端口号的类型

IANA 规定，端口号分为三类：

- 熟知端口号：或称公认端口号，由 IANA 统一分配和定义其含义，用于指明特定的进程或功能，一般在服务器端使用，其范围是 0～1023。
- 注册端口号：用户根据需要在 IANA 注册，以避免重复，其范围是 1024～49 151。
- 临时端口号：客户端程序自己定义和使用的端口号，可随机分配，其范围是 49 152～65 535。

TCP 常用的端口号有：

- 20：FTP 数据连接
- 21：FTP 控制连接
- 23：Telnet
- 25：SMTP
- 53：DNS
- 80：HTTP
- 110：POP3

4. 套接字

端口号可以指明当前进行的是一个进程，但并没有指明是哪个节点上的进程。为了具体指明节点，就需要使用 IP 地址。将 IP 地址和端口号合在一起称为套接字（socket）或插口。可以看出，一个套接字唯一地确定网络上的一个进程。

TCP 连接就是两个套接字之间的连接。

广义地说，网络上两个进程之间的关联可用一个五元组来表示：

<协议,源 IP 地址,源端口号,目的 IP 地址,目的端口号>

5.3.2 TCP 段

TCP 的传输单位称为段（segment），其含义是上层应用将用户数据分成一个一个的段进行发送。段有时也称为报文或报文段。

TCP 段的格式如图 5-3 所示，各字段的含义如下。

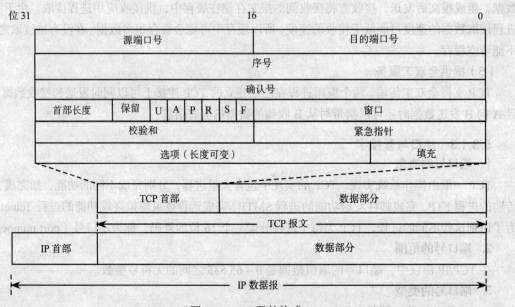

图 5-3 TCP 段的格式

- 源端口号、目的端口号：各 16 位，分别指明源、目的端口号。
- 序号：4 字节。TCP 传送的数据流每一个字节都编有一个序号，序号字段中的值是本报文所发送数据的第一个字节的序号。
- 确认号：4 字节。确认字段的值是期望收到对方下一个报文段数据的第一个字节的序号。
- 首部长度：4 位，指出 TCP 报文段首部的长度。由于首部存在可选项，因此首部的长度并不是固定的，长度单位不是字节而是 32 位字（以 4 字节为计算单位），其范围是 5 ~ 15，对应首部的长度是 20 ~ 60 字节。
- 紧急标志 URG（U）：当 URG = 1 时，紧急指针字段有效。
- 确认标志 ACK（A）：当 ACK = 1 时，确认号字段有效。
- 推送标志 PSH（P）：接收方 TCP 收到推送标志为 1 的报文时，就立即交付给接收应用进程，而不用等到整个缓存都填满了后再向上交付。
- 复位标志 RST（R）：当 RST = 1 时，表明 TCP 连接中出现严重差错（如由于主机崩溃或其他原因），必须释放连接，然后再重新建立传输连接。
- 同步标志 SYN（S）：当 SYN=1 时，表示这是一个连接请求或连接接收报文，用于建立传输连接。
- 终止标志 FIN（F）：当 FIN = 1 时，表明此报文段的发送端的数据已发送完毕，并要求释放传输连接。
- 窗口：2 字节。窗口字段用来控制对方发送的数据量（字节数）。接收方设置该值，发送方发送给接收方的报文的大小应不超过该值。通过这个机制，可以控制发送端发送的数据量，实现流量控制。

- 校验和：对整个 TCP 报文（首部和数据）计算的校验和，计算方法是以 16 位字为单位进行补码加法再取反。如果总长度不是 16 位的整数倍，就需要进行填充。

- 紧急指针：16 位，是一个正偏移量，表示紧急数据在本报文的数据中从报文开始计算的偏移量。TCP 允许在一个普通的报文中（可能比较长）放一些紧急数据，随普通报文一同发送给接收方。

- 选项：每个选项可以是 1 个或多个字节，规定相应的功能。每个选项由类型、长度、数据三部分组成。表 5-1 列出了 TCP 定义的选项。

表 5-1 TCP 定义的选项

类 型	长 度	数 据	解 释
0	—	—	标志所有选项结束
1	—	—	无操作，用于后续选项对齐 32 位边界
2	4	MSS	告诉发送方希望接收的最大段长度
3	3	窗口扩大因子	表示窗口字段值乘以 2^n，n 为扩大因子
4	2		允许使用选择性确认
5	可变	选择确认数据块	指出无须重传的数据块
14	3	替换校验和算法	允许使用非 TCP 标准的校验和算法
15	可变	替换校验和	当校验和超过 16 位时，放于此处

TCP 报文的数据部分的最大长度（称为最大段长度，MSS）是 65 535 字节，当希望发送更多数据时，需要使用扩大因子。例如，在一个数据传输速率为 1244Mbit/s（OC-24）的光纤上连接两个相隔 9656km 的主机，一个主机发送数据后要等 64ms 后才能收到应答，在此期间发送了 10MB 数据，这显然超出了窗口字段可表示的范围。使用扩大因子可以使得发送方连续发送更多的数据。

若 TCP 报文段的数据部分长度不是 4N（N 为整数）字节的整数倍，则要填充全零以达到长度要求。

由于分层原则的要求，TCP 报文只涉及本层的内容。但要在两个进程（或主机）之间建立连接，必须知道双方的地址，而这没有在 TCP 报文中体现出来。为此，TCP 定义了一个伪首部，以解决这一问题。伪首部的格式如图 5-4 所示。

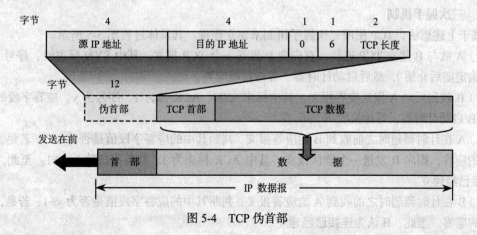

图 5-4 TCP 伪首部

伪首部保存在缓存中，不提交给 IP 层发送。TCP 校验和的计算包括伪首部。

TCP 报文的长度包括首部和数据部分的总长度，不包括伪首部，以字节为单位，最大值为 65 535 字节（64KB）。但事实上，TCP 报文一般没有这么大。TCP 报文的典型长度是 556 字节，其中数据部分的长度为 536 字节（标准长度）。将 TCP 封装进 IP 后，IP 的典型长度是 576 字节，这也是 IPv6 的包长度。

5.3.3 TCP 连接管理

5.3.3.1 TCP 连接建立机制

可靠的连接并不像看上去的那么容易实现，著名的两军作战问题可以说明这一点。

【例题】蓝军和白军作战，战场是在两个山头及其中间的峡谷。蓝军被分成了两部分，称为蓝军 1 和蓝军 2，分别占据着两个山头，白军占据着两个山头之间的峡谷。如果两支蓝军单独与白军作战，都会战败被消灭，但如果协同作战，则能战胜并消灭白军。现在的问题是，需要设计一种通信方式，使得两支蓝军能够协同作战。

只能使用派信使送信给对方的传统通信方式，且蓝军的信使要经过峡谷，可能会被俘虏导致送信失败。

一种直观的方式是：蓝军 1 指挥官写好信件，主要内容是："9 月 12 日 18 时一起攻打白军，同意吗？"假定写信的时间离约定的攻打时间还很长。派信使送往蓝军 2 指挥官。蓝军 2 指挥官收到信后，写一封回信，主要内容是："同意 9 月 12 日 18 时一起攻打白军，"让信使带回去。信使送信后安全返回。

试问：两支蓝军会在约定时间攻打白军吗？

不会。因为蓝军 2 不知道回信是否被蓝军 1 收到，所以不敢行动。

为了消除蓝军 2 的担心，蓝军 1 可再次派信使，告知蓝军 2 已收到蓝军 2 的信。假定蓝军 2 收到了蓝军 1 的第二封信，但双方依然不敢在约定时间开始战斗。因为蓝军 1 不知道第二封信是否被蓝军 2 收到，如果蓝军 2 没有收到第二封信，蓝军 2 就不会去打白军。

分析这个过程可以看出，其实没有一种可靠的方案，因为最后的一封信是关键，发送方不能确认接收方是否收到。但战场要求必须要有一种决定。

网络的情况与此类似。为了解决这个困境，网络设计了一个计时器，双方约定一个时间，如果在约定的时间内没有收到信息，就认为信息不会送到。这基于一个基本的假定：如果前面多次通信都成功，那么下一次通信也基本上会成功。

1. 三次握手机制

基于上述想法，TCP 使用三次握手机制来建立连接。其具体过程图 5-5 所示。

1）A 欲与 B 建立 TCP 连接，首先向 B 发送一个 TCP 报文，其中 SYN 标志=1，序号 seq=x（x 的确定随后介绍），然后启动计时器，等待接收应答。

2）B 收到后向 A 发送应答报文，其中标志 SYN、ACK 都为 1，序号为 y，应答字段的值为 x+1。B 启动计时器，等待接收 A 的应答。

3）A 在计时器超时之前收到 B 的应答报文，判断其中的应答字段值是否为 x+1，若是，表明是 B 的应答，则向 B 发送一个确认报文，其中 ACK 标志为 1，应答字段值为 y+1。至此，A 认为连接已经建立。

4）B 在计时器超时之前收到 A 的应答报文，判断其中的应答字段值是否为 y+1，若是，表明是 A 的应答。至此，B 认为连接已经建立。

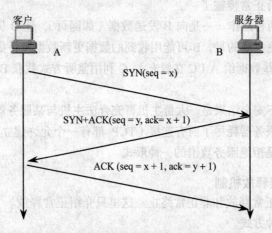

图 5-5　TCP 三次握手机制连接建立过程

在上述过程中共交换了三个报文，如果有某些报文丢失或出错，则连接失败。

如果第一个报文丢失，则 B 不会应答，A 在超时前收不到应答，最终超时失败。

如果第二个报文丢失，则 A 收不到应答，导致 B 也收不到应答，双方都会超时失败。

如果第三个报文丢失，B 收不到应答，会超时失败。但 A 认为已经建立了连接（分配了资源），B 认为没有建立连接，这情况称为半连接。解决半连接问题的一种可能的方案是：A 在设定的一段时间内没有通过所建立的半连接成功发送或接收数据，就释放该连接。

2. 初始序号的确定

建立连接的发起方在发送建立连接的报文时，要选择一个初始序号（ISN）填入序号字段，该序号是要发送的数据块的第一个字节的编号。从概念上说，ISN 可以选择 1（或者 0）。但事实证明，这并不是一个好的选择。如果每个连接都以 1 作为初始序号，在某些条件下，容易导致混淆。例如，现在建立了一个 TCP 连接，发送了一个包含字节 1 到 30 的报文，但该报文在传输过程中因故被延迟了，并且最终该 TCP 连接也被终止了。然后重新建立连接，恰在此时，原来的那个报文到达了目的地。目的主机就会把这个报文当成新连接发送的数据而加以使用，而新连接发送的第一个报文未必就是以前的那个报文，最后导致目的主机使用了错误的数据。

TCP 确定 ISN 的一种方法是：设定一个计数器，初始值为 0，每 4 微秒加 1，直到记满 32 位后归 0，这一过程需要 4 个多小时。任何时候建立 TCP 连接时，都选择当前 ISN 计时器的值作为初始序号值。这种方式可避免前面所说的问题。

但这种方式选择 ISN 具有规律性，以导致安全隐患。所以，现在有的 TCP 实现使用随机数作为 ISN。

3. 三次握手机制的安全隐患

三次握手机制的安全隐患之一是一个恶意的节点 C 冒充 A 与 B 建立连接，并向 B 发送数据，导致 B 进行不应当进行的操作。这一过程中的关键是 C 要设法知道 B 应答时的序号。

首先，C 向 B 发送一个建立连接的请求，从 B 收到一个包含 ISN 的应答，获得 B 的 ISN，据此推测下次再建立连接时可能使用的 ISN。但 C 并不对 B 的应答进行应答。然后，C 用 A 的地址作为源地址向 B 发起建立连接的请求，B 向 A 发送应答，该应答会送到 A。但因 A 没有发送连接请求，所以 A 丢弃该报文，不做任何处理。C 收不到 B 的应答，但 C 因为先前的测试，猜测 B 的应答序号，C 此时冒充 A 向 B 发送应答。最后，B 收到了来自 A（C 冒充的）的应答，B 认为连接已经建立，可以进行正常传输了。

此时，C 可以进行两种操作。一是向 B 发送数据（如网页），让 B 保存这些网页，结果网站的内容可能被更改了。更严重的是，B 可能用收到的数据更新数据库（如银行账号）里的数据。二是 C 可以让 B 发送某些数据给 A（C 在冒充），C 利用监听方式截获 B 发给 A 的数据，而这可能是绝密信息。

三次握手的另一种不安全结果是，大量主机冒充合法主机与某服务器建立连接，事实最后建立的都是半连接，使得服务器耗尽了所有连接（TCP 都有一个允许建立连接数的上限值），而不能提供正常的服务。这是拒绝服务攻击的一种形式。

5.3.3.2　TCP 连接释放机制

TCP 连接释放分为正常释放和非正常终止。这里只介绍正常释放。

正常释放主要有 3 种方式。

1. 四次握手方式

TCP 的释放分为半关闭和全关闭两个阶段。半关闭阶段是当 A 没有数据向 B 发送时，A 向 B 发出释放连接请求，B 收到后向 A 发回确认。这时 A 向 B 的 TCP 连接就关闭了。但 B 仍可以继续向 A 发送数据。当 B 再也没有数据向 A 发送时，这时 B 就向 A 发出释放连接的请求，同样，A 收到后向 B 发回确认。至此 B 向 A 的 TCP 连接也关闭了。当 B 确实收到来自 A 的确认后，就进入了全关闭状态。

这种释放连接是一个四次握手的过程，其流程如下：

1）A 向 B 发送报文，标志 FIN=1，序号 seq=u。

2）B 收到 A 的释放请求后向 A 发送确认报文，标志 ACK=1，序号 seq=v，确认号=u+1。B 告诉己方应用程序关闭。

3）B 接收到己方应用程序关闭的信息，向 A 发送确认报文，标志 FIN=1，ACK=1，序号 seq=w，确认号=u+1。

4）A 收到 B 的确认报文后向 A 发送确认报文，标志 ACK=1，序号 seq=v+1，确认号=w+1。

四次握手释放连接的过程如图 5-6 所示

2. 三次握手方式

当 A 向 B 发出释放连接请求后，B 确认并向 A 发出释放连接的请求，这一过程是三次握手。其流程是：

1）A 向 B 发送报文，标志 FIN=1，序号 seq=u。

2）B 收到 A 的释放请求后，告诉己方应用程序关闭，然后向 A 发送确认报文，标志 FIN=1，ACK=1，序号 seq=v，确认号=u+1。

3）A 收到 B 的确认报文后向 A 发送确认报文，标志 ACK=1，序号 seq=u+1，确认号=v+1。

三次握手释放连接的过程如图 5-7 所示。

3. 双方同时释放连接

所谓同时释放是指双方在没有收到对方的释放连接请求时向对方发送释放连接的请求。同时释放连接的结果是全关闭。其流程是：

1）A 向 B 发送报文，标志 FIN=1，序号 seq=u。

2）B 向 A 发送报文，标志 FIN=1，序号 seq=v。

3）B 收到 A 的释放请求后，向 A 发送确认报文，ACK=1，确认号=u+1。

4）A 收到 B 的释放请求后，向 B 发送确认报文，ACK=1，确认号=v+1。

同时释放的过程如图 5-8 所示。

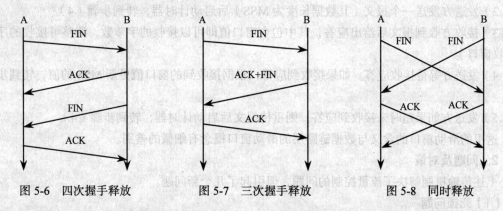

图 5-6　四次握手释放　　　　图 5-7　三次握手释放　　　　图 5-8　同时释放

5.3.3.3　TCP 定时管理机制

重传机制是保证 TCP 可靠性的重要措施。TCP 每发送一个报文，就对这个报文启动计时。只要计时器设置的重传时间已到但还没有收到确认，就要重传这一报文。超时重传时间设置的长短、恰当与否关系到网络的工作效率。如果设置太短，会引起很多报文段的重传，增大网络的负荷；如果设置太长，则会增大网络的空闲时间，降低网络的传输效率。

TCP 采用如下方法计算超时重传时间。

所涉及的参数：报文段的往返时间 RTT，报文段的加权平均往返时延 RTTs，超时重传时间 RTO，RTT 的偏差的加权平均值 RTT_D。

具体步骤如下：

首先计算出来第一个 RTT。然后把第一个 RTT 值设置为 RTTs 的初始值。以后再计算新的 RTTs 时采用如下公式：

$$新的 RTTs = （1-\alpha）\times（旧的 RTTs）+\alpha\times（新的 RTT 样本）$$

其中 α 的值通常取为 1/8。早期计算 RTO 的公式为 RTO=2×RTTs，现在改为：

$$RTO=RTTs+4\times RTT_D$$

RTT_D 的初始值为 RTT 样本值的一半，以后再计算 RTT_D 时采用公式：

$$新的 RTT_D = （1-\beta）\times（旧的 RTT_D）+\beta\times| RTTs -新的 RTT 样本|$$

其中 β 的值通常取为 1/4。

RTT 的测量是一个很复杂的过程。其中一个问题是确认的多义性问题。假定一个报文被重发，由于重发的报文中没有携带任何关于重发的信息，因此接收方收到报文后发送确认报文，接收方不知道该确认报文是针对原始报文还是重传报文的。因为两种情况下，RTT 的时间相差很大。如果总假定应答是针对首次发送的报文的，则可能 RTT 太大，如果假定应答是针对重发报文的，则可能 RTT 太小。

5.3.4　TCP 可靠传输

1. 传输机制

TCP 采用滑动窗口的方式传输数据，在实现可靠传输的同时实现流量控制。其原理是：

1）在建立连接时确定发送和接收的字节序号，确定最大段长度 MSS 的值为标准长度（确定发送和接收的窗口）。

2）发送方发送一个报文（其数据长度为 MSS）后启动计时器，转到步骤（4）。

3）接收方收到报文后给出应答，其中包含窗口值即可以接收的字节数，调整可接收的序号（接收窗口）。

4）发送方等待接收应答。如果接收到应答，根据接收到的窗口值更新 MSS 的值，转到步骤（2）。

5）发送方如果超时未接收到应答，则重传报文后启动计时器，转到步骤（4）。

这里的滑动窗口的含义与数据链路层的滑动窗口概念有细微的差别。

2. 问题及对策

上述传输机制解决了流量控制的问题，但引起了几个新问题。

（1）死锁问题

假定有这种情况：接收方收到报文，但不能继续接收新的报文，就发送一个窗口=0 的确认报文。这时，发送方停止发送，等待接收方发送一个非 0 窗口的确认报文启动发送。一段时间后，接收方发送了一个非 0 窗口的报文，但该确认报文丢失了。结果是发送方不能发送，接收方不能接收，导致死锁。

解决方案：TCP 为每一个连接设计一个持续计时器。只要 TCP 连接的一方收到对方的窗口=0 通知报文，就启动持续计时器。若持续计时器设置的时间到期，就发送一个窗口=0 探测报文（仅携带 1 字节的数据），而对方就在确认这个探测报文时给出现在的窗口值。若窗口仍然是 0，则收到这个报文的一方就重新设置持续计时器。若窗口不是 0，则开始发送数据。

（2）效率问题

诸如 Telnet 的应用，每次产生一个字节的数据，就需要与对方建立一次 TCP 连接，发送一字节的数据，效率很低。

解决方案：采用 Nagle 算法，发送第一个字节后将后续的字节缓存直到原来的字节被确认，以收集更多的字节一起发送。

（3）傻瓜窗口症状问题

发送方根据接收方的窗口指示发送一个大报文，接收方在接收报文前又分配了缓冲区剩下较少的缓冲区，导致大报文到达时只能接收很少的数据，极端情况是只接收一个字节，每接收一部分后就通过设置窗口大小通知发送方下次可发送的数据量。下次发送，又出现类似情况，即发送很多数据，只能接收很少的数据，最后导致每次只传送一个字节。

解决方案：采用 Clark 算法，禁止接收方发送 1 字节窗口确认报文。

（4）利用率问题

一次发送一个报文后就等待接收应答报文，这就是停止-等待方式，导致利用率低。

解决方案：允许发送方连续发送多个报文后等待接收应答报文。

（5）选择性确认问题

与前一问题相关，当发送方连续发送多个报文后等待接收应答，如果其中部分报文出错或丢失，如何处理是个问题。

解决方案：对 TCP 进行了扩展，建立 TCP 连接时使用可选项允许使用选择性确认 SACK。当部分报文出错或丢失时，只重发这部分报文，而不是重发所有报文。

5.3.5 TCP 流量控制与拥塞控制

采用 5.3.4 节中的方法实现了端到端的流量控制。网络的拥塞控制采用了：慢开始、拥塞避免、快重传、快恢复和随机早期检测 RED 等方法。

5.3.5.1 慢开始和拥塞避免

1. 慢开始

当主机开始发送数据时，由于还不清楚网络的状况，如果立即将大量数据注入到网络，有可能引起网络拥塞。经验证明，较好的方法是试探一下，即由小到大逐渐增大发送的数据量。这就是所谓的慢开始。

慢开始算法定义了 3 个窗口。

- 拥塞窗口 cwnd（congestion window）：可能发生拥塞的数据量，大小取决于网络的拥塞程度，且动态变化，由发送方根据网络的状态确定。
- 发送窗口 swnd：可发送的数据量，由发送方确定。
- 接收窗口 rwnd：可接收的数据量，由接收方确定。

控制拥塞窗口的原则是：只要网络没有出现拥塞，拥塞窗口就再增大一些，以便把更多的分组发送出去。但只要网络出现拥塞，拥塞窗口就减小一些，以减少注入到网络中的分组数。

发送窗口的上限值=Min {rwnd, cwnd}

当 rwnd < cwnd 时，可发送的数据量受接收能力限制。

当 cwnd < rwnd 时，可发送的数据量受网络拥塞限制。

窗口的大小可以是报文数，也可以是字节数。这里用报文数表示。

慢开始算法可描述为：

1）在主机刚刚开始发送报文时设置拥塞窗口 cwnd = 1；

2）在每收到一个对新的报文段的确认后，将拥塞窗口加倍；

3）重新计算发送窗口，按发送窗口的大小发送报文。

使用慢开始算法后，每经过一个传输轮次，拥塞窗口 cwnd 就加倍。一个传输轮次所经历的时间就是往返时间 RTT。

"传输轮次"把拥塞窗口 cwnd 所允许发送的报文段都连续发送出去，并收到了对已发送的最后一个字节的确认。例如，拥塞窗口 cwnd = 4，这时的往返时间 RTT 就是发送方连续发送 4 个报文段，并收到这 4 个报文段的确认总共经历的时间。

2. 拥塞避免

慢开始算法会使得拥塞窗口一直成倍增长，这一过程不可能一直持续。需要设置一个慢开始门限值（阈值）ssthresh，当拥塞窗口达到此值时，就不再加倍，而是改为按线性增长，一旦出现数据传输超时，就将拥塞窗口值重新设回到 1，并再次开始慢开始算法。这就是拥塞避免的原始思想。

拥塞避免算法可描述为：

1）当 cwnd < ssthresh 时，使用慢开始算法。

2）当 cwnd > ssthresh 时，停止使用慢开始算法而改用拥塞避免算法。

3）当 cwnd = ssthresh 时，既可使用慢开始算法，也可使用拥塞避免算法。

4）当发送方判断网络出现拥塞（即没有按时收到确认）时：

① 把慢开始门限值 ssthresh 设置为出现拥塞时的拥塞窗口值的一半（但不能小于 2）。

② 把拥塞窗口 cwnd 重新设置为 1，执行慢开始算法。

拥塞避免的工作原理如图 5-9 所示。

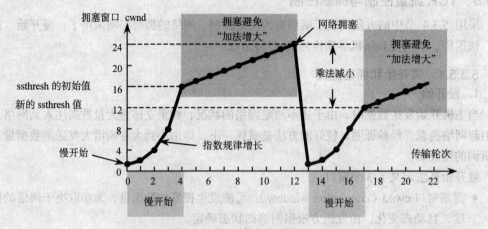

图 5-9   慢开始-拥塞避免

可以看出，拥塞避免算法能够迅速减少主机发送到网络中的分组数，使得发生拥塞的路由器有时间把队列中积压的分组处理完毕。其中，进入拥塞避免阶段，拥塞窗口按线性增长，称为"加法增大"。一旦出现拥塞，就将门限值变成拥塞窗口的 0.5 倍，称为"乘法减小"。

5.3.5.2   快重传和快恢复

快重传和快恢复是 TCP 拥塞控制机制中为了进一步提高网络性能而设置的两个算法。

1.   快重传

快重传算法规定：

1）接收方每收到一个失序的报文后就立即发出重复确认，以便让发送方及早知道有报文没有到达接收方。

2）发送方只要一连收到 3 个重复的 ACK 即可断定有报文丢失了，就应立即重传丢失的报文而不必继续等待为该报文设置的重传计时器的超时。

其过程如图 5-10 所示。快重传并非取消重传计时器，而是在某些情况下可更早地重传丢失的报文，从而提高吞吐率。

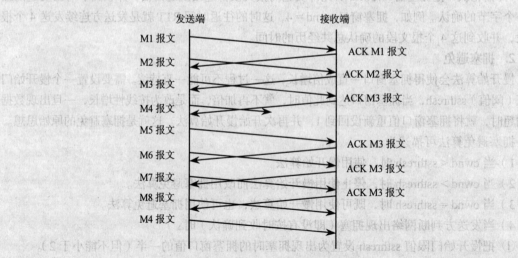

图 5-10   快重传

2. 快恢复

快恢复算法规定：

1）当发送端收到连续 3 个重复的 ACK 时，就执行"乘法减小"算法，把慢开始门限值 ssthresh 设为 cwnd 的一半，重传丢失的报文。

2）将 cwnd 设置为 ssthresh +3（因为有 3 个报文离开网络到达目的地，若收到的重复的 ACK 数为 n，则拥塞窗口设置为 ssthresh +n），执行拥塞避免算法。

3）每次收到另一个重复的 ACK 时，cwnd 加 1，只要发送窗口允许，就发送 1 个报文。

4）当下一个确认新数据的 ACK 到达时，将 cwnd 设置为 ssthresh（该 ACK 应该是对步骤（1）中重传报文的确认）。

快恢复的执行过程如图 5-11 所示。

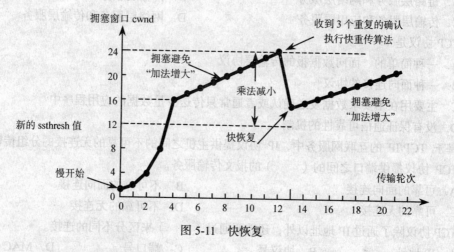

图 5-11　快恢复

5.3.5.3　随机早期检测 RED

前面介绍的方法都是在拥塞已经出现后采取的措施，TCP 拥塞控制的另一种方法是在拥塞还未出现，或者在检测到网络拥塞的早期征兆时就采取预防性措施，实施预防性分组丢弃。典型方法是随机早期检测 RED。

1. RED 产生的背景

当网络上出现拥塞时，路由器的缓存由于充满而开始丢弃分组。对于 TCP 通信量，这是进入慢开始阶段的一个信号。但在这种情况下有两个困难：

1）丢失的分组必须重传，这又增加了网络的负荷，并导致 TCP 流增加了明显的时延。

2）全局同步的现象。由于出现拥塞而丢弃很多分组，可能出现的结果是有许多的 TCP 连接受到影响，接着进入了慢开始。这样会引起网络通信量的急剧下降，所以在一段时间内，网络处在不必要的低利用率的状况。因为许多 TCP 连接在大约同一时刻进入慢开始，它们也将在大约同一时刻脱离慢开始，而这将引起另一个大的突发，最终导致"大通信量-小通信量"的循环。

2. RED 算法

为路由器的输出队列设置两个参数：队列长度最小门限值 THmin 和最大门限值 THmax。RED 算法是：

1）对每一个到达的报文都先计算平均队列长度 L_{AV}。

2）若 L_{AV} < THmin，则将新到达的报文放入队列进行排队。

3）若 L_{AV} > THmax，则将新到达的报文丢弃。

4）若 THmin $\leq L_{AV} \leq$ THmax，则按照某一概率 p 将新到达的报文丢弃。

RED 算法使得路由器在队列（缓存）完全装满之前，就随机丢弃一个或多个报文，避免了发生全局性拥塞的现象，使得拥塞控制只是在个别的 TCP 连接上进行。

显然，THmin、THmax 和概率 p 的值对算法的性能有决定性的影响。

习 题

1. 单项选择题

5-01 TCP/IP 体系结构中的 TCP 和 IP 所提供的服务分别为（　　）。

  A. 链路层服务和网络层服务   B. 传输层服务和网络层服务

  C. 传输层服务和应用层服务   D. 网络层服务和传输层服务

5-02 TCP 协议是（　　）。

  A. 一种简单的、面向数据报的传输层协议

  B. 一种面向连接的协议

  C. 主要用在不要求数据发送确认或者通常只传送少量数据的应用程序中

  D. 没有保证通信可靠性的机制

5-03 基于 TCP/IP 的互联网服务中，IP 协议提供主机之间的不可靠的无连接的分组传输服务。TCP 协议提供端口之间的（　　）的报文传输服务。

  A. 可靠的面向连接   B. 不可靠的面向连接

  C. 可靠的无连接   D. 不可靠的无连接

5-04 TCP 协议除了通过 IP 地址以外，还需要通过（　　）来区分不同的连接。

  A. IP 地址   B. 协议号   C. 端口号   D. MAC 地址

5-05 传输层的数据传输任务是在两个传输实体之间传输用户数据和控制数据，一般（　　）。

  A. 采用全双工服务   B. 采用半双工服务

  C. 可以采用单工服务   D. 以上都不正确

5-06 UDP 数据报中长度字段（　　）。

  A. 不记录数据的长度   B. 只记录首部的长度

  C. 只记录数据部分的长度   D. 包括首部和数据部分的长度

5-07 TCP 报文段有多种应用，不包括用于（　　）。

  A. 传输数据   B. 携带重发请求

  C. 携带建立连接和关闭连接的请求   D. 携带确认信息

5-08 TCP 使用三次握手协议建立连接。当发起方发出 SYN 连接请求后，等待对方回答（　　）。

  A. SYN，ACK   B. FIN，ACK   C. PSH，ACK   D. RST，ACK

5-09 在 TCP 的连接中，当一个应用进程通知 TCP 数据已发送完毕时，TCP 将（　　）地关闭这个连接。

  A. 允许单向   B. 不允许双向   C. 不允许单向   D. 不停

5-10 TCP 使用的流量控制协议是（　　）。

  A. 固定大小的滑动窗口协议   B. 可变大小的滑动窗口协议

  C. 后退 N 帧 ARQ 协议   D. 选择重发 ARQ 协议

5-11 接收端收到有差错的 UDP 用户数据报时的处理方式是（　　　）。

    A．丢弃　　　　　　　　B．请求重传　　　　　C．差错校正　　　　　D．忽略差错

5-12 TCP 协议的流量控制手段采用（　　　）。

    A．停止-等待策略　　　B．源抑制策略　　　　C．滑动窗口法　　　　D．设置生存时间

5-13 当网络的数据流量超过网络的额定容量时，将引起网络的吞吐能力急剧下降，这时必须进行网络（　　　）。

    A．流量控制　　　　　　B．拓扑控制　　　　　C．差错控制　　　　　D．拥塞控制

5-14 要求数据报直接将携带的数据往上层的应用进程传送，而不需要等待 TCP 缓冲区处理的机制是运用了 TCP 控制位中的（　　　）进行标示的。

    A．ACK　　　　　　　　B．PSH　　　　　　　　C．RST　　　　　　　　D．URG

2. 综合应用题

5-15 描述一下利用面向连接协议的数据通信所需要的步骤。

5-16 为什么要使用 TCP、UDP？将用户进程的数据直接打包成 IP 数据报并发送能行吗？

5-17 与 TCP 相比，使用 UDP 的优点有哪些？

5-18 在 TCP 报文段的首部中只有端口号而没有 IP 地址。当 TCP 将其报文段交给 IP 层时，IP 协议怎样知道目的 IP 地址呢？

5-19 在不可靠的网络服务上建立传输连接，二次握手可能带来什么问题？采用什么方案能解决？

5-20 试简述 TCP 协议在数据传输过程中收发双方是如何保证数据报的可靠性的。

5-21 数据链路层的 HDLC 协议和传输层的 TCP 协议都使用滑动窗口技术。数据链路层协议和传输层协议使用滑动窗口技术的主要区别是什么？

5-22 设 TCP 的拥塞窗口的慢开始的门限值初始为 12（单位为报文段），当拥塞窗口达到 16 时出现超时，再次进入慢启动过程。从此时起若恢复到超时时刻的拥塞窗口大小，需要的往返时间次数是多少？

5-23 一个 UDP 数据报的数据字段为 8192 字节。要使用以太网来传送。试问需要划分为几个 IP 数据段？说明每一个 IP 数据段的数据字段长度和段偏移字段的值。

5-24 设通信信道速率为 1Gbit/s，端到端时延为 10ms。TCP 的发送窗口大小为 65 535 字节。问：可能达到的最大吞吐量是多少？信道的利用率是多少？

5-25 网络允许的最大报文段长度为 128 字节，序号用 8 位表示，报文段在网络中的寿命为 30 秒。求每一条 TCP 连接所能达到的最高数据传输速率。

5-26 一个 TCP 连接下面使用 256kbit/s 的链路，其端到端时延为 128ms。经测试，发现其吞吐量只有 120kbit/s。试问发送窗口是多大？

5-27 设源站和目的站相距 20km，而信号在传输媒体中传输速率为 200km/ms。若一个分组长度为 1KB，其发送时间等于信号的往返传输时延，求数据的发送速率。

5-28 在 TCP 的拥塞控制中，什么是慢开始、拥塞避免、快重传和快恢复算法？这里的每一种算法各起什么作用？"乘法减少"和"加法增大"各自用在什么情况下？

5-29 考虑在一条具有 10ms 往返路程时间的线路上采用慢启动拥塞控制而不发生网络拥塞情况下的效应。接收窗口为 24KB，且最大段长 2KB。那么，需要多长时间才能够发送完第一个完全窗口？

5-30 假定 TCP 最大报文段长度为 1KB，拥塞窗口被设置成 18KB，并且发生了超时事件。如果接着的 4 次突发传输都是成功的，那么该窗口将是多大？

第6章 CHAPTER6

应 用 层

□6.1 网络应用模型

网络应用主要有客户/服务器（C/S）和 P2P 两种模式。

6.1.1 客户/服务器模型

在 C/S 模式中，有一台称为服务器的主机总是处于打开状态，用于接收并提供服务。其他一些提出服务请求的主机称为客户机。其工作流程是：

1）服务器处于接收请求的状态。

2）客户机发出服务请求，并等待接收结果。

3）服务器收到请求后，分析请求，进行必要的处理，得到结果并发送给客户机；继续处于接收请求的状态。

4）客户机接收到结果后显示结果或作其他处理。

在 C/S 模式下，服务器承担了大量处理工作，需要较高的性能，而客户机可以比较简单。

C/S 模式的一种特例是 B/S 模式（Browser/Server），其中客户机是一个浏览器，承担的工作较少，主要是接受输入和显示结果，有时被称为瘦客户机，或网络计算机。

服务器可以不是一台主机，而是一个主机群，组合起来提供更多的服务、更高的性能。

B/S（Browser/Server，浏览器/服务器）模式是一种特殊形式的 C/S 模式。客户端运行浏览器软件，浏览器以超文本形式向 Web 服务器提出访问信息的要求（通常是文件名或地址），Web 服务器接受客户端请求后，将相应的文件发送给客户机，客户机通过浏览器解释所接收到的文件，并按规定的格式显示其内容。Web 服务器所发送的文件可能是事先存储好的文件（称为静态文件），也可能是根据给定的条件到数据库中取出数据临时生成的文件（称为动态文件）。

6.1.2 P2P 模型

P2P（Peer to Peer）方式是指在网络中没有特定的服务器，信息分散存放在所有计算机上，计算机需要共享其他计算机上的信息时，就向其他计算机发出请求，其他计算机将存储的信息返回给请求者。这样每台计算机既是客户机，又是服务器，它们的地位是对等的。P2P 网络的好处是，当一个用户需要的信息能在附近的计算机上找到时，能够实现就近访问，提高响应速度，特别是对一些几乎所有用户都需要共享的信息，由于在很多计算机上已经存在，响应速度很快。例如，当几乎所有人都同时收看某个热门的网络视频时，响应速度会很快，而如果采用 C/S 方式效果就较差。P2P 网络的缺点是，每个人都要把自己计算机上的一些信息拿出来让别人共享，会带来一些问题，如安全问题。

P2P 的发展经历了三个阶段：

第一代 P2P 是以 Napster 为代表的、用中央服务器管理的 P2P。其基本思想是建立一个集中的目录存放于目录服务器中，用户通过查询目录获知文件及其存储位置据此选择下载地址。Napster 实现了音乐文件共享，使 MP3 成为网络音乐的事实标准。但其生命力十分脆弱：只要关闭服务器，网络就死了。

第二代 P2P 是以 Gnutella 为代表的分布式非结构化 P2P，没有中央服务器，采用洪泛方式在大量节点间查询文件信息。这种方式产生大量的查询信息，且速度较慢。BT、eDonkey、eMule、FastTrack 等都属于这一类。

第三代 P2P 是以 chord、CAN、Pastry 为代表的分布式结构化 P2P，采用分布服务器。

目前，P2P 的最主要应用是共享文件。P2P 的关键问题是如何在网络中定位一个对象（共享文件）。

目前 P2P 的发展方向是采用结构化网络结构（以前的称为非结构化）。其核心思想是将网络中的每个节点按照某种全局的方式组织起来，典型的方式是 DHT（分布式散列表）技术。DHT 是一个由对等节点共同维护的散列表。通过散列函数，将所有共享资源以其名称为关键字映射成一个唯一的标识符 KID，用同样的方法将网络中所有的节点以其 IP 地址为关键字映射成唯一的标识符 NID，然后将每个共享资源存放到相应的节点上。当节点需要查找某个资源文件时，先计算其 KID，然后查找与其相同或接近的 NID，从找到的节点上取回共享资源文件。一旦取回了文件，就以一种方式将自己变成原 NID 的邻居（逻辑上），使得其他节点再查找同一共享资源文件时，能在原 NID 附近找到。这就是 P2P 带来的一个很大的优点：用的人越多，下载一个文件的速度越快，因为网络上有更多的备份，并且可能就在附近。P2P 方式的视频点播就是这种优势的最集中体现。

目前，P2P 应用还没有统一的标准和通用的协议，只是一些产品自定义的协议。

6.2 DNS 系统

DNS 是 Domain Name System/Service（域名系统/服务）的简称。域是指作用范围或控制/通知区域。一个作用范围可以包含较小的作用范围，而较小的作用范围可以包含更小的作用范围。这样，域就自然地形成了一个层次结构。最上层的叫根域，下面的依次叫顶级域（或一级域）、二级域，三级域等。

为每一个域指派一个名字，称为域名（domain name）。这些域名按所属关系就组成了一棵倒树，每个域名只能有一个父亲，在树中不允许出现回路。

域名由 INAN、ICANN 共同负责分配、维护。

域名便于记忆、使用，但实际通信需要使用 IP 地址。DNS 的功能就是把域名解析为对应的 IP 地址。DNS 是一个联机分布式数据库系统，采用客户/服务器方式，域名服务器是运行域名服务器程序的机器。

6.2.1 层次域名空间

域按层次结构命名，这些域名组成一个名字空间。域名由若干个分量组成，各分量之间用"."（是小数点的点）隔开：

....三级域名.二级域名.顶级域名

各分量分别代表不同级别的域名，最高级别的名字放在最后面，最低级别的名字放在最前面。

每一级的域名都由英文字母或数字组成，不超过 63 个字符，并且不区分大小写，完整的域名不超过 255 个字符。通常，完整的域名包含协议和主机名两部分信息，例如域名 http://www.whu.edu.cn，其中 http://代表协议，www.whu.edu.cn 代表主机。

顶级域名 TLD（Top Level Domain）不能随意使用，由专门机构维护。顶级域名有国家顶级域名、国际顶级域名、通用顶级域名三大类。

国家顶级域名由 2 个字母表示，如 cn 表示中国，us 表示美国，但因这套规则是美国人制定的，所以在涉及 us 域名的地方，全部省掉 us。

国际顶级域名只有 int。

通用顶级域名包括如下内容。

- com：表示公司企业
- net：表示网络服务机构
- org：表示非营利性组织
- edu：表示教育机构（被美国专用）
- gov：表示政府部门（美国专用）
- mil：表示军事部门（美国专用）

2000 年 11 月新增了 7 个通用顶级域名：biz、info、name、pro、aero、coop、museum。近年，中文命名开始合法化。

图 6-1 是 Internet 名字空间的层次结构。

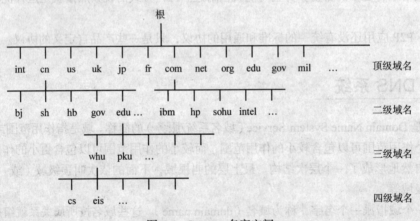

图 6-1 Internet 名字空间

6.2.2 域名服务器

域名是一个表示机器名的字符串，但在实际通信过程中需要的是地址，因此网络需要有将域名映射成网络地址的功能。完成这一功能的计算机称为域名服务器。

可以把域名服务器分为根域名服务器、顶级域名服务器、权限域名服务器和本地域名服务器四种不同类型。

（1）根域名服务器（root name server）

根域名服务器是最高层次的域名服务器。每一个根域名服务器都要存有所有顶级域名服务器的 IP 地址和域名。当一个本地域名服务器对一个域名无法解析时，就会直接找到根域名服务器，然后根域名服务器会告知它应该去找哪一个顶级域名服务器进行查询。目前全世界共有 100 多个根域名服务器，这样做的目的是满足本地域名服务器就近查找，从而提高 DNS 查询的速度和合理利用 Internet 的资源。

（2）顶级域名服务器（TLD server）

顶级域名服务器负责管理在本顶级域名服务器上注册的所有二级域名。当收到 DNS 查询请求时，能够将其管辖的二级域名转换为该二级域名的 IP 地址。或者是下一步应该寻找的域名服务器的 IP 地址。

（3）权限域名服务器（authoritative name server）

DNS 采用分区的办法来设置域名服务器。一个域名服务器所管辖的范围称为区。区的范围小于或等于域的大小。各个机构可以根据自己机构的情况来划分区的范围。每一个区都设置有域名服务器，这个域名服务器叫权限服务器，它负责将其管辖区内的主机域名转换为该主机的 IP 地址。在其上保存有所管辖区内的所有主机域名到 IP 地址的映射。

（4）本地域名服务器（local name server）

本地域名服务器也称为默认域名服务器。当一个主机发出 DNS 查询报文时，这个查询报文就首先被送往该主机的本地域名服务器。例如，在 PC 机"本地连接"右键菜单选"属性"，弹出"本地连接属性"中"Internet 协议（TCP/IP）"的"属性"中看到的 DNS 地址，就是本地域名服务器。本地域名服务器离用户较近，一般不超过几个路由器的距离。当所要查询的主机也属于同一个本地 ISP（互联网服务提供商）时，该本地域名服务器就能立即将所查询的主机名转换为它的 IP 地址，而不需要再去询问其他的域名服务器。

域名系统中的域名信息以数据库的形式保存，每个域名至少有一条记录，称为资源记录。资源记录为一个六元组：

```
<domain_name,TTL,addr-class,record-type,data-length,record-specific-data>
```

其中：

domain_name。域名，为主关键字。

TTL。本域名的有效时间，以秒为单位，86400 表示永久有效。

addr-class。地址类，用于 Internet 地址和其他信息的地址类固定为 IN。

record-type。记录类型，如表 6-1 所示。

data-length。数据本身的字节长度。

record-specific-data。本记录的数据。

表 6-1　资源记录的类型及含义

类　型	值	意　义
A	32 位整数	域名的 IP 地址，这是 DNS 最基本的组成
NS	名字服务器	本区域权威 DNS 名字服务器的名字
CNAME	别名	为一个域名取的一个别名
SOA	该区的参数	标志该区域的起点
MX	域	指出对发给该域的邮件进行处理
PTR	IP 地址指针	指向 IP 地址对应的一个域名，实现反向解析
HINFO	CPU、OS 信息	主机描述
TXT	ASCII 串	任意文字

6.2.3 域名解析过程

域名解析是指完成名字翻译的过程。基本的域名解析包括 3 种类型的解析。

- 标准域名解析：将 DNS 域名解析成 IP 地址。本书只介绍这种类型。
- 反向域名解析：将 IP 地址解析成域名。
- 电子邮件解析：根据电子邮件地址确定邮件应该送往的地址。

域名解析由解析程序完成。解析过程是：当某个应用进程需要把某个域名解析为对应的 IP 地址时，它将调用解析程序，成为 DNS 的客户方，并把要解析的域名放在 DNS 请求报文中，然后使用 UDP 报文将其发往本地域名服务器。本地域名服务器对其进行对应查询，如果查找成功，就将结果放入 DNS 回答报文中返回给请求方。

实现域名解析，有递归解析和迭代解析两种基本方法。

1. 递归解析

当某个主机有域名解析请求时，总是首先向本地域名服务器发出查询请求，如果本地域名服务器上有要解析的域名信息，它将把结果返回给请求者；如果本地域名服务器没有相应信息，它将作为 DNS 客户向根域名服务器发出查询请求。然后从根域名服务器开始，依次将查询请求送给下一级域名服务器，直到解析成功，然后逐级返回解析结果。图 6-2 给出了一个递归查询的例子。在这个例子中主机要查询域名为 dry.ssd.com 的 IP 地址，该用户主机的本地域名服务器是 dns.edu.cn。

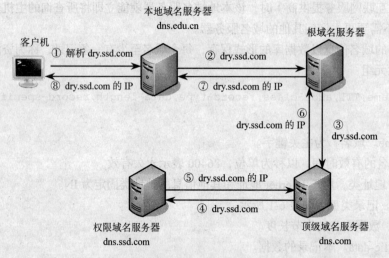

图 6-2 递归解析

2. 迭代查询

当某个主机有域名解析请求时，首先向本地域名服务器发出查询请求，如果本地域名服务器上有要解析的域名信息，它将把结果返回给请求者；如果本地域名服务器没有相应信息，它向根域名服务器发出查询请求。当根域名服务器收到本地域名服务器的查询请求时，告诉本地域名服务器下一步应该去查询的顶级域名服务器的 IP 地址；本地域名服务器到该顶级域名服务器进行查询，若顶级域名服务器能够给出查询结果，那么它会把结果传送给本地域名服务器，否则它会告诉本地域名服务器下一步应该查询的权限域名服务器的 IP 地址。本地域名服务器就这样迭代进行查询，直到最后查到了所需要的 IP 地址，然后把结果反馈给发起查询的主机。图 6-3 给出了一个迭代查询的例子。

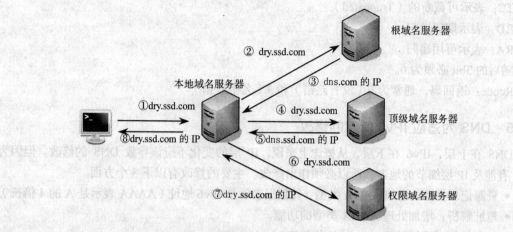

图 6-3　迭代解析

3. 利用高速缓存提高查询速度

主机和每个域名服务器都维护一个高速缓存，存放最近查询过的域名以及从何处获得域名映射信息的记录。当有域名解析请求时，首先在自己的高速缓存中查找，若没有才将查询请求发送给其他域名服务器。这种方案的一个副作用就是有可能缓存中存放的是过期的信息。因此，高速缓存中的记录隔一段时间要进行清除。

6.2.4　DNS 报文格式

DNS 解析信息封装成 DNS 报文传送。DNS 报文由 12 字节的首部和 4 个长度可变的字段组成。格式如图 6-4 所示。

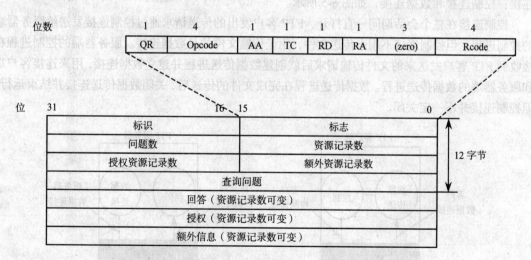

图 6-4　DNS 报文格式

标识：由应用程序设置并由服务器返回。

QR：0 表示查询报文，1 表示响应报文。

opcode：通常值为 0（标准查询），其他值为 1（反向查询）和 2（服务器状态请求）。

AA：表示授权回答（Authoritative Answer）。

TC：表示可截断的（Truncated）。

RD：表示期望递归。

RA：表示可用递归。

随后的 3bit 必须为 0。

Rcode：返回码，通常为 0（没有差错）和 3（名字差错）。

6.2.5　DNS 为适应 IPv6 所做的修改

DNS 在上层，IPv6 在下层，从概念上来说，IP 层的变化不应该导致 DNS 的修改。但因为 DNS 有涉及 IP 层细节的地方，所以必须作出修改。主要的修改有以下 3 个方面。

- 资源记录类型：增加 AAAA 类型，其数据表示是 IPv6 地址（AAAA 表示是 A 的 4 倍长）。
- 地址解析：增加处理 AAAA 类型的功能。
- 反向解析：增加处理 IPv6 地址的功能。

❑ 6.3　FTP

FTP 的功能是实现在服务器和客户机之间传送文件。客户机把自己的文件传送到服务器上叫上载（upload），客户机把服务器上的文件传送到本机上叫下载（download）。上载下载的过程需尽量消除在不同操作系统下处理文件的不兼容性。

6.3.1　FTP 的工作原理

FTP 是一个交互会话的系统，在进行文件传输时，FTP 的客户和服务器之间需要建立两个 TCP 连接：控制连接和数据连接，如图 6-5 所示。

控制连接在整个会话期间一直打开，FTP 客户发出的传送请求通过控制连接发送给服务器端的控制进程。但控制连接不用来传送文件，用于传输文件的是数据连接。服务器端的控制进程在接收到 FTP 客户发送来的文件传输请求后就创建数据传送进程并建立数据连接，用来连接客户端和服务器端的数据传送进程。数据传送进程在完成文件的传送后，关闭数据传送连接并结束运行。但控制连接并不一定关闭。

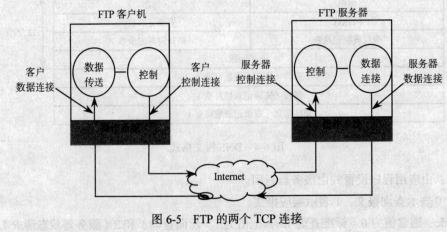

图 6-5　FTP 的两个 TCP 连接

　　FTP 使用客户/服务器方式，在传输层使用 TCP 可靠的服务。一个 FTP 服务器进程可同时为多个客户进程提供服务。FTP 的服务器进程由两大部分组成：一个主进程，负责接受新的请求；另外有若干个从属进程，负责处理单个请求。

　　主进程的工作步骤（接收请求）：

　　1）打开端口 21；

　　2）监听客户的请求；

　　3）收到请求后启动一个从属进程，将客户请求转交给从属进程；

　　4）回到监听状态。

　　从属进程的工作步骤：

　　1）接收主进程的命令，创建控制进程；

　　2）建立与客户的控制连接；

　　3）收到客户从控制连接发来的传送请求后，创建数据传送进程；

　　4）与客户建立数据连接（端口 20），并与数据传送进程关联；

　　5）数据传送进程控制数据连接及文件传送；

　　6）传送完毕，释放数据连接，终止数据进程；

　　7）释放控制连接，终止控制进程（一般由客户发起）。

　　主进程与从属进程的处理是并发地进行的。

6.3.2　FTP 的工作模式

　　FTP 支持两种模式，一种叫做 Standard（也就是 PORT 方式，主动方式），一种叫 Passive（也就是 PASV，被动方式）。

（1）Standard 模式（PORT 模式）

　　Standard 模式是 FTP 的客户端发送 PORT 命令到 FTP 服务器。FTP 客户端首先和 FTP 服务器的 TCP 21 端口建立连接，通过这个连接发送命令，客户端需要接收数据的时候在这个连接上发送 PORT 命令，其中包含了客户端用于接收数据的端口。服务器端通过自己的 TCP 20 端口连接至客户端指定的端口建立数据连接发送数据。

（2）Passive 模式（PASV 模式）

　　Passive 模式是 FTP 的客户端发送 PASV 命令到 FTP 服务器。在建立控制连接的时候和 Standard 模式类似，但建立连接后发送的不是 PORT 命令，而是 PASV 命令。FTP 服务器收到 PASV 命令后，随机打开一个高端端口（端口号大于 1024）并且通知客户端在这个端口上传送数据，客户端连接 FTP 服务器此端口（非 20）建立数据连接进行数据的传送。

6.3.3　FTP 登录鉴别与匿名访问

1. 登录鉴别

　　FTP 服务器可以提供登录鉴别功能，实现对用户身份的鉴别。其过程如图 6-6 所示。

2. 匿名访问

　　与登录鉴别相反，许多机构提供无须登录鉴别的 FTP 服务，以便为用户提供方便的信息共享平台。

　　方法一：匿名方法。FTP 服务器定义一个默认的用户名 anonymous（或 ftp）和一个默认的密码，如 guest 或任意一个密码。当需要用户输入用户名和密码时，分别输入默认的用户名和密码。

FTP 服务器对用户名进行登录认证，但对密码一般不检查。

方法二：访客方法。常见方法是 FTP 服务器定义一个默认的用户名 guest，没有密码，用户访问 FTP 服务器时，无须提供用户名和密码，服务器都以访客对待用户，都直接通过认证，这一过程对用户透明。

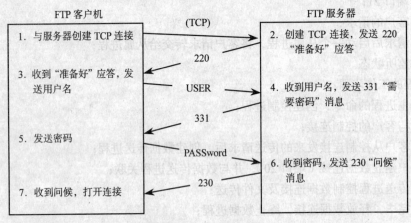

图 6-6　FTP 登录鉴别过程

6.3.4　FTP 传输模式

FTP 定义了 3 种传输模式，即流模式、块模式和压缩模式。

（1）流模式

在流模式中，数据作为无结构的连续字节流发送，发送设备通过 TCP 连接把数据直接发送给对方。这是目前使用最广泛的方式。

（2）块模式

数据被划分为数据块，并封装到独立的 FTP 块或记录中，每个记录有 3 个字节的首部以指示它的长度和被发送数据块的有关信息。

（3）压缩模式

使用一种压缩算法对数据进行压缩，然后使用首部加有效载荷的记录格式，以类似于块模式的方式发送。现在一般不再使用（应用进程提交的数据可能已经被压缩）。

6.3.5　FTP 的改进

1. 图形界面工具

早期使用 FTP 都是在文本方式下通过具体的命令完成所需的功能。现在，FTP 软件被做成了各种 GUI 工具，只需通过单击有关按钮就可完成需要的功能，大大方便了用户的使用。其中每个按钮都可能是实现一系列的命令。

2. FTP 断点续传

所谓断点续传是指当一次传送失败后，下次再启动传送时，之前已经传送的部分不再传送，从上次中断的位置开始传送。断点续传是对 FTP 服务的一个扩展。

实现断点续传的方法是：在客户端设置一个状态文件记录传输的状态信息-日志文件，每传输一个数据块，就将其进展记入日志文件。当中断后再次启动传输时，首先从日志文件中查找有无传输该文件的信息。如果有，但未传完，则将已传输的字节数告诉服务器，双方就从该字节数之后的位置继续传送。

3. 多线程传送

传统的 FTP, 只有一个 TCP 报文在传送, 而因为网络的原因, 可能多数时间是在等待一个报文传送结束, 所以总的速度很低。一个改进措施是, 将待传输的文件分成多个块, 建立多个数据连接, 同时传送多个报文, 充分利用网络的空闲时间, 可以显著缩短传输一个文件所需要的时间。

现在使用的很多 FTP 工具, 例如 FlashGet、CuteFTP 等, 都具有上述 3 种功能。

6.4 电子邮件

电子邮件 (E-mail) 是 Internet 上使用最多的应用之一。电子邮件系统将邮件发送到邮件服务器, 并放在其中的收信人信箱中, 收信人可随时到邮件服务器进行读取。电子邮件不仅使用方便, 而且还具有传递迅速和费用低廉的优点。现在电子邮件不仅可传送文字信息, 而且还可附上声音和图像。

电子邮件系统的主要功能包括撰写、显示、处理、传输和报告五项基本功能。其中撰写、显示、处理是用户代理至少应当具有的三个功能, 而传输和报告是邮件服务器应该具备的功能。

1) 撰写: 为用户提供方便地编辑信件的环境。

2) 显示: 能方便地在计算机屏幕上显示来信 (包括来信附上的声音和图像)。

3) 处理: 包括删除、存盘、转发等, 对于不愿接收的信件可直接在邮箱中删除。

4) 传输: 包括发送和接收。发送是把邮件从邮件发送者的计算机中发送到本地邮件服务器, 以及从本地邮件服务器传送到目的邮件服务器的过程。接收是把邮件从目的邮件服务器传送到接收邮件用户的计算机中的过程。

5) 报告: 是邮件服务器向发信人报告邮件传送的情况。如已发送成功、发送失败等。

6.4.1 电子邮件系统的组成结构

邮件体系结构如图 6-7 所示, 包括用户代理、邮件服务器、消息传输代理和邮件协议。

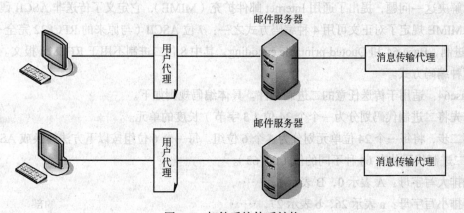

图 6-7 邮件系统体系结构

用户代理的功能是实现邮件的撰写、显示与处理, 邮件服务器的功能是用于存储邮件, 消息传输代理的功能就是实现邮件的传输和报告, 邮件协议有发送协议 SMTP、接收协议 POP3/IMAP4。邮件协议的功能在本章后面叙述。

用户的邮件被发送到接收者的邮件服务器上保存。

6.4.2 电子邮件格式与 MIME

一个电子邮件分为信封、首部和主体（正文），首部和主体也称为内容部分。首部需要用户填写，首部写好后邮件系统将自动地将信封所需要的信息提取出来并写在信封上。所以用户不需要填写电子邮件信封上的信息。邮件的主体部分由用户自由撰写。

1. 邮件格式

[RFC 822]对邮件的首部格式做了规定，如表 6-2 所示。

表 6-2　[RFC 822]邮件头所用的一些关键词

关 键 字	含　　　义
TO:	第一收信人的电子邮件地址
Cc:	第二收信人的电子邮件地址
From:	撰写邮件的个人或多个名字
Sender:	实际发信人的电子邮件地址（可选）
Date:	发送邮件的日期和时间
Reply-To:	回信应送达的电子邮件地址（可选）
Subject:	在一行中显示一个邮件的简短摘要
Keywords:	用户选择的关键词（可选）
Bcc:	盲抄送的电子邮件地址（可选）

2. 邮件正文

最简单的内容编码就是 7 位 ASCII 码（SMTP 只能传送这种编码），而且每行不能超过 1000 个字符。

用户在撰写邮件时一般都是使用自己最熟悉的语言文字，但是这种文本不能被 SMTP 传送，而且二进制文件和可执行文件同样也不能被 SMTP 传送。

为解决这一问题，提出了通用 Internet 邮件扩充（MIME），它定义了传送非 ASCII 码的编码规则。MIME 规定了对正文可用 4 种编码方式之一：7 位 ASCII（与原来的 RFC822 完全一样）、8 位二进制、Base-64 和 Quoted-printable encoding，其中 8 位二进制不用于 RFC822 报文。下面讲解后两种编码方式。

Base64：适用于传送任意的二进制文件。具体编码规则如下。

首先将二进制代码划分为一个个 24 位（3 字节）长度的单元。

第二步，将每一个 24 位单元划分为 4 个 6 位组。每一个 6 位组按以下方法转换成 ASCII 码。6 位的二进制代码共有 64 种不同的值（0 ~ 63）。

先排大写字母：A 表示 0，B 表示 1，……

再排小写字母：a 表示 26，b 表示 27，……

再排 10 个数字：0 表示 52，1 表示 53，……

最后，＋表示 62，/表示 63。

例如，对二进制代码：00110100 01000100 11001000，其 Base-64 编码为：

先划分为 4 个 6 位组：

001101	000100	010011	001000

对应的 Base64 编码：   N   E   T   I

最后要传送的 ASCII：01001110   01000101   01010100   01001001

Quoted-printable 编码：适用于当所传送的数据中只有少量的非 ASCII 码。"="和不可打印的 ASCII 码以及非 ASCII 码的数据的编码规则为：先将每个字节的二进制代码用两个十六进制数字表示，然后在前面加上一个"="，简单地说就是 ASCII 码大于 127 的字符替换为"="及两个十六进制数。"="的 Quoted-printable 编码为"3D"。

例如：   二进制编码：11001110   11100100   10111010   10110101

       对应的十六进制编码：   CE   E4   BA   BA

      Quoted-printable 编码：   =CE   =E4   =BA   =BA

6.4.3　SMTP 协议与 POP3 协议

1. 发送协议 SMTP

简单邮件传送协议 SMTP 是 1981 年发布的邮件发送协议。SMTP 的工作方式是客户/服务器方式。负责发送邮件的 SMTP 进程就是 SMTP 客户，负责接收邮件的 SMTP 进程是 SMTP 服务器。它在传输层使用 TCP 协议进行传输。

SMTP 规定了在两个相互通信的 SMTP 进程之间交换信息的方式，共定义了 14 条命令和 3 类应答信息。每条命令用 4 个字母组成。

（1）SMTP 命令集

- HELO。发送身份标识
- MAIL。识别邮件发起方
- RCPT。识别邮件接收方
- DATA。传送报文文本
- RSET。放弃当前邮件事物
- NOOP。无操作
- QUIT。关闭 TCP 连接
- SEND。向终端发送邮件
- SOML。若可能则向终端发送邮件，否则发往信箱
- SAML。向终端和信箱发送邮件
- VRFY。证实用户名
- EXPN。返回邮件发送清单的成员
- HELP。发送帮助文档
- TURN。颠倒发送方和接收方的角色

（2）SMTP 应答码

它包括肯定、暂时否定、永久否定三大类。

（3）建立连接

1）使用 SMTP 的熟知端口号 25（目的端口号）与目的主机的 SMTP 服务器建立 TCP 连接（不使用中间服务器）

2）接收程序通过应答 220 标识自己就绪

3）发送程序发送 HELO 标识自己

4）SMTP 服务器若有能力接收邮件，则回答："250 OK"，表示已准备好接收。若 SMTP 服务器不可用，则回答 "421 Service not available（服务不可用）"。

（4）传送

1）用一个 MAIL 命令标识报文发起方

2）用一个或多个 RCPT 命令标识报文的接收方

3）用一个 DATA 命令传送报文文本

（5）释放连接

1）发送一个 QUIT 命令，并等待应答

2）关闭 TCP 连接

2. 接收协议

邮件接收协议的功能是将邮件从邮件服务器的信箱传送到本地主机供阅读、处理。目前使用的接收协议有邮局协议 POP 和 Internet 报文访问协议 IMAP。POP 协议的主要版本是第三版，所以称为 POP3 协议，IMAP 协议的主要版本是第四版，称为 IMAP4。

（1）POP3

POP3 使用客户/服务器工作方式。在接收邮件的用户主机中必须运行 POP3 客户程序，而在用户所连接的邮件服务器中则运行 POP3 服务器程序。POP3 服务器具有身份鉴别功能，用户只有输入鉴别信息后才允许对邮箱进行读取，另外它还具有从服务器读取邮件并存放到本地机器上以及对邮件删除、备份等其他操作功能。

POP3 使用 TCP 协议传输邮件。

POP3 协议的一个特点就是只要用户从 POP3 服务器读取了邮件，POP3 服务器就默认地将该邮件删除了。

（2）IMAP4

POP3 协议总是先将邮件从服务器下载到本地主机上保存，但有些情况不适合使用这种方式，例如：

- 简单的终端设备如手机，没有大容量存储器存放邮件。
- 临时使用别人的主机查看邮件。
- 多人共用一个邮件账号共享邮件（如销售部门的人员），如果一个人接收了邮件，其他人就看不到这些邮件了。

IMAP 4 是一个联机协议，把邮件传送到本地主机后并不永久保存到本地主机上，也不从服务器上删掉。其工作过程是：当用户主机上的 IMAP 客户程序打开 IMAP 服务器的信箱时，用户就可看到邮件的首部。用户打开某个邮件时，那个邮件才传到用户的计算机上。所以用户可以在不同的地方使用不同的计算机反复阅读自己的邮件。除非用户发出删除邮件的命令，否则服务器信箱中的邮件会一直保存着。

□6.5　WWW

6.5.1　WWW 的概念与组成结构

1. WWW 的概念

WWW（World Wide Web）称为万维网，有时简写为 Web。严格地说，WWW 并不是一种网

络，而是一种信息组织方式。

WWW 是一种分布式的超媒体系统。所谓超媒体系统是指由文本、静态图像、声音、视频等组成的，由超链接在一起的非线性的信息系统。传统的信息系统是线性的、一维的，内容按顺序排列。超媒体系统增加了超链接，能将位于世界不同地方的文件链接在一起组成信息系统，所以不再是一维的、线性的。超链接可以简单地看成嵌入到一个文件中指明另一个文件的地址，而在实际显示信息时，把这些位于不同地方的文件内容组织在一起，完整地呈现给用户。超媒体的最早形式是超文本（Hypertext）系统，其中只有文本和简单的图片。

WWW 是当今 Internet 最主要的服务，使得任何人无须具备计算机网络的知识，就能方便地使用 Internet 获取各种信息，从事各种活动如电子商务、税务申报、娱乐、聊天等，为网络经济的发展起到了巨大的作用，所以有人将 WWW 称为 Internet。

WWW 基于 B/S 模式，它改进了传统的客户/服务器计算模型，将原来客户端一侧的应用程序模块与用户界面分开，并将应用程序模块放到服务器上。这样应用程序可独立于客户端平台，使系统具有用户界面简单、可在地理与系统间移动，应用程序可移植和可伸缩等优点。

B/S 的工作模式是：浏览器向服务器发出文件地址或内容的请求，服务器返回文件，浏览器解释文件并按规定的格式显示其内容。

2. WWW 的主要功能组件

WWW 最重要的功能组件包括 5 个方面。

（1）超文本标记语言（HTML）

HTML 是一种用于定义超文本文档的文本语言，其思想是给常规文本增加一些标记（tag），是一个文档可以和另一个文档链接，同时允许使用特殊的数据格式，使不同媒体能够结合在一起。

（2）超文本传输协议（HTTP）

HTTP 是 TCP/IP 中的应用层协议，用于实现在客户机和服务器之间传输超文本文档和其他文件。

（3）统一资源标识符（URI）

URI 用于定义标识 Internet 上的资源，以便可以容易地找到和引用这些资源。URL（Uniform Resource Locator，统一资源定位符）是 URI 的一个子集，但人们习惯用 URL 代替 URI。

Internet 上的每一个文档都具有一个唯一的 URL，其地址可以是本地磁盘，也可以是局域网上的某一台计算机，更多的是 Internet 上的站点。URL 相当于一个文件名在网络范围的扩展。因此 URL 是与互联网相连的机器上的任何可访问对象的一个指针。

无论寻址哪种特定类型的资源（网页、新闻组）或通过哪种机制获取该资源，URL 都采用相同的基本语法，格式如下：

```
[protocol]://hostname[:port]/path/[;parameters][?query]#fragment
```

参数说明如下。

protocol（协议）：指定使用的传输协议，最常用的是 HTTP 协议，它也是目前 WWW 中应用最广泛的协议。

hostname（主机名）：是指存放资源的服务器的域名或 IP 地址。

port（端口号）：整数，可选，省略时使用默认端口，各种传输协议都有默认的端口号，如 http 的默认端口为 80。

path（路径）：由 0 或多个"/"符号隔开的字符串，一般用来表示主机上的一个目录或文件地址。

;parameters（参数）：这是用于指定特殊参数的可选项。

? query（查询）：可选，用于给动态网页（如使用 CGI、ISAPI、PHP/JSP/ASP/ASP.NET 等技术制作的网页）传递参数，可有多个参数，用 "&" 符号隔开，每个参数的名和值用 "=" 符号隔开。

fragment：信息片段，字符串，用于指定网络资源中的片段。例如一个网页中有多个名词解释，可使用 fragment 直接定位到某一名词解释。

（4）Web 服务器

它包括硬件和服务器软件。Web 服务器软件是一种特殊的软件，其基本功能是负责管理超媒体系统（各种超文本文档），响应客户端的访问请求，读取相应文档并发送给客户端。另外，Web 服务器软件还可以接收客户机的输入信息，配合应用服务器完成系统信息的更新，也可根据条件临时生成文档发送给客户机。比较典型的 Web 服务器软件有 IIS、Apache、Websphere、WebLogic 等。

（5）Web 浏览器

Web 浏览器是运行在客户机上的基于 TCP/IP 的软件，用于访问服务器上的 Web 文档，取回并显示其内容。现在的浏览器除了这些基本功能外，还能播放声音、视频，实现用户与系统的交互。现在比较流行的浏览器有 IE、Firefox 等。

Web 的工作流程如图 6-8 所示。

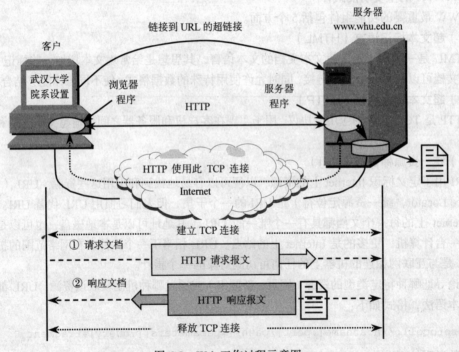

图 6-8　Web 工作过程示意图

6.5.2　HTTP 协议

1. HTTP 协议版本

HTTP 的第一个版本是 HTTP 0.9，1996 年推出 HTTP 1.0，1999 年正式发布 HTTP 1.1，也是目前最新的版本。

2. HTTP 协议工作原理

从层次的角度看，HTTP 是面向事务的（transaction-oriented）应用层协议，它使用 TCP 连接进行可靠的传送。因此，HTTP 的操作只涉及一个 HTTP 客户机（即浏览器）和一个 HTTP 服务器（即 Web 服务器）。

HTTP 协议的操作过程是：浏览器发送 HTTP 请求报文，指出想获取的资源或包含需要提交给服务器的信息。服务器读取并解释该请求，创建一个响应报文，并发送给浏览器。

【**例题**】在浏览器的地址栏输入一个 URL：http:// www.whu.edu.cn，回车或点击⊖（前进按钮）后的运行过程：

1）浏览器分析 URL。

2）浏览器向 DNS 请求解析 www.whu.edu.cn 的 IP 地址。

3）域名系统 DNS 解析出 www.whu.edu.cn 的 IP 地址。

4）浏览器与服务器建立 TCP 连接。

5）浏览器发出取文件命令：

```
GET index.htm
```

6）服务器给出响应，把文件 index.htm 发给浏览器。

7）TCP 连接释放。

8）浏览器显示文件 index.htm 中的所有文本。

3. HTTP 报文格式

（1）HTTP 请求报文格式

请求报文格式如图 6-9 所示。

方法	空格	URL	空格	版本	请求行
首部字段名	:	空格		值	首部行
⋮					
首部字段名	:	空格		值	
					空一行
实体主体（通常不用）					实体主体部分

图 6-9 HTTP 请求报文格式

其中"方法"为 HTTP 定义的请求操作，例如，GET 表示请求从 Web 服务器获取指定的文档，PUT 表示请求向服务器发送数据并保存在服务器上，DELETE 表示请求从服务器上删除一个文件。

首部字段表示对请求网页的一些限制。例如，ACCEPT 表示可接受各种格式。

HTTP 所定义的请求方法和首部字段名如表 6-3 所示。

表 6-3 请求报文中的方法和首部字段

请 求 报 文			
请求方式		请求首部字段	
OPTIONS	MOVE	Accept	If-Modified-Since
GET	DELETE	Accept-Charset	Proxy-Authorization
HEAD	LINK	Accept-Encoding	Range
POST	UNLINK	Accept-Language	Referer
PUT	TRACE	Authorization	Unless
PATCH	WRAPPED	From	User-Agent
COPY	Extension-method	Host	

其中部分常用方法的含义如表 6-4 所示。

表 6-4   部分常用方法及其含义

方 法	含 义
OPTIONS	请求一些选项的信息
GET	请求读取由 URL 所标志的信息
HEAD	请求读取由 URL 所标志的信息的首部
POST	给服务器添加信息（如注释）
PUT	在指明的 URL 下存储一个文档
DELETE	删除指明的 URL 所标志的资源
TRACE	用来进行环回测试的请求报文
CONNECT	用于代理服务器

（2）HTTP 响应报文格式

HTTP 响应报文格式如图 6-10 所示。其中的响应状态码对应的名称和字段名如表 6-5 所示。

版本	空格	状态码	空格	短语	状态行
首部字段名	:	空格		值	首部行
		⋮			首部行
首部字段名	:	空格		值	
					空一行
实体主体					实体主体部分

图 6-10   HTTP 响应报文格式

表 6-5   响应报文中有关信息

响应报文			
响应状态码			响应首部字段
100 Continue	302 Moved Temporarily	408 Request Timeout	Location
101 Switching Protocols	303 See Other	409 Conflict	Proxy-Authenticate
200 OK	304 Not Modified	410 Gone	Public
201 Created	305 Use Proxy	411 Length Required	Retry-After
202 Accepted	400 Bad Request	Unless True	Server
203 Non -Authoritative	401 Unauthorized	500 Internal Server Error	WWW-Authenticate
Information	402 Payment Required	501 Not Implemented	
204 No Content	403 Forbidden	502 Bad Gateway	
205 Reset Content	404 Not Found	503 ServiceUnavailable	
206 Partial Content	405 Method Not Allowed	504 Gateway Timeout	
300 Multiple Choice	406 None Acceptable	505 Extension code	
301 Moved Permanently	407 Proxy Authentication		
	Required		

状态码都是三位数字，意义如下：

1××表示通知信息，如请求收到了或正在进行处理。

2××表示成功，如接受或知道了。

3××表示重定向，表示要完成请求还必须采取进一步的行动。

4××表示客户的差错，如请求中有错误的语法或不能完成。

5××表示服务器的差错，如服务器失效无法完成请求。

6.5.3 Web 文档形式

根据文档内容的确定时间，所有的 Web 文档可以划分为 3 类。

1）静态 Web 文档：静态 Web 文档是一个存在于 Web 服务器上的 HTML 文件，作者在创建的时候决定文档的内容。由于文档的内容不会发生变化，所以对静态文档的每一次访问都返回相同的结果。

2）动态 Web 文档：动态 Web 文档不是一个预先定义的文档，而是在浏览器访问 Web 服务器时创建。当一个请求到达时，Web 服务器运行一个应用程序创建所需的动态 Web 文档并返回给浏览器。由于每次访问都要创建新的文档，所以动态文档的内容是变化的。

3）活动 Web 文档：一个活动 Web 文档是由服务器和客户端共同决定的文档，通常，一个活动 Web 文档可以包括一个计算和显示的程序。当浏览器访问活动文档时，服务器返回一个程序副本，浏览器执行该程序，活动文档可以和用户交互执行并不停地改变显示。

6.5.4 HTML 语言

HTML 语言定义了一系列标记，用于表示内容显示的格式。其标记放在尖括号里面，以与文档内容相区别。通常，这些标记成对出现，以*<标记>*开始，以*</标记>*结束，标记不区分大小写。HTML 文档没有书写格式的规定，可自由书写，但按标记约定的格式而不是文档排版格式显示（预排格式、地址格式除外）。下面列出了几个常见的标记。

（1）HTML 文件格式开始与结束标记

```
<HTML>
<HEAD>
    ...
</HEAD>
<BODY>
    ...
</BODY>
</HTML>
```

HTML 文档从<HTML>开始，到</HTML>结束，由两大部分组成，即文件和文件体。其中文件头由<HEAD>...</HEAD>标记，指出标题、页面名称等信息，其中内含<TITLE> ... </TITLE>。文件体由<BODY>... </BODY>标记，包含具体内容。

（2）文本格式

<H>...</H>：指明包含其中的文字显示时的字号。

<B>...</B>：加粗。

<I>...</I>：斜体。

<U>...</U>：加下划线。

<P>...</P>：段落，指明其中的内容为一个段落。

：换行。

<PRE>...</PRE> 预排格式，按文档本身的排版格式显示。

（3）列表

无序列表

```
<UL><LH>...</LH>
    <LI>...
    <LI>...
</UL>
```

有序列表

```
<OL><LH>...</LH>
    <LI>...
    <LI>...
</OL>
```

无序列表按顺序显示，有序列表自动添加 1、2、3 等序号。

定义列表

```
<DL> <DT>...<DD>
     <DT>...<DD>
        ...
</DL>
```

定义列表按"*名称 具体定义*"的形式给出各项目的定义。

（4）表格

```
<TABLE>
    <CAPTION>...</CAPTION>        //表格名称
    <TR><TH>...<TH>...            //表头
    <TR><TD>...<TD>...            //每行的各单元格
    ...
    <TR><TD>...<TD>...
</TABLE>
```

（5）表单

```
<FORM method=" ..." action="...">
<INPUT type = " ... " name =" ... " size=" ... ">
<INPUT type = " ... " value = " ... ">
```

（6）超链接（锚点）

<A HREF=url>...</A>，其中的内容在显示时可点击进入。

（7）图片

```
<IMG SRC="... ">
```

（8）脚本

```
<SCRIPT language=javascript>
   ...(代码)
</SCRIPT>
```

习　题

1. 单项选择题

6-01 对于域名为 ww.hi.com.cn 的主机，下面哪种说法是正确的（　　　）。

    A．它一定支持 FTP 服务　　　　　　　　　B．它一定支持 WWW 服务

    C．它一定支持 DNS 服务　　　　　　　　　D．以上说法都是错误的

6-02 域名与 IP 地址的转换是通过（　　　）服务器完成的。

    A．DNS　　　　　　　　B．WWW　　　　　　　　C．E-mail　　　　　　　　D．FTP

6-03 www.cernet.edu.cn 是 Internet 上一台计算机的（　　　）。

    A．IP 地址　　　　　　　　B．域名　　　　　　　　C．协议名称　　　　　　　　D．命令

6-04 对地址 http://www.whu.edu.cn 提供的信息，说法错误的是（　　　）。

    A．http 指该 Web 服务器适用于 HTTP 协议

    B．www 指该节点在 Word Wide Web 上

    C．edu 属于政府机构

    D．whu 服务器在武汉大学

6-05 工业和信息化部要建立 WWW 网站，其域名的后缀应该是（　　　）。

    A．COM.CN　　　　　　B．EDU.CN　　　　　　C．GOV.CN　　　　　　D．AC

6-06 在 Internet 上，网址 www.microsoft.com 中的 com 是表示：（　　　）。

    A．访问类型　　　　B．访问文本文件　　　　C．访问商业性网站　　D．访问图形文件

6-07 应用层 DNS 协议主要用于实现哪种网络服务功能（　　　）？

    A．网络设备名字到 IP 地址的映射

    B．网络硬件地址到 IP 地址的映射

    C．进程地址到 IP 地址的映射

    D．用户名到进程地址的映射

6-08 互联网中域名解析依赖于一棵由域名服务器组成的逻辑树。请问在域名解析过程中，请求域名解析的软件不需要知道以下哪些信息（　　　）？

    Ⅰ．本地域名服务器的名字

    Ⅱ．本地域名服务器父节点的名字

    Ⅲ．域名服务器树根节点的名字

    A．Ⅰ和Ⅱ　　　　　　B．Ⅰ和Ⅲ　　　　　　C．Ⅱ和Ⅲ　　　　　　D．Ⅰ、Ⅱ和Ⅲ

6-09 以匿名方式访问 FTP 服务器时的合法操作是（　　　）。

    A．文件下载　　　　　　　　　　　　　　　B．文件上载

    C．运行应用程序　　　　　　　　　　　　　D．终止网上运行的程序

6-10 下面提供 FTP 服务的默认 TCP 端口号是（　　　）。

    A．21　　　　　　　　　B．25　　　　　　　　　C．23　　　　　　　　　D．80

6-11 如果 sam.exe 文件存储在一个名为 ok.edu.cn 的 FTP 服务器上,那么下载该文件使用的 URL 为（　　　）。

    A．http://ok.edu.cn/sam.exe　　　　　　　　B．ftp://ok.edu.cn/sam.exe

C. rtsp://ok.edu.cn/sam.exe   D. mns://ok.edu.cn/sam.exe

6-12 电子邮件地址 Wang@263.net 中没有包含的信息是（   ）。

    A. 发送邮件服务器   B. 接收邮件服务器

    C. 邮件客户机   D. 邮箱所有者

6-13 关于互联网中的 WWW 服务，以下哪种说法是错误的（   ）？

    A. WWW 服务器中存储的通常是符合 HTML 规范的结构化文档

    B. WWW 服务器必须具有创建和编辑 Web 页面的功能

    C. WWW 客户端程序也被称为 WWW 浏览器

    D. WWW 服务器也被称为 Web 站点

6-14 在 Internet 上浏览时，浏览器和 WWW 服务器之间传输网页使用的协议是（   ）。

    A. IP   B. HTTP   C. FTP   D. Telnet

6-15 WWW 向用户提供信息的基本单位是（   ）。

    A. 链接点   B. 超文本   C. 网页文件   D. 超链接

6-16 WWW 中超链接的定位信息是由（   ）标识的。

    A. 超文本技术   B. 统一资源定位器

    C. 超文本标注语言 HTML   D. 超媒体技术

6-17 TCP 和 UDP 的一些端口保留给一些特定的应用使用。为 HTTP 协议保留的端口号为（   ）。

    A. TCP 的 80 端口   B. UDP 的 80 端口

    C. TCP 的 25 端口   D. UDP 的 25 端口

2. 综合应用题

6-18 域名系统的主要功能是什么？域名系统中的根服务器和授权服务器有何区别？

6-19 一个单位的 DNS 服务器可以采用集中式的一个 DNS 服务器，也可以采用分布式的多个 DNS 服务器。哪一种方案更好些？

6-20 对同一个域名向 DNS 服务器发出好几次的 DNS 请求报文后，每一次得到 IP 地址都不一样。这可能吗？

6-21 要配置一个 DNS 服务器，必须考虑哪三个因素？

6-22 如果用 FTP 在两个不同的系统之间传递声音文件，应该设置哪一种文件类型才能进行传输？

6-23 试述电子邮件的最主要的组成部件。用户代理 UA 的作用是什么？没有 UA 行不行？

6-24 电子邮件的信封和内容在邮件的传送过程中起什么作用？和用户的关系如何？

6-25 MIME 与 SMTP 的关系是怎样的？什么是 Quoted-printable 编码和 Base64 编码？

6-26 一个二进制文件共 3072 字节长。若使用 Base64 编码，并且每发送完 80 字节就插入一个回车符 CR 和一个换行符 LF，问一共发了多少个字节？

6-27 MIME 的用途是什么？

6-28 试述在 WWW 服务中，客户机浏览器访问 Web 服务器的交互过程。

华章考研

作者：朱晓玲、侯整风、丁凉
ISBN：978-7-111-28309-6
定价：26.00

作者：黄传河
ISBN：978-7-111-28281-5
定价：29.00

作者：吴英
ISBN：978-7-111-27675-3
定价：25.00

作者：试题研究编写组
ISBN：978-7-111-27117-8
定价：36.00

作者：试题研究编写组
ISBN：978-7-111-26771-3
定价：36.00

作者：陈守孔 胡潇琨 李玲
ISBN：978-7-111-15159-3
定价：42.00

教师服务登记表

尊敬的老师：

您好！感谢您购买我们出版的 _____ 教材。

机械工业出版社华章公司为了进一步加强与高校教师的联系与沟通，更好地为高校教师服务，特制此表，请您填妥后发回给我们，我们将定期向您寄送华章公司最新的图书出版信息！感谢合作！

个人资料（请用正楷完整填写）

教师姓名		□先生 □女士	出生年月		职务		职称：	□教授 □副教授 □讲师 □助教 □其他

学校			学院			系别	

| 联系电话 | 办公： 宅电： 移动： | 联系地址及邮编 | |
| | | E-mail | |

学历		毕业院校		国外进修及讲学经历	

研究领域	

主讲课程	现用教材名	作者及出版社	共同授课教师	教材满意度
课程： □专 □本 □研 人数： 学期：□春□秋				□满意 □一般 □不满意 □希望更换
课程： □专 □本 □研 人数： 学期：□春□秋				□满意 □一般 □不满意 □希望更换

样书申请	
已出版著作	已出版译作
是否愿意从事翻译/著作工作 □是 □否 方向	
意见和建议	

填妥后请选择以下任何一种方式将此表返回：（如方便请赐名片）

地　址：北京市西城区百万庄南街1号　华章公司营销中心　　邮编：100037

电　话：(010) 68353079 88378995　传真：(010)68995260

E-mail:hzedu@hzbook.com　markerting@hzbook.com　图书详情可登录http://www.hzbook.com网站查询